物語

ドゥニ・ディドロの回想

Denis DIDEROT
ENCYCLOPEDIE

『百科全書《アンシクロペディ》』をつくった男

風真木 剣［著］

物語 ドゥニ・ディドロの回想——『百科全書《アンシクロペディ》』をつくった男——　目次

プロローグ

僕が妖精アニェスと会ったのは、日差しがようやく温かくなった春の午後だった。

仲間と離れて家々や田んぼを見下ろす丘に上がり、ぼんやり景色を眺めていたときだ。

鳥居の奥に小さなお社《やしろ》があり、芽吹きはじめたブナやミズナラの林のむこうから水がわきだしているのか、かすかにせせらぎの音が聞こえた。冷たく澄んだ水の音だった。

水面から立ち上った霧がそのまま衣装になったような、すその長い白い衣をまとってアニェスは現れた。川の神の娘みたいに。さっき見たときはだれもいなかったのに。

「コンニチハ」

やわらかな、ほんのかすかにエコーがかかったような声だった。

「ども」

なんて言えばいいのかわからないから、ぶっきらぼうに答えた。そしてすぐ後悔した。長い栗色の髪に黒い瞳、鼻筋がすっと通って、紅いくちびるがきゅっとかわいく結ばれたチャーミングな女の子だったからだ。日本人のようでもあり、ヨーロッパ人とのハーフにも見えた。

「何してるの。ここで」

「なんていうか……休憩」

「学生さんでしょ？　ヴォランティアの」

「うん。崩れた家の片付けとか、あぜの修理とか、いろいろ」

さりげなく彼女を観察する。ほんとうは地元の高校か大学の演劇部の生徒が、いいカモが来たわとメイクして、演技の練習をしているのかもしれないし……

「ずっと、小さな女の子のメンド見てたわ」

「見てたのか。海辺の町から預けられてきた子だよ。津波で親を亡くしたんだ。泣きっぱなしでさ。何もしてやれないし、作業のじゃまだけど、とにかく離れないから――」

「それで手をつないでたのね」

「仲間に笑われながらね。お前、西洋史学科より保育学科が向いてるって」

「名前うかがってもいいかしら」

「高木航」

「タカギワタル？　つまりルー君ね。あたしはアニェス」

「アニェス？　珍しい名前だね」

「そ。ヨウセイだもの」

初めヨウセイの意味がわからなかった。幼生？　要請？　養成？　まさか妖精？……

「その、まさかなの」

「つまりティンカーベルみたいな？」

「うふふ……そう。正解よ。信じられないって顔してる。いいわ信じてくれなくても。でも少しお話ししない？　せっかくこうして会えたんですもの」

話がもひとつ飲みこめないまま、妖精だというアニェスと日だまりの石段に腰を下ろした。鎮守のお社で妖精としゃべるなんて、どこか設定がちぐはぐな感じがしたけれど。

「いいのよ。気にしないで」

アニェスは心が読めるみたいだった。

「ここニホンだからアニェスにしたの。だってもしあたしがアベヨウコですなんて名乗ったら、当たり前すぎて妖精だと思わないでしょ。けっこう雰囲気って大事だもの」

「雰囲気ね……」

まだよく訳がわからなかった。でも妖精だろうと何だろうと、かわいい女の子と並んで話をするのは願ってもないことだ。お社の神様だって別に気を悪くしないよね。

「ここへ来たのはどうして？」

「前に、このふもとの農家の離れを借りてゼミ合宿をしたことがあったんだ。うちの教授とご主人が幼なじみでね。佐々木さんといって、いっさい農薬や化学肥料を使わない農法を実践している農家で、草取りを手伝いながらひと夏過ごした。で、今度の地震で種もみ倉庫が壊れたりあぜが崩れたりして、人手がいるって聞いたから、それでゼミの仲間と――」

「お手伝いに来たってわけね」

「ここ好きなんだよ。都会と違ってゆっくり時間が流れてるし、空や雑木林を見ながら土いじりをしていると、大切なことが見えるような気がする。ここにはイトミミズやユスリカ、ヤゴ、カワニナ―― いろんないのちが生きているしね」

「いろんないのち、ね」

アニェスがうなずくと白い衣がかすかに揺れた。そしてそのたびに香水ともオーデコロンともつかぬいいにおいがして、僕をどきどきさせた。

「僕はフランス史が専攻だけど、ここに来ると中世の人びとはいろんないのちに囲まれて食べ物を作っていたのかなあ……なんて気持ちになる。物事をじっくり考えられるんだ。そろそろ卒論のテーマ決めなくてはいけないし、それで就活さぼって来たのさ」

「シュウカツ?」

「就職活動のことさ。四年になると卒論と両方でめちゃ忙しいからね。卒論はいちおうフランス革命を取り上げるつもりなんだけど……知ってるよね。フランス革命は」

「だいじょうぶよ」

アニェスはにっこり笑った。とてもイノセントな笑顔だった。

「でも、いざ書こうとすると、何を書いたらいいのかわからない」

「どうして？」

「だってあまりにも有名で、多くの研究者や先輩がすでに取り上げているからさ。論文は読みきれないほどあるし、本もいっぱい出ている。『ベルサイユのばら』なんてベストセラー漫画もあって。いずれにせよ、いまさら僕が書くことなんて何もないような気がして、考えると落ち込むんだ」

ちらっと時計を見た。丘の上でぼへーっとしてすぐ戻る。仲間にそう言ってきたからだ。ん？　腕時計の針は止まっていた。くそっ、電池切れかよ……あわてて時計を振った。その動作がよほど滑稽だったのだろう。アニェスがおかしそうに笑った。

「その時計止まってない。壊れてもいません」

「え？」

「あたしといる間は時間が流れないの」

「マジで？」

「妖精ですもの。ティンカーベルと一緒にいるピーターパンは年取らないでしょう」

「じゃ僕も？」

「あなたが妖精というものを信じればね」

そんな……こいつやっぱり本物？　じゃ、もし信じないと言えば、とたんにぱっと消えちゃうわけ？　待ってくれよ。時間が流れないのならもっと話していたいし。

「信じるよ……信じる。きみさえよかったら……その、このまま話さないか」

アニェスはうなずいて膝を組みなおした。白い衣のすそがひらひらと揺れ――妖精ってけっこう薄着なんだ。あせるよ――バレエシューズみたいな銀色の靴が見えた。

「今度はあたしが話をするわ」

「うん。聞かせてよ。ないない島の話とか」

「いやあね。聞きたければ別の機会に話してあげるわ。今は卒論よ。ルー、さっき言ったでしょ。ここに来ると大切なことが見えるような気がするって」

「うん。人間はもともと自由で、支え合って生きてたんだ――とか、ね」

「それよ。それを書くのよ」

「え？」

「フランス革命は中世の出来事じゃないはずだわ」

「近代だよ。のどかな中世が終わり、なんていうかな、神から絶対的な権力を授かったという王政と身分制社会のかかえる矛盾が噴き出したときに起きた。すべての人が人間らしく生きることができ、すべての人の権利が平等に扱われる、そういう社会を作らなければならない。革命はその要求から始まったんだ」

「すべてのいのちが大切にされる社会を作るってことね。だとしたら、どのいのちも等しく大切だって卒論書いてほしい。そのことをいちばん忘れているのは人間だと思うから」

〈なるほど。そういうアプローチもありか……〉

「この星はもともとそういう星なのよ。たくさんのいのちが集まって共に生き、支え合いながら進化してきたんですもの」

「言われてみれば、確かに人間は太古の昔から共に生きることで、寒さ、飢え、疫病、洪水、干ばつ――さまざまな困難を乗り越えてきた」

「そ。顔が違っても、肌の色が違ってもね。みんな同じ人間なんですもの」

同じ人間……人間はみな同じ……それこそフランス革命の原点だったはずだ。

「その原点に戻って考えてほしいの。ピュアな心で大切なことを捕まえてほしいの。人びとがめざしたもの。その理想を私たちはきちんと受け継いでいるのかって――」

ほんの少しだけれど、卒論のテーマが見えたような気がした。

「やれるかな、僕に」

「やれるわ、きっと」

一週間ほど作業を手伝って、僕は仲間と東京に帰った。

新学期が始まり、卒論のテーマ提出が迫っていた。

そして——ある朝、目が覚めたら、僕はとんでもない場所にいた。

第１章　霧の城館《シャトー》の宣教師

僕は岩山を上っていた。

岩壁に沿って回りこんだとき、頂に尖塔のようなものが見えた。

〈なんだろう？……〉

修道院かもしれない。聖画や聖像といった装飾がいっさいなく、俗世間から離れてひたすら福音書や祈祷書を写し、祈りに明け暮れる中世の僧院。

〈あんなところまで行くのか……〉

まるで廃虚だ。もしかして牢獄か？……そういえば雰囲気が全体的に暗いし、漂う気配も陰惨な感じがする。

〈それにしてもここはいったいどこだろう？……〉

霧がふもとの方からわき上がってきた。見る見る尖塔は幻想的な影になり、建物は魔法使いの城みたいな影絵《シルエット》になった——

「ルー、待っていたわ」

アニェスの声がした。

「どこ?」

霧の中から、あの日と同じような白い薄布《うすぎぬ》をまとったアニェスが現れた。

〈なんでまた白なんだよ。よけいどこにいるのかわからないじゃないか……〉

「あたしも、ロココ風のカラフルなドレスにしたかったのよ」

読まれてる。

「でも衣装棚の扉を開ける呪文をど忘れして……そんなにじろじろ見ないでよ。妖精だってけっこう大変なんですもの——」

あれ? 自分の服に驚いた。ヨットパーカーとジーンズが、いつのまにかくすんだ紅の長袖の胴着に紫のマント、まるで三銃士のダルタニャンみたいな装いに変わっている。

なのに……靴だけはスニーカーのままだ。

「ここから急な上りになるのよ。それにこの霧でしょ。履き慣れた靴の方がいいかなと思ったの。上りきったら、ちゃんと黒のブーツに変えるから心配しないで」

傾斜が急になった。右側は切り立った岩壁だけど、左側は深い谷だ。うっかり踏み外そうものなら転がってそのまま奈落の底へ落ちるしかない。

「待ってくれよ」

妖精の足取りは軽やかで、石段を跳ぶように上っていく。時おり、リズミカルに揺れるすそから、形のいい白い脚が思いがけない近さで見えたりして、そのたびにどきっとする。だいぶ上った。息が切れて思わずへたりこみそうになったとき、

「着いたわ」

僕の履いていたスニーカーが黒革のブーツに変わった。

通されたそこは広間だった。天井からシャンデリアが下がり、古風で壮麗なマントルピースに橙色の炎が暖かく燃えている。壁には紅の地に真珠をあしらった文様が一面にほどこされ、床には青みがかった毛足の長いペルシャ絨毯《じゅうたん》が敷かれていた。

「アニェス、お客様というのはこの若いお方かな」

うしろでロウ・バリトンの声が響いた。まるで舞台劇のワンシーンみたいに。館の主《あるじ》が遊びに来た子弟を迎えるような、そんな声色だった。

ふり向くと、飾り襟のついた絹のシャツブラウスの上に青紫のガウンを羽織った、品のいい顔をした男性が立っていた。たぶん六〇歳前後だろう。広い額、柔和な目と高い鼻、口元には人なつっこいほお笑みが浮かんでいる。

「ドゥニ、お久しぶり！　お元気そうね。ちっとも変わらないわ」

「ありがとう。きみこそ変わらないね。いつ見てもかわいい女の子だ」

「ま、お上手ですこと」

二人の会話は日本語ではなかったけど（くちびるの動きがまるで違ったから）、僕にはちゃんと日本語に聞こえた。それにしてもドゥニ？　この人いったいだれなんだ？

「こちらはルー。プレノンはワタルだけどルーの方が呼びやすいでしょ。本名はワタル・タカギ。あなたの話を聞かせたくて二十一世紀の日本《ジャポン》から連れてきたのよ」

「ジャポン？（日本だって？）」

ジャポン……ジャポン……二度三度、遠い記憶をたどるように彼はつぶやいた。

「その名前には覚えがあるよ。確か……〈項目〉の中にもちゃんと入れたはずだし」

〈コウモク？　何それ？……〉

彼は歓迎の気持ちを表わすように、両腕を開いて僕の方に来た。

「ようこそ。ルー君」

「はじめまして」

差し出された手を握って、その温かさにびっくりする。

「ドゥニさんでしたね。ジャポンをご存知でしたか？」

「ルー君、ドゥニと呼んでくれたまえ。敬称は要らない。われわれはもう友達なんだ」

彼の言葉はフランス語らしかった。でも僕の耳には日本語に聞こえた。アニェスが金の粉でも振りかけたのだろう。妖精ってバイリンガル、いやきっとマルチリンガルなのだ。

「ジャポン……思いだしたよ！　私が十五歳のときだった。コレージュのラテン語で首席二位の成績を取ってご褒美に本をもらったんだ。その本の題名が……ええと確か『ジャポンにおけるカトリック教会の歴史』だった。遠い昔のことだけどなつかしいな――」

「それ、何が書いてあったんですか？」

「ジャポンは東の果ての島国で、そこに住む人や、キリスト教がどのように伝わり、どんなふうに広まったか。それにジャポンに建てられた教会堂のことも書かれていた」

瞳が輝いていた。さっきよりずっと若々しく見える。キリスト教の神父？　宣教師？

でもフランシスコ・ザビエルじゃない、この顔は。

〈アニェスのやつ、僕をいつの時代に連れてきたんだ？……〉

フランス語でしゃべっているってことは、ここはフランス？　もしかしてフランス革命の時代？でもこの顔はミラボーでも、バルナーヴでも、マラー、ダントン、ロベスピエール、そのだれでもない。タレイラン？　なんか雰囲気違うよなあ。この廃虚だって、外から見ればジャコバン修道院って感じがしなくもないけど、内部がきれいすぎるし。

〈カトリック教会の歴史なんて読むくらいだから、やっぱりお坊さんだろうか？……〉

それにしても、向こうはこっちを知っているのに、僕は何も知らされていないなんてフェアじゃないよな。といっていまさら、「あのー、どなたでしたっけ？」と聞くのは失礼だろうし、だいいち訪ねてきた僕が、「ここはどこですか？」なんて聞けるわけがない。見え張るわけじゃないけど、基本的なマナーの問題だもの。

「せっかく来てくれたんだ。お茶にしよう」

「用意しますわ」

とたんにアニェスはエプロンドレス姿になった。

場所が広間から書斎に変わった。

木製の大きな机がある。その前にソファーみたいな長いすやひじ掛けいすが置かれ、テーブルには白地に紺の絵模様が描かれた、ボーンチャイナのカップが用意されていた。

けっこういい趣味してるんだ、この人は。もしやフェルセン伯爵とか？　違うか。マリー・アントワネットの恋人はイケメンだったはずだし、ちょっと年を取りすぎてるよな。

そのとたんひらめいた！

「ケータイで写真撮って、アプリで検索すればいいんだ！」

どうしてもっと早く気がつかなかったのだろう。ポケットを探る。

〈やば！〉

衣装が変わったせいか何もかもなくなっている。財布まで消えた。だいたい僕のこと日本人だって紹介してるのに、なんでこんな三銃士みたいな服でいなくちゃならないんだよ。

「気にいってもらえたかい、ここ」

「あ、ええ。いい……ところですね」

「それならよかった。ちょうど話し相手が欲しかったんだよ」

ドゥニは僕の来訪を心から歓んでくれているみたいだった。

「お待たせいたしました」

アニェスがトレイに銀色のティーポットを載せて現れた。エプロンドレスはアキバあたりで見かけるのとは違って、生地もデザインも上質で優雅で、どこから見ても本物の貴族の館のメイドだ。

「お飲み物は何になさいますか？　コーヒー？　それともショコラ・ショー？」

「私はコーヒーを頼むよ。うんと濃いめがいいな」

「まあ、ゴチョウと同じことをおっしゃいますのね」

〈ゴチョウ？　だれだ、そいつは？……〉

「ははは、そういえば彼の口癖だったね。コーヒーは濃いめにっていつも言う」

「その代わり飲むカップにはぜんぜんこだわりません。コーヒーが飲めればいいっておっしゃいます。座るいすも気にされませんし、その点、マキシーム様とは正反対ですわ」

〈マキシーム？……〉

アニェスがティーポットからドゥニのカップにコーヒーを注いだ。とたんにいい香りがいっぱいに広がる。ブルーマウンテンだ……たぶん。

「メルシー、最高だ。よくこんないい豆が手に入ったね」

「せっかくですもの。あ、ルー様、どうぞお好きなところにお座りください」

近くにあった、座り心地のよさそうなひじ掛けいすに腰を下ろす。

「僕はホットココアがいい」

同じポットから、熱々のヴァンホーテンがカカオの香りとともに注がれた。

お！　こんなこと妖精には朝飯前なのだろう。

「ゴチョウ様もマキシーム様も、たまに顔を見せるお話し相手です」

「ゴチョウって？」

「兵隊さんです。下士官でいらっしゃいます」

「痩せた精悍な若者でね。長い髪をなびかせて、いつも軍旗を手に先頭で突っ込んでいったっていうから、伍長ってあだ名がぴったりなんだ。でもルー君、すぐに友達になれるよ。何しろ灼熱の砂漠から雪のアルプス、冬のロシア平原から赤道直下の島にまで行ったっていうんだから。話は手に汗握る冒険ばかりさ」

「もうだめかと思ったとたん奇跡が起こりますの。波瀾万丈ですのよ」

アニェスはいつのまにか貴族の令嬢に姿を変えていた。優雅なしぐさでカップを手に話に加わる。まるで十八世紀のサロンの華みたいに。

「で、もう一人の……なんて言いましたっけ」

「マキシーム？　彼は弁護士なんだ。はじめのうち、ちょっととっつきにくいかもしれないけど、うちとければなかなかいい若者だよ」

「とにかくまっすぐな方ですわ。頼まれればたとえ被告が不利な状況にある事件でも、そこに正義が認められるかぎり引き受けますの。調査のためならどこにでも足をお運びになるし、相手が権力者だろうが、聖職者だろうが、決してひるみませんわ」

「弁舌がまたみごとなんだ。趣味で恋の詩を詠むくらいだから格調が高い名文でね」

「でも彼、こだわりますの。座るのはいつもそこにある堅い木のいすですし――」

それはいかにも座り心地の悪そうないすだった。背もたれがほぼ直角についている。

「最初に腰を下ろしたときからひどく気に入ったらしい。いつもそこに座る。背中をまっすぐにぴんと伸ばしてね。それからお茶を飲むカップも決まっているんだ」

「うふふ……子どもみたいなところがありますわ。ボーンチャイナのカップはだめ。このカップ一つ買うお金で何人もの貧しい人びとがおなかいっぱい食べられる。そんなカップでお茶を飲むことは僕にはできない、なんておっしゃるんですもの」

きっと貧しい家庭に育って苦学したんだ。だからそのつらさを忘れない……

「そのぶん困っている人にはおやさしいわ」

「だろうな」

「じつはゴチョウもひどい生活をされていた時期があって、水だけで過ごした日もあったんですって。自分は貧乏がどんなものか知っている。身をもって体験したからっておっしゃって、それからですのよ、二人がうちとけて話すようになったのは」

「みんな貧しかったんだ。ドゥニもですか？」

「私《モア》？　私は裕福な家庭に生まれたから、それほどではなかったけれど、でもおやじに勘当されて――」

「え、どうしてですか？」

「ちゃんと勉強しなかったからさ。それで仕送りを止められ、しばらくは大変だったよ」

「どうやって暮らしていたのですか？」

「演劇の脚本を書いたりしてたんだが、これがちっとも売れなくてね」

それからドゥニは、息子の結婚をめぐって由緒ある家族がすったもんだする劇の筋立てを、おもしろおかしく語って聴かせ、僕たちをさんざん笑わせた。

「あたくし、そろそろ失礼いたしますわ」

アニエスが貴族の令嬢らしい優雅な身のこなしで立ち上がったとき、僕はてっきり自分も一緒に帰るものと思っていた。

「あら、ルーは立たなくてよくてよ。ここにいてお話の続きを」

「ルー君、せっかく仲よくなれたんだ。まだいいじゃないか」

〈そ、そんなこと言われても……〉

「じゃ、あたくし、また顔を出しますわ」

「待ってくれよ」

目の前の相手がだれで、ここがどこで今はいつなのか、僕はまったく把握していないのだ。

「だいじょうぶ。ドゥニは会話の名手ですもの。退屈させたりしませんわ。彼の話を聴けば、あなたはこれまでと違った目で歴史が見られるし、いまあなたがいる社会であたりまえだと思っていることが、ついこの間までそうじゃなかった、ということがわかるわ」

令嬢の姿はいつのまにか消えて、妖精は白い薄物の衣装に戻っていた。

「あなたをここに案内したのは、そのためですもの。ここは光輝く天国《パラダイス》ではないかもしれないけれど、暗やみが支配する地獄《ハデス》でもないわ。多少の不自由や不便さはあっても、居心地はいいはずよ」

〈そりゃ、そうだけどさ……〉

「食事もお茶もちゃんと用意するし、寝室には天蓋つきのベッドを運んでおくわ。それからTシャツとセーター、ジーンズ、ブレザーとスラックスも、おそろいの靴と一緒にクロゼットに入れておきます。それでいかが？」

「ルー君、われわれはきっとうまくやれるよ」

ドゥニも笑顔で引き止める。

「ドゥニ、ルーをよろしくね。いろいろ聞かせてやって、あなたの生きた時代のこと」

「いいとも。若い友人が聴いてくれるなんて、こんなうれしいことはないよ」

「ちょくちょく顔を出しますわ。ルーを放ってはおけないし」

「ははは……彼はきみの恋人なのかい」

〈おいおい、いつからそんな……〉

ご想像にお任せしますわ。妖精はにっこりほお笑んだ。そして窓を開け、もう一度こちらに向かって手を振ると、ふわりと空に飛び出しそのまま見えなくなった。金色の粉が一面に舞ったかどうかは見えなかったけど、完璧に妖精らしい消え方だった。


僕はその日から、霧が絶え間なく吹きつける城館《シャトー》で暮らすことになった。

ドゥニの話は機知とユーモアにあふれ、僕の心を引きつけて離さなかった。

ただ話はいっこうに三部会の開催にも、球戯場の誓いにも、バスチーユ襲撃にもならなかったし、ミラボーもロベスピエールもナポレオンも出てこなかった。

彼自身グルノーブル生まれでも、ジロンド県出身でもなかったし、ジャコバン修道会のメンバーでもなかった。

「ドゥニってフランス革命のどこに出てくる人なのだろう？」

疑問は解決しないまま、僕は話を聴くことになった。

第２章　名工《メートル》の跡取りだった

「私が生まれたのは、シャンパーニュ地方のラングルという、丘の上の城壁に囲まれた町でね。朝早く城壁に立つと、マルヌ河の谷間が目の前に開けて、畑や牧草地がオレンジ色のもやに染まり、日の出とともに何もかもがレモンイエローに輝いて、それは美しい風景だったよ。私は突き出た石の上に立って、そこは指定席みたいなものだったけど、よくギリシャ、ローマの古典詩や詩篇の聖句を暗唱したものだ――」

その日ドゥニは、ずっと子ども時代の話を聴かせてくれた。

ドゥニのうしろの壁には、周囲を城壁で囲まれた中世の街並みの絵があって、曲がりくねった坂道が石造りの門に続いていた。

「何しろ、ふもとの川沿いから五〇〇メートルほど高台にある町だから、馬車も人もひたすら急坂を上がるんだ。馬車は客を乗せたままではとても上りきれなくて、訪れる旅人や商人は馬車から降ろされ、たっぷり一時間は歩かされたものさ――」

まばたきしている間に絵が変わった。丘の斜面をケーブルカーが行き来している。

〈もしかして現在《いま》のラングル？　これ動画かよ……〉

石造りの風車門《ポルト・デ・ムーラン》が街の入り口らしい。まっすぐ石畳の道が延びて、車が、大勢の人が、行き交っている。ここがメイン・ストリートなのだろう。

ブティック、アクセサリーの店、喫茶店、写真館、美容院、家具屋、雑貨屋、パン屋、本屋――いろんな店が並んでいるけれど、目立って多いのは刃物の店だ。食卓用のナイフから、シェフが使う肉切り包丁、登山やキャンプの専門家が使いそうな特殊な小刀、大小さまざまのメスまで、ありとあらゆる刃物がそろっている。

「ラングルは刃物職人の町なんだ。父ディディエは工房を営む親方でね。だれもが認める名工《メートル》だった。彼の作る刃物は手に取るだけでわかったというし、切れ味も完成度も最高だったよ。おやじの名はフランス東部のあらゆる市場にとどろいていたんだ。

おやじの刻印はひと粒の真珠をデザインしたものだったけど、当時最もすぐれた外科医から、それこそ真珠のような逸品だと評価されたそうだ。特に手術用のメスは、遠くジュネーヴからも注文がきたくらいだからね」

「ジュネーヴって、スイスからもですか……」

「そうなんだ。おやじは最先端の技術を進んで取り入れていた。固定観念に縛られず、最新のやり方で最もすぐれたものを作る。とにかくまじめで厳格で働き者だったね。自分の技術と製品には自信と誇りを持っていたし、客の信頼を何より大切にしていた。この築き上げた信頼を次の世代に受け継がせることが、おやじの生きがいだったと思う」

「職人気質《かたぎ》の人だったんですね」

「めったに笑わず、いつも凛《りん》としていたね。刃物を研《と》いでいるときの顔なんか怖いくらいだったよ。工房ではよけいなことはいっさい口にせず、実に厳しかった」

「大勢職人を使ってらしたのでしょう」

「ウイ、そうだよ。仕事のかたわら、よく彼らの面倒を見ていた。覚えの早い者、遅い者、器用な者、不器用な者、いろんな弟子がいたけれど、分け隔てなく接していたね」

「時にカミナリが落ちるとか」

「扱っているのが刃物だからね。ひとつ間違えばいのちにかかわる。だから叱るときはそりゃあ怖かったよ。でも叱っても後を引くことはなかったし、叱られても叱られてもついてくる弟子は心からかわいがった。本人の技量とは関係なくね。

弟子が研ぎ上がったものを持ってくると、じっと見てはよく言ったもんさ。

『いい仕上がりだ。でも覚えておけ。どんなに切れ味のいいメスでも木は切れない。メスだけが刃物じゃない。ナイフ、包丁、小刀、山刀、用途が違えば切れ味も違う。そこをよく理解することだ。刃物が違うように、お前たち一人ひとりも違う。自分の作りたいものを作れ。究《きわ》めたいものを究めるんだ。仲間を羨《うらや》むことなく、自分の技を磨けよ――』

厳しかったけど、人も物事もいい面を見てそれを伸ばす。そんな人間だったね」

「みんなから慕われたんでしょうね、それじゃあ」

「少なくとも、一人前になって独立するまで、やめる職人はほとんどいなかったね。どんなに覚えの悪い弟子でも、おやじは投げ出さなかったし。そうすると妙なもので、弟子の方も音《ね》を上げなくなるんだ。そして、毎日どなられてばかりいた若者が、ある日、立派な刃物職人になって独立したりする。あれは不思議な感激だったね。

今でも覚えているのは、聖ヨハネかだれか聖人の祭りがあって、職人たちが休暇をもらって故郷に帰るときだ。前の晩になると、おやじは全員を食事に招くんだ。当時、親方が職人と一つのテーブルで食事をするということはなかったんだけど、そんな伝統、習慣はくそ食らえさ。母も旧家の出だったけれど、そんなことは全然気にしなかった」

「それじゃ母上も一緒に？」

「そうだよ。テーブルにお客様用の純白のテーブルクロスを掛け、一人ひとりの前に取り皿や小皿、ナイフとフォークとスプーンをきれいに並べて、前菜や主菜の取り方、切り分け方をていねいに教えるのさ。天使のような笑顔でね。みんな緊張してこちこちになっているから、母はそれをやさしくほぐしていたんだね。

食事が済むとおやじが立って、一人ずつ給金と両親へのお土産が入った袋を手渡す。

『毎日よく働いてくれたな。礼を言う。おやじさんやおふくろさんにくれぐれもよろしく言ってくれ。思う存分甘えてくるがいい。ただし親孝行をするのを忘れずにな――』

あれは子どもの胸にもきゅんとくる言葉だったよ」

「で、あなたは、もしかして跡取り息子?」

「ウイ、そうだよ」

「じゃあお父上は当然、親方を継がせたかったんでしょうね」

「だろうね。物心ついたころ、まだ三歳にもならないうちから工房に連れて行かれ、おやじのそばで仕事を見せられたんだからね」

「仕事を教わったのですか?」

「でもだめだったね。砥石《といし》を渡されても、おやじの姿が見えなくなると、隠れてこっそり本を読む子どもだったからね。よく叱られたものさ。そんなとき母がかばってくれてね。

『好きなんですよ、この子は本を読むのが。ドゥニ、あなたも砥石の使い方くらいちゃんと覚えなくてはいけませんよ。お父様が自ら教えてくださるのだから。本を読みたければ、すべきことをしてからにしなさい――』

母は裕福ななめし革職人の親方の娘でね。うちもそうだったけれど、母の実家ヴィニュロン家も、一四〇〇年代から土地の記録に名前がある由緒ある家柄なんだ」

「名家同士ならなおのこと、家業を継がなければならなかったんじゃありませんか」

「もちろん私だって、子どもなりにおやじの気持ちは受け止めていたさ。それは言い知れぬプレッシャーでもあったのだけれど、そこに意外な助っ人が現れたんだ」

「だれですか？」

「母方の伯父さ。彼は聖母教会大聖堂《カテドラル・サントマム》の参事会員を務めていたくらいだから、かなり地位の高い聖職者だった。彼が私に目をかけてくれて、

『この子は頭がいい。ゆくゆくはジェズイット会の学寮に入れてはどうだろう――』

と、おやじを説得してくれてね。おやじは、

『ま、成績しだいですがね』

と言ったものの、まんざらではない顔つきだった。家族から聖職者が出るって、ラングルのような田舎町ではとても名誉なことだったし、家名を上げることでもあったからね。

で、ジェズイット会士が家庭教師として来てくれることになったのさ」

ジェズイット会は、僕たちがイエズス会の名前で習ったカトリックの団体だ。

「へえー、お坊さんが先生ですか」

「とても熱心な先生で、聖書や教父の説話集だけでなく、古典をいくつも読ませてくれた。読むたびに感想文を書かされるのだけれど、作文は嫌いじゃなかったから苦にもならなかったよ。先生は読むと必ず褒めてくれた。そうしておやじに、こんなに頭のいい子は見たことがない、なんて報

告する。おやじもそれほど言ってくれるのならと最後には折れて、私をジェズイット会の中等学院《コレージュ》に入学させてくれたんだ」

壁に、頼んだみたいに、通りに面して建つ石造りの修道院風の建物が現れた。現在《いま》もちゃんと残っているらしい。指さした僕に思わずふり向くと、

「おお、これだ。この高い石壁の建物だよ。なつかしいなあ」

ドゥニは感激したように、しばし建物に見入っていた。だから気がつかなかったと思うけれど、通りには至るところに彼の絵や肖像画らしきものが飾られていた。

〈ドゥニって有名人なんだ……〉

「学院《コレージュ》の生活はじつに楽しかった。貴族の子弟もいれば地主の息子もいるし、私のような市民階級の子どももいる。やんちゃざかりの子どもが寝起きを共にするんだ。わかるだろう。授業が終わって学寮に帰ると、宿題なんかそっちのけで乱痴気騒ぎさ。しまいには戦争ごっこだ。服は破れるわ、けがはするわ、それはすごいものだったよ。ひどいけがをして両親のもとに送り返されるなんていうのも珍しくなかったんだから」

「わあ、見てみたかったですね」

「あははは、ルー君が当時の私を見たら、ばさばさに乱れた髪や、引き裂かれた衣服を見て、たぶん後ずさりをしたと思うよ」

「まさか――」

「だれだって子どものときはそんなものさ。でもギリシャやローマの古典は読めたし、昔の賢者の論文を読むこともできたから、学院時代は楽しかったな」

これこそドゥニの望む生活だったのだろう。それは父親に小刀やメスの作り方を習うよりも、ずっとわくわくするものだったに違いない。

「これでけっこう女の子にもモテたんだ」

「ほんとうですか？」

「特に年上の女の子にね。彼女たちは、だらしのない服装をして帽子もかぶらず、時にははだしで駆けまわっている刃物職人の息子を、身なりのいい子ども、なんて言えばいいのかな、上等の服を着て、髪に白い粉をつけてほどよくカールさせ、四つのピンできちんと留めているような貴族や地主の息子より、ずっと好きになってくれたんだから」

腕白坊主で悪さはするけれどどこか憎めない。案外イケメンだったかもしれないし。

「あはは、それはどうかなあ。ただ女の子に人気があったのは、はっきりして、親しみやすい言葉で心のうちを見せたりする子どもだったね。うやうやしくおじぎをする代わりに、時にはげんこつをくらわすようなそんな子どもさ。どんなに身なりがよくても、かっこうばかり気にする子。不誠実で、臆病で、おべっかばかり言う子どもはもてなかったね」

〈うちの大学では、みんなけっこうカッコ気にするけどな……〉

「ルー君の世代はまず身なりかい？」

「あ、いえ、そういうわけじゃないですけど、やっぱり第一印象ってゆうか、そのあたりは気にしますね、やっぱり」

われながら全然答えになっていないけど、いずれにしてもくるくる回る頭と、率直で、時にはげんこつを見舞う腕力も持ち合わせたドゥニは、学寮の人気者だったのだ。

「でも腕白ばかりしていると、叱られたりもしたでしょう」

「それが、そうでもないんだ。自分で言うのは気が引けるけど、優秀な家庭教師のおかげで、ヴェルギリウスやキケロなどの引用を楽々とこなす生徒だったからね」

少々いたずらが過ぎても、先生方は大目に見てくれたってわけか。

「よくないな、こういう話は。まるで自慢話を聞かせているみたいでね。謝るよ」

「気にしないでくださいよ。お話はおもしろいし、ほんとのことなんですから。とにかく成績優秀だったわけでしょう。それでどうなりました？」

「上の学校に進むように言われたんだ。ゆくゆくは人びとを正しい信仰に導く聖職者になってほしいとね。で、十三歳で剃髪《ていはつ》を受けることになった――」

「剃髪？　あの、髪を剃《そ》ってお坊さんになることですか？」

「ウイ。信じられないだろう。私は先生の勧めもあって、両親に将来は聖職者の道に進みたいと告げた。おやじから大目玉をくらうのは覚悟の上でね。ところがおやじは反対するどころか大歓びで、ぎゅうっと抱きしめてくれたよ。わが家の誇りだとね」

「で、ほんとに髪を切ったのですか?」

「ラングルの司教が自ら来て剃髪してくれた。知らなかったけど、それってとても名誉なことだったらしい。でもまだ子どもだから司祭というより司祭の卵だね。法衣を着ることも、洗礼や聖体拝受などの秘跡をほどこすこともできなかったわけだから。ただし黒のキュロットと短いマントを身につけることは許されたし、聖職者らしく見えるように白い飾り襟をつけることも認められた。学寮の中を歩くと、ついこの間までのけんか相手が妙にかしこまっておじぎしたりするんだ。これはなかなかいい気分だったよ」

「お話、弾んでいるかしら?」

妖精がエプロンドレス姿で現れたのは、休憩しようとドゥニが席を外したときだった。

「彼、うれしそうな顔で散歩に行ったわ。いま、お茶を入れるわね」

ア、アニエス、と僕は呼び止めた。

「なあに?」

「あのさ、きみ、肝心なことを忘れてるよ。ドゥニっていったいだれなのさ。そりゃ話はおもしろいし、退屈はしないけど、僕はだれと向かい合っているんだい? 僕はフランス革命の勉強をしたいのであって、お坊さんの話を聴きに来たわけじゃないんだぜ」

「わかってるわ」

「だいいちさ、ラングルって田舎町がどこにあるのかもわからないし、それにフランス革命に関係あるお坊さんだったら、どっかの司教をしてたタレイランとか、ほら有名な、『第三身分とは何か？　すべてである。政治において今日まで何者であったか？　無である――』と言った……だれだっけ？」

「エマニュエル・ジョゼフ・シエイエス」

「そう。そのシエイエスとか、そういう人に会わせてくれるのならわかるよ。でもドゥニって、あの人田舎司祭じゃないか。そんな人に会って何がわかるのさ」

「ルー、相変わらずね。あなたって結論を急ぎすぎるのよ。もてないわよ、それじゃ」

「アニェス、問題はそんなことじゃなくてさ――」

「じゃあ、あなたはマリー・アントワネット王妃とか、フェルセン伯爵とか、つまりベルばらの主人公に会えればご機嫌なわけ？」

「いや、別にベルばらじゃなくても……」

「でしょ？　あなたはフランス革命の真実が知りたいと言ったのよ。教科書で習う事件とか暴動とか断頭台の悲劇とかではなく。だからあなたをここに連れてきたの。ドゥニはあなたにフランス革命の真の姿を知らせる、うってつけの人物なのよ」

「わかった。きみを信じるよ。だからさ、あの人がいったいだれなのか、そっと教えてよ。お坊さんだってことはわかったからさ」

「そうね。妖精の義務として、家族のことくらいは話しておくわ。ドゥニは刃物職人の親方ディディエの長男。母親はアンジェリック・ヴィニュロン――」

「裕福ななめし革職人の親方の娘で、ヴィニュロン家は一四〇〇年代から土地の記録に名前がある由緒ある家だろ」

「なあんだ。知ってるんじゃない」

「聞いたもん。ドゥニに」

「じゃ、あたしの説明は必要ないわね」

「そんなことないよ。ごめん。続けてくれよ」

「二人の間には七人の子どもが生まれたけれど、育ったのは四人しかいなかったわ。彼と二歳下の妹ドゥニーズ、七歳下の妹アンジェリック、そして九歳年下のディディエ・ピエール、後にラングルの司祭から教会の参事会員にまでなる弟よ――」

「ありがと……」

お礼は言ったけれど、正直に言って家族関係なんてどうでもよかった。アニェスは僕の知りたかったことには、何も答えてくれていないのだ。

「はい。本日のアフタヌーン・ティーでございますわ。お客様」

アニェスは本物のメイドのように、ボーンチャイナのティーカップとケーキ皿、それに銀の小さなフォークとスプーンをセットし、うやうやしくおじぎをした。

「うまい……」

彼女の入れてくれたダージリン・ティーは、香りが深く、濃すぎず薄すぎず、絶妙の味わいだったし、添えられたレモンスフレがまたとびきりの味だった。やわらかさといい、甘さといい、さわやかな酸味といい、口にとろける感じといい――。

「それからこのガスってばかりいる岩山、ここはいったいどこなのさ」

妖精の姿は消えていた。肝心なことに何ひとつ答えないままで。


「驚いたよ」

ドゥニがうれしそうな顔をして帰ってきた。

あとでわかったことなのだけど、左右に尖塔を配置した古城の庭はゆるやかな起伏のお花畑で、下っていくと小さな谷間があり、その向こうに森が広がっている。

「門をくぐって外に出たら、みるみる霧が晴れて、私はにぎやかな表通りを歩いていたんだ。ルー君、きみみたいな服装をした若者が大勢行き交っていたよ。両側の店はどれもカラフルな装飾にあふれ、私の生きた時代とは全然違う。はじめ外国に来たのかと思ったんだけど、街並みが妙になつかしくて、以前ここに暮らしていたような気がしてきてさ」

「………」

「道行く人の言葉がなんとかわかる。ということはここはフランスだ。それにしてもなんてにぎやかなんだろう。そうしたら広場に出たんだよ。中央に大きな彫像が立っていた。守護聖人の像かと思って見上げたら、そうではなく哲学者というか文学者というか、そんな雰囲気の男性像で、部屋着を着て右手を腰に当てている。どこか見たような顔なんだ。で、よくよく見たら……私だよ！

私が立っているじゃないか！」

ドゥニは興奮していた。めちゃうれしそうだった。

「それで通りかかった人にここはどこかと聞いてみたら、私の故郷の町なんだ。で、

『これはどなたの像ですか？』

と聞くと、だれもが立ち止まって自慢げに話してくれる。

『そんなに有名な人なんですか？』

『知らないの？　彼はこの町の誇りさ。広場だって彼の名前がついているんだから』

中には彫像のすぐうしろを指さして
『ほら、あの六番地の家の石壁の上の方に、大理石版がはめこまれているだろう。彼の生まれた家だよ』

と、教えてくれる人もいる。見ると、確かに私の名前と生年月日が書かれている――」

「わーお」

「もっとも私が生まれたのは、広場の彫像の向かい側の九番地で、六番地の家は、引っ越してから育った家なんだけどね。で、それだけじゃないんだ。中年のマダムが、私を広場の一角のスイー

ツの店に連れてってくれてね。あなたに見せたいものがあるわと言うのさ。店の常連らしく、奥でチョコレート菓子を作っているご主人を呼んで、

『ジャン、この方はじめてここに来たらしいの。自慢のショコラをひとつさしあげてよ』

て、頼むんだ。

『ボンジュール。ようこそ！』

ジャンは上から下まで白衣を着て、いかにも菓子職人って感じの若者でね。ちょうど型に流しこんだホワイトチョコレートを取り出しているところだった。

『僕が考案したこの町の名物です。ぜひ味わってください』

そう言って、でき上がったばかりのお菓子を差し出すのさ。

『お！　これは……』

びっくりしたよ。十センチくらいの私の胸像をかたどったチョコだったんだから。

『広場の彫像と同じこの町の偉人です。有名な肖像画をモデルに作ったんですが、皆さん歓んで買ってくれます。あれ？　お客さん……どことなく似てますね』

感激だったよ。自分がこんなに故郷の人びとから愛されているなんて。私は故郷から逃げ出した人間だし、愛されるはずがないとずっと思っていたのに――」

ドゥニの目に涙が光っていた。

〈アニエス、味なことやるじゃないか……〉

僕は妖精をちょっと見直した。

「剃髪して司祭様になってしまったからには、もう無分別ないたずらとか、戦争ごっこはできなくなってしまったんでしょう？」

「あはは、それまでと同じようにはいかなかったね。キュロットを履くと木に登ったり、大屋根《マンサード》から石壁に飛び移るなんて芸当はできないからね。でも、たまにこっそりやったけど――」

ドゥニはいたずらっ子そのものという顔で、片目をつぶって見せた。

「でも、腕白ぶりが発揮できないと、窮屈だったり、退屈したりしませんでしたか？」

「いたずら盛りだから、毎日お行儀よくというのは確かに苦痛だったよ。でも思ったんだ。司祭になったからには、ほかの子どもができないことができるはずだ。もしかするとそれってわくわくすることかもしれないと」

「わくわくすること？」

「少年サムエルのように神の御声を直接聴くとか。ほら聖書に書かれているだろう。サムエルが寝ていると、『サムエル、サムエル――』と呼ぶ声がするんだ。それで、『お話しください。しもべは聞いております』というと言葉が告げられる。そんな、神をリアルに感じる体験ができるかもしれない」

「………」

「そう考えたら、いても立ってもいられなくなってね。神を感じたい。直接感じたい。それで願い出てありとあらゆる修行をやらせてもらった。まるで神の霊感を受けたかのようにね。苦行僧の着る粗末なシャツ一枚で、断食して、寝起きは藁《わら》のベッドだ。信じられるかい？」

「それ、どれくらいの間続けたのですか？」

「何か月もさ。私には走り出したら止まらないところがあって、熱中しだすと、とことんやってしまうんだ。床磨きなんか一番うまかったし、瞑想に入ると、寝ることも忘れて祈り続ける。神と話したい。その実在を肌で感じたい。私が求めたのは、抽象的で捉えどころのない、時にその存在を忘れてしまうような神ではなくて、実在を確かなものとして感じられる神。むずかしい理屈ではなく、感情で、霊感で、しっかりと心のうちに捉えられる神だった」

「………」

「あくまでも仮定の話だけれど、もし十八歳から十九歳のちょうど修道の誓いを立てようとしたころ、修道院の院長が私のことをもっと信じてくれて、時に道を外れて悪さをしたことや、授業妨害したことなんか見逃してくれていたら――」

〈おいおい、けっこうワルだったんじゃないか……〉

「そんな私を許し、信仰心を認め、抱きしめてくれていたら、私は哀れむべき身の上、つまりカフェや酒場に入り浸ったり、芝居にうつつを抜かしたり、女の子のおしりを追いかけるような生活に身を落としたりしないで、瞑想に歓びを見出す敬虔な生活を生涯送ったかもしれない。今でもそう思うときがあるんだよ」

　そっか。ドゥニは生涯お坊さん、つまり聖職者として生きた人ではないのか。

「そういう意味では、私はおやじの期待を裏切り、故郷の人びとの気持ちを踏みにじった人間だ。子どものときは真剣に神の霊感を受け止めようとしたし、その恩寵に身を置いて生きようと思った。でもあえて言わせてもらえば、神は私にそんな人生を用意していなかった――これは後に母に告白したことでもあるのだけどね」

「お母さんはどんな方だったんですか？」

「やさしい人だったよ。父に叱られそうになるといつも間に入ってかばってくれたし。あれはいつの冬だったたか、とても寒い日があってね。夜ベッドで震えていると、母がわざわざ来てくれて、寒さで感覚がなくなった足を、温かいその手でじっと温めてくれるんだ。私が眠ってしまうまでずっとね。翌朝になってはじめて母がそこにいないことに気づく。

『ママン、どこにいるの』

　でもそのときには、私の手足はぽかぽかと温まっていたんだけどね」

「いいなあ、そんなお母さん」

「後に私は首都に出て、ソルボンヌに進学するわけだけれど――」

〈ドゥニ、パリに出たのか……〉

「放蕩息子で、ろくに勉強しないで遊んでばかりいたから、とうとうおやじに勘当されてしまってね」

「そうおっしゃってましたね」

「仕送りを止められて文無しになってしまったんだ。そんなときおやじに内緒で、そっとお金を小間使いに持たせて届けてくれたのも母だった。あとで聞いたら母のへそくりだったそうだ。とにかくそんな心遣いを忘れない母と、頑固だけど威厳を失わなかった父、この二人に育てられたからこそ、後の私がある。それは確かなことだと思う」

「………」

「おやじが亡くなってずっとあとのことだけど、私が故郷に帰ると、古老によくおやじを引き合いに出して叱られたものだよ。たとえば通りを渡ろうとする私の腕をつかんで言う。『あなたは首都でご活躍のようだ。有名になられたとも聞いている。しかし何になろうと、父親の偉大さやありがたみがわからないというなら、それは間違ってますぞ――』そんなふうに叱られることが、どんなにうれしかったか、きみわかるかい」

パリに出たドゥニは、いったいどのようにフランス革命と関わるのだろう。こうなったら、この霧に覆われた城館《シャトー》にとどまって、とことん話を聴いてみようと僕は思った。そのうちひょんなことから何かわかるかもしれない。

知らず知らずのうちに、僕はドゥニという人間が好きになりはじめていた。

第３章　神が見えなくなった日々

ドゥニはパリに出た。
多感な少年はそこで何を見たのだろう？　革命とどう関わったのだろう？
あのバスチーユ襲撃を目の前で見たのだろうか？
民衆が王宮に押し入ったときその中にいたのだろうか？
国王が処刑台に上ったとき歓声を上げたのだろうか？
ドゥニはパリで何を考え、何をしたのか？
僕は話の続きが聴きたくてうずうずしていた。
「私はジェズイット会の教師に推薦され、十五歳で首都で勉強することになった」

「優秀だったんですね。それも飛びぬけて」

「それほどでもないよ」

思わず照れて恥ずかしそうな顔になる。まるで子どもみたいだ。

「地方の子どもを首都の学院に送りこむのが、彼らの仕事だったからね」

「でもパリに出るってこと自体、大変だったのでしょう」

「首都はとにかく遠かった。その華やかさはあこがれの的だったけれど、いろんな人間がいるから気をつけろと言う人も多かった。悪いやつらがうじゃうじゃいて、田舎出の人間と見ると金品を巻き上げ、どこかに売り飛ばしてしまうと心配する者もいたし——」

「母上は、それじゃあ、とても心配されたのでしょうね」

「涙をぽろぽろこぼしてね。で、結局おやじがついてくることになったんだ」

「ラングルからパリまでどれくらいかかったんです？」

「乗合馬車で六日だった。丘を越え、谷を渡り、石造りの教会や城館《シャトー》を見ながら街道を行くんだけど、初めての遠出だから、人も風景も何もかも珍しくてね」

「ずっときょろきょろしっぱなしだった？」

「あははは、そのとおりさ。馬を交換する駅舎に着くと、物売りがやって来たり、乗り込んでくる人の身なりがさまざまだったり、とにかく退屈しなかった——」

「馬車にはどんな人が乗ってくるんですか」

「むずかしい顔をした役人もいれば、大きな荷物を抱えた行商の人もいた。坊さんも乗ってきたし、買い出しに行く農民もいた。たいていの人は半日か一日乗って降りていく。役人や坊さんを別にすれば、ほとんどの人は食べ物を持っていなかったね。

今でも忘れられないのは、すすだらけの顔をして体を寄せ合ったままじっと動かない若いカップルがいてね。駆け落ちしてお金がないのか、じっと座ったままで何も食べないんだ。坊さんはそんな彼らに冷たかった。見て見ないふりをしてね。おやじも見ないふりをしてたみたいだけれど、私は自分が食べるとき、そっとパンを差し出したんだ」

「その二人……うれしかったでしょうね」

「『ありがと。子どものお坊さん』黒ずんだ顔をしたマドマゼルが、天使のようなほお笑みを浮かべてくれたっけ」

「彼らもパリまで行ったんですか？」

「いや、僕が眠っている間に、どこかで降りてしまったみたいだった」

「そのう、乗合馬車の旅って安全なんですか」

「街道の治安は比較的よかったよ。ただ駅舎によっては、槍や刀を持った兵士がいたし、彼らが警護のためにと乗りこんでくる村もあった。じっさい食いっぱぐれた男女が鎌や斧を持って道をふさぎ、馬車を襲ってきたことがあるとも聞かされたからね」

「なぜそんなことが？」

「おやじはほとんど押し黙ったままだったけれど、その時は、

『飢饉だな。わずかな収穫も領主に持っていかれ、食べるものがないんだ』

と、つぶやいていた。実際、飢えた農民に襲われた領主の館のそばも通ったけど、石垣が崩れ、やぐらが焼け落ちてそこらじゅうに死体が転がっていた。幼い子どもの遺体もあって、目をそむけずにはいられなかった。これが同じフランスなのかと信じられなかったよ」

「そんなにひどかったんですか」

「ラングルにも金持ちはいたし貧しい人もいた。でも旅をして驚いたのは、その差のあまりの激しさだった。特にそれを感じたのは貴族の自家用馬車とすれ違ったときだ」

「自家用馬車？」

「あまりの豪華絢爛《けんらん》さに目を奪われてしまったよ。馬車は六頭立てだし、金ぴかに飾りたてられ、スプリングは特別製さ。大量の食糧と着替えの衣装が積まれ、ワイン蔵まで備えつけられて、給仕長まで連れているという。信じられるかい？」

「一方で食うや食わずの人がいるのに」

「そうなんだ。でもね、私が馬車で見たのはまだいい方だった」

「どういう意味ですか」

「首都に出てみたら、貧しさと豊かさの差はそんな程度ではなかった。私は首都に出てはじめて、人びとの暮らしがどんなものか知らされ、格差の現実を知らされたんだ――」

パリに出たドゥニが入学したのは、ジェズイット会の高等専門学校ではなく、ジャンセニスト派の名門ダルクール学院だったという。同じカトリックでも、ローマ教皇の教えや布教、奉仕活動など人間の行ないを重要視するジェズイット派と、大切なのは神の恩寵のみだと説くジャンセニスト派は、当時激しく対立していたらしい。ジャンセニストとはネーデルランドの司教ジャンセン（ヤンセン）の教えに共鳴した人という意味で、祈りと禁欲の厳格主義が徹底していた。有名な哲学者ブレーズ・パスカルもこの派に属した人だとか。いずれにせよこちらの学院に来たのは、何かわけがあってのことだろうけど、ドゥニが何も言わなかったから僕も聞かなかった。――資料によっては、ジェズイット会のルイ・ル・グラン学院に入学し、そこから移ったという説もある――

彼がおかしそうに話したのは、むしろなかなか帰ろうとしない父親のことだった。

「毎日パリじゅうを歩きまわり、夕方になると学寮に来て、地図を片手に言うのさ。

『間違ってもこの新橋《ポンヌフ》界隈には行くな。歓楽街だからな――』

『ドーフィーネ広場周辺には、ごろつきみたいなのがうようよしている――』

首都のあまりの猥雑《わいざつ》さ、いかがわしさに、驚きあきれ果てたらしいんだね。

『とにかくまじめに勉強すること。変な連中と関わったりつきあったりするな――』

『金は毎月送るから心配しなくていい。お前は昔から気前がいいから、たかられないようにな。

施しも少しならいいが、やりすぎてはだめだぞ――』

『悪魔の誘惑に気をつけろ。化粧した女には絶対に気を許さないことだ――』

そんなことばかり言われたよ。それで見るに見かねた学院長に呼び出されてね。

『息子さんのことは勉学のみならず、生活態度や心の動きについても、十分に注意し監督しますから、安心してお帰りください』

そう言われて、おやじはようやくラングルに戻っていったんだ」


こうしてドゥニの首都での生活は始まった。

「毎日神学とか哲学を勉強したんですか？」

「まさか。そんなことしたら頭がどうにかなってしまうよ。教師は口を開けば、授業に出ること、予習復習を怠らないように、を繰り返したけど、だれも聞かなかったね。名門貴族のお坊ちゃまなんか、『必要なのは卒業証書だけさ』と、うそぶいて全然まじめにやらなかったし、だれもが遊ぶことばかり考えていた」

「どんな科目があったんですか？」

「主要科目はまず修辞学」

「シュウジガク？　どんなものですか？」

「なんといえばいいかな……そうだな。私がダルクール学院に入学したとき、最初に論じなさいと言われたテーマはなんだと思う？」

「入学したとき？　そうだな……あなたはいかなる神を信じるか、とか？」

「あははは、それならいい方だよ。まともな問いかけだもの。私に出されたテーマは、『蛇はなんと言ってエヴァを誘惑したか？』だったんだ」

「え？　何ですか、それ？」

「聖書の最初の方、エデンの園の物語に出てくるのさ。神が初めに創造した人間がアダムでエヴァはその妻だ。蛇というのは悪魔の化身でね。言葉巧みにエヴァを誘惑する。人間はこの誘惑に負けたときから罪ある存在となった――」

「でも蛇がなんと言って誘惑したかなんて、むずかしすぎます。とてもわかりませんよ」

「だろ。私にも答えられない。十六歳の子どもにそんなことわかるわけがないもの。でも私はすらすらと答えた――」

「ど、どうして？」

「答えは私が考えなくていいからさ。昔々の教父と言われる大学者がどう言ったか、それを思い出すだけでいいのだから」

「……………」

「言ってみればこれが修辞学なんだ。つまりヴェルギリウス、キケロ、アウグスティヌス――彼らが言ったことをひたすら暗記する。自分で考えちゃいけない。独自の表現もいけない。ただ模倣し、完璧に文法どおりにそれを口に出す」

「それが修辞学で、主要科目ですか」

「ウイ。それからラテン語。ラテン語は神の言葉に最も近いものとされたから、勝手に翻訳したり解釈したりしてはならなかったのだけどね。あと論理学とか代数学、幾何学、物理学なんかもあった。私はラングルの学寮にいたころからギリシャ、ローマの古典はよく読んでいたし、ラテン語も少しは頭に入っていた。だからあまり苦労はしなかったし、授業にもそこそこついていけたよ。ただ――」

「ただ?」

「首都には知り合いもいないし、遊び仲間もいない。それがつらかったね。パリという所は、お金持ち、つまり貴族や特権階級の子どもには、華やかで遊ぶ場所がたくさんある街だけど、田舎者にはつらく、つれない街なのさ」

「どこがどこかもわからないし」

「はじめのうちは、学寮から出るのさえおびえるほどだった。先輩の司祭に連れられて、初めてルイ十五世広場からセーヌ河畔を歩いたときなんか、見るもの聞くものすべてが物珍しくて、口をあんぐり開けてばかりいたものだよ。貴族の子どもはけっこう世慣れていて、どこに行けばきれいな女の子に会えるとか、どこのレストランは付けがきくとか、やたら知ってるんだ。歓楽街に詳しい生徒もいて、誘い合わせては出かけているみたいだった」

「ドゥニも出かけたんでしょう」

「ははは、まさか。私はいちおう司祭の卵だったたし、飛び級のせいで年も下だったからそんな所には行かないよ。でも街の様子がわかってくると、だんだん出歩くようになった。ノートルダーム大聖堂とかサン・ジェルマン・オーセロワ教会前の広場にね。そこにはいろんな人が集まるし、日によっては市も立つから、それを見に行くのが楽しかった」

「ノートルダームには僕も行きましたよ。鐘楼にも上りました。あそこから見るパリの眺めは最高ですよね。大聖堂の高さがパリの街とみごとに調和しているというか、花の都パリをたぶん最もいい角度から眺められます」

「花の都パリだって？　ルー君、おもしろいやつだな、きみは」

ドゥニはおかしそうに笑った。人なつっこくて思わず一緒に笑ってしまう、そんな笑顔だった。

「聖堂前の広場にはいろんな大道芸人がやって来て曲芸を見せるんだ。物売りもいた。あやしげなものを売る男たちもね」

「あやしげなものって？」

「万病に効く薬草とか、あぶない画集を売りつけるペテン師とか――」

「それってポルノ？」

「ウイ。ただし絵は最初の二〜三ページだけで、あとは何も描かれていなかったり」

「あははは……」

「それからにせ司祭に、にせ修道僧もいた」

「彼らは何を売りつけるんです？」

「さっきの反対で聖画さ。幼子イエスと聖母マリアと聖ジョゼフの聖家族とか、天使ガブリエルによる受胎告知の絵とか――」

「おいおい」

「でも四ページあたりからはただの白い紙？」

「というのもあれば、途中からあぶな絵に変わってしまうのもあった」

「それからにせの説教集。教会に行けない病人とか貧しい人のために書かれたものさ。さも司教や司祭が語ったように書かれているけれど、実際はライターがいて、バイト代わりに神学生が書いたりするんだ。やがて私も頼まれるようになるんだけどね」

「内容はいちおうまともなんですね」

「もっとも、途中から聖母様が娼婦に変身したりするあぶないものも――」

「いいんですか？　そんなものを書いて」

「いいわけないよ。神の言葉を書いて売ること自体犯罪だし、まして主イエスや聖母があぶない物語に登場すれば重罪だ。投獄、悪くすれば火あぶりの刑が待っている」

「わお。とにかく詐欺師やペテン師がうようよしていたんですね。それも教会の前に」

「広場にはあらゆる人が集まってくるからね。物乞いが大勢いたし、痩せこけた子どもや老人も多かった。ほとんどの子どもはぼろをまとい、はだしで歩きまわって、大道芸人の曲芸がはじまると見物人が投げる銅貨に群がる。銅貨が地面に落ちるか落ちないうちに飛び出して拾って逃げる。絶えず目を動かしているから、すぐにわかるんだ」

「油断も隙もないですね」

「乳飲み子を抱えた女もいっぱいいいたよ。一人がぼろの下から白い腕を差し出して『お恵みを』と言うと、はす向かいから老婆が歯の抜けた口いっぱいに『お慈悲を』と叫ぶ。一人に金を渡そうとすると大騒ぎになって、あとが大変だった」

「それが首都の現実だったんだ」

「首都の裏町にはラングルにはない貧しさと惨めさがあったような気がする。ルー君、さっきノートルダームに行ったと話してくれたよね」

「ええ」

「あの周辺はごみごみして、迷路みたいな路地や裏道がいっぱいあってね。どの路地にも小さな工房や、とても家と呼べないような小屋が並んでいた」

「お父上が行ってはいけないと言った場所ですね」

「ウイ、そうだよ。間口の狭い半分傾いたような作業場や工房が軒を並べていてね。男や女が土間でむち打たれながら布を織ったり、材木を手ごろな大きさに削ったり、紙を折ったりさせられている。その間をすすや油で真っ黒に汚れた人夫が、荷物を担いで歩き回るんだ。怒号や叫び声、絞り出すようなうめき声が、至るところで飛び交っていた。

で、女や子どもや老人がいる場所はと言えば、路地の奥にある、人間の住まいとは思えないような小屋なんだ。漆喰《しっくい》がはげ落ちて古い煉瓦がむき出しになったり、壁が崩れて穴が開いていたり、屋根を支える横木や梁《はり》が今にも崩れそうな、そんな小屋が軒を並べていた――」

「まるで貧民窟《スラム》ですね」

「ダコー、そのとおりだよ。私は神学生だから夜は出歩かなかったけれど、日が暮れるともっと惨めだという。人夫や職人は安酒場でその日の稼ぎをみんな飲んでしまう」

「え？　だって家ではおなかすかして――」

「わかっていてもやりきれなくて飲む。待っている女や子どもは食べるパンさえないんだ。だから物乞いをするか他人《ひと》の食べ物をくすねるしかない」

「そうなんだ……」

「わかるだろう。首都に出て初めて人びとの暮らしがどんなものか知らされ、格差の現実を知らされた、と言った意味が」

「よくわかりました」

「新橋《ポンヌフ》からドーフィーヌ広場のあたりにも一度だけ行ってみた。羽飾りをつけ宝石をいっぱいあしらったドレスを身に着けた男女が、食べきれないほどの料理を前にシャンパンや高級ワインの栓を競うように抜いていく。その光景には腰を抜かしたよ。学院の生徒の中にも、家に帰れば料理が二〇品以上もテーブルに並ぶという者がいたんだけど、生まれた家が特権階級に属している、ただそれだけのことで贅沢のし放題なんだ」

「間違ってます。それって」

「やっぱりそう思うだろう」

「絶対に思います。人間として許せる限界を超えています」

「そう言ってくれると思ったよ。ルー君は私の同志だ。よし、乾杯しよう」

僕たちはいつのまにかテーブルに用意されていたスパークリング・ワインで乾杯した。妖精はテリーヌとチーズを添えることも忘れなかった。

「パンくずに群がる子どものひび割れた足、重すぎる荷物にゆがむ人夫の顔、乳飲み子を抱えて今にも倒れそうな痩せた女の白い腕――目を閉じるとそんなものばかりが浮かんでくる。何がこんな貧しさ、惨めさを生むのか。どうしてこれが是正されないのか。私は嘆き、憤慨し、祈り、この惨めさをなくすにはどうすればいいのか、考え続けた」

「神学なんかそっちのけで？」

「ウイ。そのころにはソルボンヌに通うようになっていたから。あ、言ってなかったけど、十九歳のとき出した論文が通って、ソルボンヌから古典と哲学の教授資格を与えられたんだよ。だから私はソルボンヌに通い、古くさいスコラ哲学が幅をきかす研究室で、教授や学生とともに勉強していた」

「す、すごいじゃないですか」

「そこには読みたい本がいっぱいあった。神学、修辞学だけでなく、道徳哲学や科学の本、風通しのいいイギリス社会の最新事情を伝える本なんかがね。しかも神ではなく人間にだってやれることがあるんじゃないか。そんなふうに考える教師や学生もいたんだ」

「同志ですね」

「そうなんだよ。私は彼らと教室を抜け出しては、カフェや居酒屋に行って大いに論争したものだ。そして教授や司教のことをあれこれ批判するうちに、贅沢三昧《ぜいたくざんまい》をしているのは貴族だけじゃないことも、思い知らされた」

「聖職者……ですか」

「特に位の高い坊さんだ。ソルボンヌには大勢いた。彼らは口を開けば、『貧しい者は幸いだ。神の国はあなたがたのものだ――』と、説くくせに、自分たちは美酒に酔い、高価な東方の香辛料をふんだんに使った肉や魚料理をたらふく食べていた。ひとたび儀式となれば金糸銀糸を使った僧衣を身にまとい、自分の姿を何度も姿見に映して、特権階級の人からどう見られるか入念にチェックする。そんな彼らに、飢えている者は幸いだ――などという資格があるだろうか」

「…………」

「私は学寮に戻るたびに先輩司祭や教師に聞いた。

『どうして貧しい人びとに手を差し伸べようとしないのですか。こんな悲惨な暮らしが存在することも神の御心なのでしょうか――』

そうしたら、彼らなんて答えたと思う？」

「なんだろう……わかりません」

「『すべては神の御旨《みむね》のままにある――』

私は思わず聞き返した。

『でも神がこのような生活を、進んで人に与えるものでしょうか』

『神は天地を創造し人に与え給うた。そして深い思慮のもとにわれわれを導いてくださる。われわれには神の意図はわからない。ただすべてのことを通して神は人によいものを与え、人をよりよくしてくださる。だからわれわれは疑わずに信じるしかないのだ』

『でも、彼らのために私たちにできることがあるはずです』

『きみに何が求められているか。それを知るためにも、そこに到達するためにも、きみは勉学に励まなくてはならない』

『もう教父哲学や修辞学は飽き飽きです』

『なんてことを言うんだ。きみはそのためにここに入学したのを忘れたのか。修辞学はよりよき聖職者になるための基本であり目標なのだから――』

と、こうなのさ」

「それが答えですか」

「私は質問するたびに失望し、勉強する気を失った。習うことと現実があまりにもかけ離れている。しかも学院長も司教も、現場の教師でさえも、現実を見ようとも深く知ろうともしない。ただ彼らの言う〈よき秩序〉が保たれ、学院が平穏ならば彼らはいいんだ。

『この世は、涙の谷間なのだから、死んだ後、天国で神の祝福が受けられるように、人は身を慎み耐え忍ばなければならない。貧しければ貧しいほどその人は幸福なのだ――』

と、真顔で言う。

『すべてのことは神のおぼし召しなのだから、つゆほども疑ってはならない――』

私はあきれてものが言えなかったよ。これが神の御心であり、よき意図だなんて、私にはとても承服できなかった。ありえない。絶対にそんなはずはない。ジェズイットもジャンセニストも、教義も、秘跡も、もはや信じられなかった。私は教父の教えから離れ、聖職や教職に進む気持ちをしだいになくしていった。神が見えなくなったんだ――」

「神が見えない、ですって？」

「見えない。どうしても見えない。だから祈るときは神を問い詰めた。教職には就かない。勉強もしない。ただあなたを感じたい。真に存在するなら感じさせてくれ、と」

「待ってください。故郷ではご両親が聖職に就くことを期待して待っていたはずだし、そのために学資を送ってくれたのでしょう」

「そうだよ。ソルボンヌで教師の資格を取ったと知らせると、あの無口のおやじがそれこそ小躍りして街じゅうに触れまわったというからね。送る金も増額してくれたんだ」

「まずいじゃないですか」

「仕方がないさ。で、そんなある日、カフェで顔見知りから演劇を見に行かないかと誘われた。サン・ジェルマン大聖堂の裏手にある劇場が諷刺劇で人気を集めているという。女の子のおしりばかり追いかけている貴族と召使いのやりとりで、身なりと体面しか考えない間抜けな貴族が、機転の利く召使いに手玉に取られる、という筋書きだ――」

「かなり大胆な内容ですね」

「行ってみたら、芝居小屋みたいな劇場が人であふれている。すごい人気だ。学生だけでなく、労働者風の男やおかみさん連中もいる。幕が開くと大騒ぎで、俳優のせりふだけじゃなく、身ぶり手ぶりの一挙一動に笑いが巻き起こり、時にすすり泣きが聞こえ、足を踏み鳴らして叫ぶんだ。私も笑い転げ、涙を流し、一緒になって足を踏み鳴らしたよ」

「舞台と観客が一体なんですね」

「そうなんだ。諷刺劇の中に日々の営みが、思いが、憂さが、みんなこめられていた。だから共感し、笑い、泣ける。だから報われる。憂さが晴れる。これだ、と私は思った。銅貨を握りしめ、その日の稼ぎを手にやって来た汗まみれの男が、女の顔が、そのことをはっきり教えてくれた」

「………」

「劇が終わり、上気した満ち足りた顔で人々が席から立ち上がる。その表情を見たとき、ここに救いがある、私にできることはこれかもしれないと思った。

ふとわれに返ったとき、客席にはもうだれもいなかった。至るところに紙くずが散乱して、通路の脇にくしゃくしゃになった冊子の切れ端みたいなものが見えた」

「パンフレットか何かですか」

「分冊で売られている聖書だった」

「聖書が分冊で？」

「分厚い聖書を細かく分けて売るのさ。貧乏学生がよくやっていた」

「それが落ちてた？」

「パウロの書簡集が一部ちぎれてね。それで拾い上げ、何気なく開いて、読んだ。

『あなたがたのうちに働きかけて、その願いを起こさせ、かつ実現に至らせるのは神であって、それは神のよしとされるところだからである。すべてのことを、つぶやかず、疑わないでしなさい――』

絶句した！　震えたよ。一瞬めまいのようなものに襲われ……立っていられなかった」

「………」

「霊感のような何かを感じたんだ。子どものころラングルの城壁の上で、金色の日の出を見たときのように、心が激しく揺さぶられた――」

ドゥニの顔に赤みがさしていた。

「私は首都で信じられないほどの貧富の差と、不道徳と、不幸を目の当たりにした。そして何とかしなければならないと、ずっとそのことばかり考えていた。私はそのときひとつの確信を授かったんだ。つぶやかず、疑わずに、やるべきことをやれ と――」

「それはつまり……」

「確かに神は天地宇宙をお創りになったかもしれない。しかしその上にできた人間社会はまさに私たち人間が作ったものだ。だとすれば責任は神にではなく私たちにある。償いをするのは私たちだ。自分たちの手で作ったものなら、自分たちで直せないはずはない。私たちは神から与えられた賜物すなわち理性を働かせて、正しい社会を作り、みんなを幸福にする義務があるのだ！　それが私に与えられた確信だった」

「ブラヴォー！」

僕は思わず手をたたいた。彼の瞳はきらきらと輝き、その声は力にあふれ熱っぽかった。

どこかで見た顔だった。

革命家？　社会思想家？

間違いなく彼はフランス革命に関わっている。

アニエスが僕をここに連れてきたわけが、ようやくわかったような気がした。

——聖書の言葉は、日本聖書協会刊の一九五五年改訳聖書「ピリピ人への手紙」二章十三～十四節から引用した。

第４章　放蕩三昧のボヘミアン

僕が暮らすようになった石造りの城館《シャトー》は、とにかく不思議な建物だった。まず日がささない。湖か川のほとりにあるせいなのか、待っても待っても霧が晴れない。険しい岩山の上にあって、木も草も生えない場所かと思ったら、庭は紅や黄色や水色の花が咲き乱れるお花畑で、その中を下りていくと、小さな谷を挟んで明るい森が広がっている。森に出るには門をくぐらなければならないけれど、その扉はいつも閉まっていた。

扉といえば建物には僕の知らない扉がいくつもあった。僕が出入りするのは、最初にドゥニに紹介されたマントルピースの置かれた広間、その隣にある庭に面したカフェテラスのような小広間、いつも話を聴くラウンジを兼ねた書斎、天井からシャンデリアの下がる食堂、そして寝室として使わせてもらっている小部屋 —— それくらいのものだけれど、たとえばマントルピースの横とか、階段の踊り場とか、廊下の曲がり角とか突き当りとか、部屋によってはカーテンのうしろにも扉があって（ドゥニがこっそり教えてくれた——）、どこか別の部屋か廊下に通じていたりするのだ。

僕の寝室だってそうだ。部屋は天蓋つきのベッドが置かれて、ちょっとロココ趣味なのだけれど、奥に扉がある。で、ある晩、好奇心からその扉を開けてみたら、何があったと思う？　そこは円形の明るい水色の壁に囲まれたシャワールームだったんだ。ボディーソープにシャンプーやコンディショナー、タオルにヘアドライヤーまでセットされた二十一世紀仕様のね。僕は心行くまで汗を流し、髪を洗い、さっぱりして寝た。それ以来タイムスリップするような気分で、わくわくしながらその扉を開けている。だからまだ知らない扉を片っぱしから開けてみたら、きっとおもしろいだろうなと思う。

もちろん他人《ひと》の部屋をのぞいたり、勝手に入り込んだりするのはマナー違反だから、そこまではしないけど、とにかく不思議な建物であることは確かだ。

「退屈させたりしませんわ」

これが妖精の演出なのか、ドゥニがもともとそういう造りの城館《シャトー》に住んでいるのかはわからないけれど、居心地は悪くない。むしろ最高だ。そして早速そんな好奇心を満足させてくれる、というよりも信じられない光景に僕は出会うことになった。

「いつでも入って好きな本を読むといいよ」

と、ドゥニが案内してくれた書庫に行ったのが始まりだった。書庫は僕の寝室の反対側にある、やはり円形に近い（たぶん八角形だと思う）天井の高い部屋で、壁の本棚には活字本や筆写本などたくさんの本が並んでいる。どれも革表紙のしっかりした装丁で、大きさはさまざまだったけれど、時おり風に当てているのか、かび臭いものは一つもなかった。

その日、ソルボンヌでの学生たちとのやり取りを聴いたあと、僕は一人で書庫に行った。書斎から廊下に出て、突き当たり手前の扉を開ける。すると両側に棚のある小さな廊下が現れる。奥の扉の向こうが書庫だ。わくわくしながら扉に手をかけた。

足を一歩踏み入れたとたん、僕は固まった。

「………！」

石造りの建物が並ぶ街角に立っていたからだ。ふり返ると扉は消えていた。用が済んだどこでもドアみたいに。

〈なんなんだよ、これって？……〉

路地の向こうから、本を抱え、グレーのセーターにチャコールグレーのスカート、襟にレモンイエローのスカーフを結んだ、女学生風の女の子がやって来た。

「ボンジュール、ルー！　サヴァ？　お元気？」

「アニェス！……」

「やだ、目が点になってるじゃない。もう」

「ここは……どこ？」

「セーヌ左岸の学生街よ。ドゥニが通った界隈なの。もっともこれは現在《いま》の姿だけど。ルー、しっかりしてよ。これでも精一杯演出してるんだから」

女学生は手を振って通り過ぎていった。後ろ姿が遠ざかるにつれて風景が変わる。街路灯が角灯になり、車が消えて馬車が行き来しはじめた。行き交う人びとの服装が見る見る十八世紀風になったかと思うと、街全体がうっすらとセピア色がかった色彩になった。

焼き栗の屋台に若者が集まっている。その隣では痩せた背の高い男が本の呼び売りをしている。首から下げた箱に並ぶのは、青表紙の薄っぺらい文庫みたいな本だ。新聞らしき冊子ものぞいている。文房具の店がある。さまざまな大きさの羽ペンや筆ペン、画材用の厚紙、ノート用のとじた薄紙、便箋、封筒、封印のための蜜蝋《みつろう》、絵の具、定規、道具箱――など何でもある。

「スコラ哲学って観念的すぎると思わないか」

学生が声高にしゃべりながら通り過ぎる。

「快楽にまったく言及していない。そこが問題だよ。人間、生涯禁欲なんて無理さ」

「ははは、これだけ誘惑が多ければ、なおさらな」

芝居小屋がある。前衛芝居の小劇場って感じだ。ドゥニが誘われたのはここだろうか。

表通りに出た。一段とにぎやかだ。カフェや居酒屋が並び、どの店も人が入っている。仕事場以外に行き場所がなかった人びとが、ようやく居場所を見つけたのだ。本を読んだり、議論をしたり、手紙を書いたり、思い思いに時間を過ごしている。きょうは休みなのか、昼日中《ひなか》から赤い顔をしてご機嫌の男もいるし、口角泡を飛ばす若者もいる。

「都市は人を自由にするか――」

ひときわにぎわっているカフェを見つけた。カフェ・プロコープ。せっかくだからと空いているテーブルを見つけて座り、コーヒー、いや思い直してワインを注文する。

学生らしい若者グループが一角を占領していた。ギリシャやローマの詩句を口ずさむ者がいるかと思えば、哲学を論じる者がいる。一人が熱くなってテーブルをたたきながら叫ぶと、別の学生が立ち上がって反論する。そのたびにまわりが、「ブラヴォー」とか、「ノン、ノン」とか叫ぶ。

「諸君、神の意図とは何か」

あごに濃いひげをたくわえた神学生風の男が立ち上がった。

「それはだ。大自然の法にほかならない。おれたちが見ているものは単なる現象。時とともに変化する移ろいやすい現象だ。しかしその底流に流れている法則は変わらない。不変なのだ。この法則にのっとってしか人間は生きられない」

僧服をまとった青白い骨ばった顔をした男が反論する。

「その法則を与えたもうた方こそ、神ではないのか」

「ノン。それを発見したのは人間だ」

端でやり取りを聴いていた、浅黒いいかにも体育会系みたいな学生が立ち上がる。

「神はこの天地宇宙を創造した。じつに精巧に、精密な歯車がかみ合う時計のように」

「神は時計屋か」

どっと笑いが起こる。

「そしてあとのことはいっさい人間に任されたのだ」

「そんなこと答案に書いてみろ。たちまち赤点だぞ」

僧服の男が声を張り上げる。

「すべては神のご意思であり、神に出て神に帰るのだから」

「お前、坊主の家系か。寝んねだな。それじゃいつまでたっても女の子にもてないぞ」

「そりゃ地獄だ」

またどっと笑い声。縮れ毛の若者がワイングラスを手に立ち上がる。

「神は男だけでいるのはよくないと、女の子を創造されたんだからな」

異議なし！　そうだ！　そうだ！

学生たちはいっせいに叫び声をあげ、床を足で踏み鳴らした。そのときだった。ドアが開いて人なつっこい顔をした若者が顔を出した。

「ドゥニ！」

「ドゥニじゃないか！」

「こっちだ。こっち」

騒いでいた若者が腕を取って、自分たちの席に引っ張っていこうとする。

「また下宿を追い出されたんだって？」

「家賃滞納か。だとすれば、おれたちにも責任がある。さんざんたかったからな」

奥から店の主人が飛び出してきて、ドゥニの肩を抱きしめる。

「元気そうでよかった。心配しましたよ。ずっと来なかったから。だめですよ、きょうはあいつらにおごったりしちゃ。それより下宿先は見つかったんですか？」

「なんとかね」

いつものあの笑顔だった。

「ルー、ここだったのか」

一瞬こちらを見て、目が合うと、テーブルに招き寄せようとする学生の耳元に、

「今夜は大事な人を待たせてるんだ。あとで行くよ。飲んで盛り上がっててくれ」

そうささやくと、ワイングラスを手に僕の前に座った。

「だいぶ待たせちゃったかい」

それは二〇代から三〇代になろうとする、若々しいドゥニだった。

「にぎやかだろ。ここはヴォルテールが一時二階に下宿していたこともあって、けっこう哲学好きな連中とか作家志望の若者が集まってくるんだ。神は実在するか否かとか、演劇における三単一《レグル・デ・トロワズュニテ》の法則の是非とか、熱い議論が交わされる。昨夜の女の子とのデートを長々と聞かせるやつ

もいるし――」

「そうなんだ」

僕もいつのまにか、再会した旧友の気分になっていた。

「学寮、追い出されたのか」

「ああ、学院の会計係に借金を申しこんで、授業そっちのけで演劇やカフェにうつつを抜かしていたら、おやじに直訴されてね。何もかもばれてーらさ」

「それで……学院をやめたのか」

「やめた。で、おやじには坊さんや教師になるつもりはない。法律の勉強がしたい、と書いたんだ。手紙でさんざん叱られたけど、それで身を立てようというのなら仕方がないと、結局借金を払ってくれたばかりか、ラングル出身で法律事務所を構えている代訴人、ムッシュー・クレマン・ドゥ・リーに、私のことを頼みこんでくれた」

「すごいじゃないか。それで?」

「でもクレマンの事務所はやたら堅苦しくて、法規と判例の暗記ばかりさせられる。それが日課なのさ。いい加減いやになってね。それで事務所に行かずに演劇を見にいったり、英語やイタリア語を勉強したり、数学や医学の本なんか読んだりしてた」

「でも、それじゃおやじさんが――」

「金送ってくるたびに悪いなとは思ったけれど、いま夢中になれるものに入れこまなかったら、いつ夢中になれるだろうか。それを封印して通り過ぎる人生なんて、生きる意味がないよ。だから語学や読書に飽きると、ほら、例の劇場に通い続けた」

「病みつきになったんだね」

「古典劇であれ創作劇であれ、そこには人間のむき出しの姿がある。体が引き裂かれるような悲しみ、ぬぐってもぬぐいきれない罪の意識、身を焦がす官能の波、それらが独白《モノローグ》で、やり取り《ダイアローグ》で、身ぶり手ぶりで表現されるんだ。すばらしい俳優というのはね、身ぶりで言葉以上のことを伝えるんだよ。わざと耳をふさいで舞台を見たことが何度もあるけど、すべてわかる。いや言葉を聞かない方が、その人物の苦悩や慟哭《どうこく》や歓喜が、心にストレートに飛びこんでくるんだ」

「全身で表現するのか……」

「それで自分でもやってみたくなって、舞台俳優になろうと、連日、演技の稽古に打ちこんだんだよ。もともと私は声が大きいし、首都の人間みたいにきゃしゃで取り澄ましたりしない。身ぶりも大げさなところがあるだろ。だから向いてると思ったんだ。おなかの底から笑ったり、号泣して嘆き悲しむシーンを、家でも毎晩稽古した。それで――」

「下宿を追い出される羽目になったのか」

「下宿代をためたせいもあるけどね。とにかく役者になるには専用の稽古場が必要だってことが、よくわかったよ。それで演技の勉強をしながら脚本も書きはじめた」

「脚本ってつまり戯曲をかい？」

「演劇とは人間の営みがそのまま投影されるものだからね。あの先達ヴォルテールに言わせれば、『演劇とは人生を装飾するものであり、理性と感情の果てしない葛藤の中にある人間の心を高揚させ、興奮させるものだ――』

ということになるけど、私はそうは思わない。だって、見ればわかるけど、舞台は観客の熱い視線にさらされ、そこでは交わされるせりふだけでなく、しぐさ、声、顔色など、役者の肉体から発せられるすべてのもので、人間そのものが表現されるのだから――」

ドゥニはいつもにもまして熱っぽかった。ヴォルテールの名前が再三出てくることにも驚いたけれど、ドゥニが脚本を書いたということは、それ以上の驚きだった。

「何本も書いたよ。というのも演劇を縛っているルール、まるでカトリックの教義みたいな三単一の法則《レグル・デ・トロワズュニテ》に我慢がならなかったからね」

「三単一の法則だって?」

「つまり演劇とは、時の一致、場所の一致、筋の一致がなくてはならないというルールさ。一日のうちに、一つの場所で、一つの行為だけが完結する。どんな芝居でもこのルールを逸脱することは許されない。いわば基本のき、みたいなものだ」

「基本のき……」

「でもルー、おかしいと思わないか。人間の営みなんてそんな範囲に限定されて表現できるものではないよ。われわれの日常にはいろいろな人間関係が複雑に絡み合っている。人間をありのままに描こうと思えば、そんなルールは破るしかないだろう。で、そのことを証明するためにも、自分で脚本を書かなければならないと思ったんだ。家族の葛藤とか、身分違いの男女の恋物語をテーマにね。そしていつ声がかかっても上演できるように、準備も怠らなかった。もっともわかってくれる人はなかなか現れなかったけれどね」

「で、法律の勉強は？」

「途中からまったくしなくなった。興味を失ったんだ。

『きみは法規も民事訴訟や刑事訴訟も全然勉強しないじゃないか。抱えている本といえば英語か医学書だ。きみはいったい何になりたいのだ。英文学者か、それとも医者か』

とうとうクレマンに詰問調で迫られて、正直に答えるしかなかった。

『何にもなりたくありません。ただ勉強がしたいのです。私は今のままで十分で、何の不足も不満もないし、何も欲しくありません――』

クレマンはあきれておやじに手紙を書いた。おやじはかんかんさ。

『すぐに定職に就け。これ以上放蕩三昧は許さん。お前を見損なった。三か月待つ。その間に職に就かなかったら仕送りは打ち切る。ラングルに帰れ――』

でも、いまさらおやじの言うことなんか聞けるか？　で、私は法律事務所を追い出され、金もなくなり、安い下宿を探して転々と所を変えるボヘミアンになった、というわけさ」

「でもそれじゃ暮らしが……」

「勉強は続けたい。でも書いたものは売れない。金が入らない。初めのうち職がなかなか見つからなくて何も食べられず、空腹のあまり失神したこともあったよ。下宿のおかみさんがワインに浸したパンを持ってきてくれなかったら、あのまま倒れていたね――」

「おいおい」

「前に話したように、母がエレーヌという小間使いに金を持たせて届けてくれてね。

『奥様がひどく心配されています。坊っちゃま、ラングルにお帰りください。奥様が親戚筋に話をつけて、就職先を用意させるからとおっしゃっています』

と、さんざん懇願されたけど、私は帰らなかった。かわいそうに、エレーヌはその後二度もラングルと首都を往復してくれたんだ」

「とにかく……それで一息つけた」

「といっても金はすぐになくなる。当面はしのげても、それで生活できるってわけじゃない。だから必死になって金になる仕事を探したよ。少々危ない仕事でもね」

「危ない仕事？」

「にせ坊主。模造品を金持ちに売りつけるにせ鑑定士。貧乏貴族に夜会用の服を貸す衣装屋の口利き。足元を見てぼるんだ。払えないと家宝の宝石や細工物を押さえて売る」

「それって訴えられたりしないのかい」

「まずしないね。彼らはどんなに落ちぶれても体面にこだわるからね。あと質流れや盗品の売買の口利きとか、けっこう危ない橋も渡ったけど、悪事そのものに加担することだけはしなかったよ。そのうちつてができて、ぼつぼつ仕事口も見つかるようになってね」

「それはどんな？」

「貴族や役人の子どもの家庭教師さ。主に数学のね。けっこう子どもには好かれるんだ。教え子が、やめないで！　と叫んだおかげで契約が延びたこともあったし、ほかの屋敷から声がかかったこともあった。あと宣教師に頼まれて説教文を書くバイトとか――」

「そんなこと他人《ひと》に頼んでいいのか？……」

「いちおう教師だったし、司祭でもあったからね。植民地に渡る宣教師なんかが頼んでくる。たいてい三回分とか四回分まとめてね。一度引き受けると、別の宣教師を紹介されることもあって、そうなると食いつなげる。これはこれでなかなかおもしろかったよ」

「説教ってどんなことを書くの？」

「依頼主の職位とか謝礼の額にもよるけど、まじめな方では『よきサマリヤ人《びと》のたとえ』なんか、脚色して書いたりしたね」

「サマリヤ人？」

「ウイ。これは主イエス・キリストが坊さんに聞かせたたとえ話の中にあってね。だいたいこんな話なんだ――」

旅人がイェルサレムからエリコに下る途中に強盗に襲われ、金品をすべて奪われたばかりか、半殺しの目にあってしまう。道ばたに血だらけになって倒れていると、そこに祭司がやって来る。祭司というのは、神の箱が置かれていた神殿で聖なる儀式を執り行なう人で、神の言葉を人に伝え、人の罪の許しを神に願う、地位の高い聖職者だ。彼はしかしながら、遠くから血を流して倒れている人の姿を認めると、わざわざ道の反対側を通って、まるで彼を見なかったかのようにすたすたと行ってしまう。

次にレビ人《びと》がやって来る。レビ人は旧約聖書の「民数記」に規定が記されている、祭司の補佐をする人で、やはり神に仕える人だ。ところが彼もまた身を避け、男を見ないようにして、反対側の道ばたを通って行ってしまう。

ずいぶんひどい話だけれど、それで三番目に通りかかったのが、当時ユダヤ社会から差別され、さげすまれて、口もきいてもらえなかったサマリヤ人《びと》の行商人だった。

彼は遠くから血を流して倒れている男を見つけると、すぐに駆け寄って抱き起こし、まだ息があるとわかると、衣服が血で汚れるのもかまわず、持っていたオリーブ油とワインを傷口に塗り、包帯をして、とりあえず応急手当てを済ませた。そして自分の家畜に男を乗せて、近くの旅籠《はたご》まで連れて行き、介抱してやった。そして翌日、迷惑そうな顔をする宿屋の主人に、デナリ金貨二枚を渡し、

『部屋に寝かせて介抱してやってくれ。宿代と汚れた衣服の洗濯代、傷の手当ての代金、それに必要な分を含めてこれだけ置いていく。商売が済んだら帰りにまた寄るから、費用が足りなければ追加を払うよ。それじゃあご主人、頼んだよ――』

そう言って商売をしに出かけていった。通りかかった三人のうち、だれがこの強盗に襲われた旅人の隣人《となりびと》になっただろうか――


「このたとえ話には前段があってね。ある律法の専門家である坊さんが、

『なにをしたら永遠のいのちを自分のものとして受けることができるでしょうか』

と、主イエスに尋ねる。イエスは、

『律法には、なんと書いてありますか』

と、聞くんだ。すると坊さんは、なにしろ専門家だからね。すらすらと答える。

『「心を尽くし、思いを尽くし、力を尽くし、知性を尽くして、あなたの神である主を愛せよ」また「あなたの隣人をあなた自身のように愛せよ」とあります』

イエスはすかさず、

『そのとおりです。それを実行しなさい。そうすれば、いのちを得ます』

するとこの坊さんは、

『では、私の隣人とは、だれのことですか』

と、聞いてきた。イエスはそれに対する答えとしてこの話を聞かせたというわけさ」

「で、話を聴いて、坊さんは何と答えたんです？」

「『その人にあわれみをかけてやった人です』

するとイエスはこう言ったというんだ。

『あなたも行って同じようにしなさい』

と。つまり聖職者とか宗教家であるよりも、その時手を差し伸べる隣人《となりびと》であれ。これがイエスの教えなんだ」

「倒れている者に進んで手を差し伸べよ。か」

「この話を書きながらつくづく思ったよ。この場合の祭司とは高位聖職者、レビ人《びと》とは司祭か助祭のことだとね。彼らは神の愛を言うくせに、凶作で飢えた農民を見ても、手を差し伸べようとしないし、貧しい労働者には目もくれない。見て見ぬふりをする。なのに、口を開けば、『天に宝を積め。この世の幸福を願ってはならない――』だ。真っ先に糾弾されるべきなのは、彼らではないだろうか」

「ちょっと待って。それにしてもなぜ祭司やレビ人は助けなかったんだろう。半分死にかけた者を見たら、駆け寄って助け起こすのが当たり前じゃないか」

「おそらく……私の想像だけれど、血の汚《けが》れに触れることを恐れたのだろう。神殿でお務めをする祭司は、何よりも汚れを恐れたからね。汚れた霊でもしょいこんだら一大事だと思ったのさ」

「でも人を助けるのが聖職者の務めだろう」

「そのはずだ。私はそう信じたい。でも実際のところ坊さんにとって大切なのは、戒律を守り、きれいな僧服を汚さず、儀式を形どおりに執り行なうことなんだ」

「でも、たとえそうだとしても、神に仕える者がわざわざ避けて通るなんて」

「ひどすぎるだろ。でもそれが実態だ、今のフランスではね。私はだから宣教師に渡すときこう言ったんだ。ローマの偉い坊さんがなんと言おうと、イエスの教えだけは曲げないで伝えてくれ。キリスト教は信じられない。だからキリストそのものを伝えてくれと」

「………」

「もっともこれはまじめな方さ。原稿はにせ坊主や香具師《やし》からも頼まれたからね。やみでこっそり売りさばく分さ。彼らはもともと坊さんではないから、売れるもの、あぶないものを求めてくるんだ。だからもっと辛辣な話に変えて、つまり諷刺や批判をうんと効かせて渡してやるのさ」

「たとえば？」

「祭司のところを大司教に代えて、彼が女連れで通りかかったり、レビ人が大酒を飲んでいて、ばれるのがいやだからそっと通り抜けた――とかね」

「あはは、そりゃやりすぎだ」

「でもみんな歓ぶんだ。肥太った司教や司祭は見慣れているし、説教で何を言おうと、陰では酒池肉林に溺れている彼らの正体を知っているからね」

「ドゥニ、すごい才能じゃないか」

「とんでもない。ウケればウケるほど危ない橋さ。見つかれば牢獄行きだし。だいいち司教や司祭の手先が、どこで聞いてるかわからない。警察の密偵だってうようよしている。ポルノの取り締まりがやたら厳しくなったせいで、手が回るのが早いのさ」

「どうしてポルノが取り締まりの対象になるんだい」

「ポルノは諷刺と密接に結びついているからさ。名家のマダムやマドマゼルどころか、今や宮中のやんごとなき姫君まで諷刺画に登場する。美しくもあやし気な姿でね——」

「わーお」

「それがスキャンダルやゴシップ記事となって出回るわけさ。ある筋が貧乏画家やごろつき文士に金をやって、わざと猥褻《わいせつ》なものを書かせている、というわさもある。もちろん話はほとんどが絵空事だけれど、書かれた方はたまらない」

「だろうね」

「だれかをやっつけよう。世の中をひっくり返そうというとき、ポルノは絶好の紙爆弾なのさ。だから当局としても放っておけなくて、警察に命じて断固取り締まらせる。警察は発禁処分で出版元や印刷業者に圧力をかける一方、あらゆる所に密偵を放ち、犯人を挙げようとする。ポルノまがいは金になるけど、危険性も高いというのはそういうわけさ」

「すれすれのところで、なんとか暮らしているってわけか」

「ああ。仕送りを止められてからはずっとね。もっとも最近少しずつ翻訳の仕事も来るようになってきたから助かるけど――」

「で、また下宿変わるのか」

「ああ、そうだ。でも今度のは、これまでになく大変なんだ」

「なんで？」

聞こうとしたとき、学生が二、三人ドゥニを呼びに来た。

「みんな待ちかねているんだぜ、きみの話を」

「そうだ。そうだ」

「客人ともどもこっちに来いよ」

「で、早く聞かせろよ、こないだの続きを」

若者たちはドゥニの腕を取って連れて行こうとした。

「お客人、あなたもこちらに来て、一緒に聞きませんか？　ドゥニの心をとりこにして離さないかわいい恋人の話を――」


――「よきサマリヤ人のたとえ」は、日本聖書刊行会刊の新改約聖書「ルカの福音書」十章二十五～三十七節から引用した。

第5章　ナネットへの純愛《ピュアラヴ》

目が覚めた——
〈ここはどこだ？……〉
小さな燭台が枕元をぼんやりと照らしている。
僕は天蓋つきのベッドに寝ていた。だれが運んでくれたのだろう？
〈カフェにいたんだ……そこにドゥニがやって来て……〉
記憶の糸をたどる。
〈ドゥニが来て……いろいろ聴かせてくれて……仲間のテーブルに呼ばれた……〉
そこでひどく盛り上がった。話の中身は全く覚えていない。
〈飲みすぎて……寝てしまったんだ……〉

のどが渇いていた。枕元の水差しから水をコップに注いで飲む。

ふー、なんてうまいんだ……

もう一杯飲んで一息ついたところで、あらためて今の状況を考えてみる。

いつのまにかドゥニの城館《シャトー》に戻っている。ここは僕の寝室だ。昨日のあれは夢だったのだろうか？　カフェで会った若いドゥニ――

ん？

その時はじめて気がついた。壁に美しい貴婦人の肖像画が掛けられている。

〈こんなものあったっけ？……〉

襟の大きく開いた絹の衣装を身にまとい、髪の毛を小さく丸くカールさせた貴婦人だ。顔をやや右に向けた彼女の左手は机の上に置かれ、机には何冊もの本が並んでいる。ひときわ大きな一冊の背表紙の文字は「ＥＮＣＹＣＬＯＰＥＤＩＥ」だ。

〈ＥＮＣＹＣＬＯＰＥＤＩＥって、もしかして百科全書？　だとすると……〉

頭が少しずつはっきりしてきた。

奥の扉を開けてシャワーを浴び、顔を洗う。ひげも剃《そ》ってさっぱりした。

〈ちょっと建物の中を探検してみるか……〉

扉を開けて廊下に出る。まだ夜は明けていないみたいだった廊下にはかすかに霧のようなものが立ちこめていた。壁のところどころに小さな明かりがともってぼんやりとあたりを照らしている。まだだれも起きていないのか（といってもここにはドゥニと僕しかいないはずだけど――）建物はしんと静まり返り、聞こえるのは僕の靴音だけだ。

〈せめてBGMくらいサーヴィスしてくれてもいいのにな……〉

ふだん照明と騒音に慣れっこになっているから心細い。明かりを頼りにゆっくり歩く。

ん？

霧の中から風景画が浮かび上がった。泉のほとりでの語らい。何ていう絵？

〈「シャンゼリゼ」？　この森が？　昔はこんなところだったのか……〉

反対側の壁に木の枝につるしたぶらんこで遊ぶ女の子の絵が現れる。貴族の娘なのか、フリルの飾りのついたおしゃれな服を着て、脚を高く上げ、靴を飛ばしている。

〈わ、大胆……〉

廊下がギャラリーになっている。さらに行くと、貴人の肖像画が現れた。肩と胸を覆うマント、式典用のきらびやかな服に身を包んで、右手に杖、左手に羽飾りがいっぱいの帽子を持ち、やや半身にかまえてポーズを取っている。国王の肖像画か？　ルイ何世？

〈「モナリザ」とか、「ナポレオンの戴冠式」とか、「民衆をみちびく自由の女神」とか、僕にもすぐわかるような絵はないのかな……〉

明かりの向こうに部屋が見えた。展示室らしい。近寄ってみると四七号室と書かれている。誘われるように中に入った。

正面中央に肖像画が掲げられている。

文筆家が青いガウンを羽織っていすに座り、左手を軽く胸元に添えて、右手にペンを持って何かをしたためようとして、だれかに呼ばれたのか、右前方に顔を上げたところだ。

〈ドゥニじゃないか！……〉

くしで分けたような黒髪の混じった灰色の髪の下に広い額があり、柔和な目と高い鼻、かすかにほお笑みを浮かべた口元に、育ちのよさと柔和なその人柄が表わされている。

〈そっくりだ……〉

「いや、ルー君、褒めすぎだよ、それは」

ふり返ると、いつここに来たのか、同じガウンを身にまとったドゥニが立っていた。昨夜の若者ではなく、現在の（という言い方も変だけれど——）彼だった。

「似ているけど若すぎるよ。それに小顔できれいすぎる。まるで女の子みたいだ」

「いいえ。あなたの内面というか、パーソナリティーがちゃんと表現されていますよ」

「かつらを着けていると思われはしないかと、ずいぶん気にしたんだけど——」

「まさか。あのかつらを着けた貴族や裁判官の慇懃《いんぎん》無礼ないやらしさが、まったくないじゃありませんか」

「やさしいな、ルー君は。でも肖像画は真実を伝えるものでなくちゃ」

「この絵は十分に真実を伝えていると思いますけど」

「ありがとう。私が言いたいのは、肖像画は真実とかけ離れたものであってはならないということさ。よく貴婦人を、ギリシャやローマの神話の女神に見立てて描いた絵があるだろう。弓矢を持たせ、狩りの女神のポーズを取らせた絵とかね。ああいうのは肖像画ではないね。単なる見立て画だよ」

「見る人が神話を知らなければなんの意味もないですもんね」

「肖像画はその人の容姿と、人間性と、画面全体がちゃんと統一されていなくてはね」

「そういう意味では、これはあなたという人物をよく捉えていますよ」

「そうかな」

「ええ、確か僕の教科書にも載っていたはずです」

そう言って、はっと気がついた。

彼は有名な人物だ！……フランス革命のところに出ていた……間違いない！

「ルー君、じゃ、これはどうだい？」

肖像画が消えて、目の前に縦三メートル半、横四メートルくらいの大きな絵が現れた。

見たことのない絵だった。神話か伝説に題材を取ったものだろうか。緋色の敷物が敷かれた古代の壮大な神殿、太い二本の柱に囲まれた中央のやや右寄りに、白衣をまとった若者が立ち、左手を高く上げ、右手で短剣を自分の胸に突き立てている。

「怖《こわ》……」

斜め右上に向けられた顔、その表情には苦悩と切なさと、同時になんとも言えない気高さが漂う。正義に殉じた若者であるかのように、額には蔦の葉の冠が載せられている。そのすそには、ばらの花の冠をつけた白衣の美しい女の子が、突然の出来事に気を失ったのか、胸をはだけたまま倒れこんでいる。抱き起こそうとする侍女。恐れおののくまわりの人びと。

二人はロミオとジュリエットのような身分の高い貴公子とお姫様で、愛し合い、将来を誓った仲なのに、その願いがかなわず、予想だにしなかった悲劇が起きたのか。

背景の雲のむこうから、おおい、早まるなー！　と叫びながら、神殿の神が翼の生えた子どもの天使を従えて飛んでくる。でも時すでに遅し。

「――というような悲恋を描いた絵ですか」

「ルー君、なかなかいいところを突いているよ。これは『コレシュスとカリロエ』だ。描いたのはジャン・オノーレ・フラゴナール」

は？　何それ？

「すいません。コレシュスとカリロエって何ですか？」

ドゥニは無知な僕にあきれるでも、笑うでもなく、由来をていねいに説明してくれた。

もとはギリシャ神話にある物語だ。コレシュスはディオニュソス神殿の神官で、お参りに来るカリュドンの王女、美しいカリロエを見初めてしまう。彼女が神殿に詣でるたびに心の内を告白するのだけれど、いつもすげなく拒絶される。神官とはいえ、つらいですね。

——ディオニュソスはオリンポス十二神の一神で、豊穣とぶどう酒の神。大神ゼウスがテーバイの王女に産ませた子どもで、ゼウスの妻ヘラに憎まれ、長い間身分を隠して諸国をめぐらなければならなかった。その間に、各地にぶどう酒の作り方を広めたそうだ——

神官の嘆きを聞いたディオニュソスは一計を案じる。カリロエを困らせようと思ったのか、カリュドンに混乱を起こさせ人々を錯乱させたのだ。（この物語がフランスで演劇化され、上演されたときには、国中にペストが蔓延するという設定だった——）ディオニュソスの神託は、王女カリロエかその身代わりを犠牲《いけにえ》としてささげれば混乱は収まる、だった。犠牲は殺される。殺すのは神官の役目だ。しかしコレシュスは初めからカリロエの身代わりになる決意をして、いよいよという瞬間、短剣で自分の胸を刺す。これを見たカリロエは初めて彼の真心を知り、悔恨の念にさいなまれ、泉に身を投げて死ぬ。泉は後にカリロエの泉と呼ばれるようになったという。

「だからこの若者の表情は切なく、気高いのですね」

「ここに愛の真実が表現されていると私は思う。人は一人の人を愛するようになると、愛する者のために死に、身代わりになりたいと強く願うものだ。それは愛する気持ちがいかにいちずで強いものかという証しなのだ。私はコレシュスの表情の中にそれを見た」

「愛の真実！　強さ！　をですか……」

「そうだよ。神話や歴史の物語は、このように画面に人間の真実を表現させる。物語は絵の中で新しい力を得るのだ。私は『コレシュスとカリロエ』を絶賛し、絵画批評にそう書いた。そのような絵として人々に理解してほしいと思ったから――」

ドゥニの瞳がきらきらと輝いていた。愛の真実！　その証し！……

突然、稲妻のようにある考えがひらめいた。

〈ドゥニは知っていたのではないか。愛の切なさ、苦しさ、強さを……〉

きっと恋に落ちたのだ。

そういえば……　昨夜もだれかがドゥニの恋人とか言っていたし。

「私はソルボンヌに通うのをやめ、演劇にのめりこみ、バイトのかたわらカフェに入り浸り、演劇論を戦わしては自分でも脚本を書く――そんな生活に明け暮れていた。

おやじの友人には片っぱしから金を借りたし、同郷のカルメル会の修道士に持ちかけて、すべてを清算して修道士になるつもりだと生活費を巻き上げたこともある。神もあきれただろうね。で、そんなどん底のときに、一人の女の子にめぐり会ったんだ――」

予感は的中した。僕は照れる彼に迫って、というよりせがんで、頼みこんで、恋人の話をしてもらった。告白録みたいに――

まったくの偶然だったんだ。プロコープを出て路地を歩いていたとき、突然、前の方で悲鳴が上がった。急いでいた男に突き飛ばされたのか、紅いスカーフを巻いた女の子が道に倒れていた。大きなかごを抱えていてよけきれなかったらしい。かごの中身がそこらじゅうに散乱していた。レース飾りのついた肌着やシャツブラウスやスカートなんかが。

まわりには学生もいたし、労働者も、日傘を差した奥さんも、身なりのいい紳士も、僧服を着た坊さんもいた。でもわっと集まってきたのは、ぼろをまとい目をぎらぎらさせたがきどもだった。彼らはわっと駆け寄ると、たちまち肌着やスカートに群がって、奪い合いをはじめた。

「どけ。これはおれのだ」

「最初に見つけたのはおれだ」

レース飾りは引きちぎられ、肌着やブラウスは踏みつけられ、びりびりに破られる。

「やめて……」

悪がきの一人が、起き上がろうとした女の子のスカーフを引っ張った。彼女はもんどりうって倒れ、黒いふさふさした髪の毛がばらばらにほどけてしまった。

「やめろ！　がきども」

私は叫ぶと、スカーフを奪って逃げようとした兄貴分に、強烈なげんこをお見舞いした。

落ちていた棒切れをつかむと、がきどものしりを片っぱしからどやしつけてやった。あっという間にくもの子を散らすように彼らが逃げ去ると、私は泣いている彼女の手を取って、スカーフを返してやった。

ナネットはずっと泣いていた。頼まれた繕い物をお得意先へ届けに行くところだったらしい。私は恥ずかしさも忘れて、散らばったレースや肌着を拾い集め、彼女をプトゥプリエ通りの家まで送っていった。そしていかにもうさんくさそうな目でこちらを見る母親にわけを話し、お願いだから叱らないでくれと頼んだ。

「で、あんたは？」

いったいこの娘の何なのさ。露骨にそういう目で見られたから、とっさにうそをついた。

「通りがかりの神学生で、ゆくゆくは僧職に就く身です――」と。

この役なら地で演じられるだろうし。

ナネットは小顔で、大きな黒い瞳にすっと鼻筋が通り、その下に紅いくちびるがきゅっと結ばれたきれいな娘だった。小柄でかわいらしい体つきをしていたから、その時はわからなかったけど、実は年上だった。母親と二人暮らしで、下着やレースの製造や販売、古着の繕いや洗濯なども引き受けて生計を立てていたらしい。

しばらくして彼女が下宿に訪ねてきた。さんざん探しまわったという。

「先日はありがとうございました。あなたが通りかからなかったら、私どうなっていたかわかりませんわ。これほんの気持ちですの。よろしかったらお使いください――」そう言って男物のハンカチを差し出した。わざわざ買いに行ってくれたらしい。その心遣いがうれしくて、私は彼女をカフェに連れ出した。初めてのデートだった。

「よくこんなお店にいらっしゃいますの?」

「ええ、本を読んだり、友人と議論をしたり、新しい学説を論じ合ったりするんです。ここはわれわれみたいな居場所のない者のたまり場なんですよ。学生だけでなく、行商人とか、作家志望とか、あ、演劇俳優なんかもね」

「演劇ですか。素敵だわ。といっても見にいったことはありませんけど」

「お店が忙しいのですか」

「それもありますけど余裕がないんです。ちょっとでも時間があれば、洗い物や繕い物をやらされるし、ほら、店は職人とか小間物屋が出入りしますでしょう。母はあたしが男の人と話したり、そういう場所に行くのをとても嫌がるんです」

彼女はアントワネット・シャンピヨンという名前だった。母親は没落した田舎貴族の娘で、実業家と結婚したけれど、夫が投機に失敗し、破産して亡くなったため、働き口を求めて末娘の彼女を連れて首都に出てきたという。彼女は寄宿学校に入れられ、そこで初等教育を受けた後、呼び戻され、古着の洗濯や繕いをさせられた。

店はしだいに注文が来るようになり、人の出入りも増えたものの、母親はまわりの人にあれこれ言われることを気にして、娘につつましい暮らしをさせたし、ナネットもまた敬虔で慎み深い娘だったから、男から交際を申しこまれたり、結婚を申しこまれたりするようなことはついぞなかった。

「あたしってだめなんです。遊びとか、そういうのまったく知らないんです」

「それはよくないな。今度誘いますよ。演劇でも見に行きませんか」

「ほんとう？　わ、うれしい……でも」

「でも？」

「きっとだめですわ。母が許すはずありませんもの」

「しかし……」

「あ、いつのまにか長居をしてしまいましたわ。ごめんなさい。ごちそうさまでした。とても
……言葉で言えないくらい楽しかったわ」

席を立とうとするナネットの腕をつかんで私は言った。

「待ってください。実は……その……相談があって……古着のことなんですが……」

このまま別れたら二度と彼女に会えない。私は必死だった。無垢な娘をだましてはならないけれ
ど、なんとかつきあってもらいたくて、出まかせを口にしたのだ。

「古着のことって……どういうことですの？」

「つまり……その、あまりにも……みっともない話ではあるのですが……」

天啓のようにあることがひらめいた。思わず心の中で主に手を合わせた。

「その……まもなく聖ニコラ学院で修道士としての生活が始まると……着替えが何組か必要にな

ります。ま、上着は僧服ですから、これは一着あれば事足りるのですが。下着はそうはいきません。やはり何着か替えを用意しないと、それで――」

「わかりましたわ」

ナネットは目をくりくりさせてうなずいた。

「あれこれ新品をそろえるのではなく、古着で、それもできれば傷んでない、いいものを見つけたいとおっしゃるのね」

「そう、そうです。まさにそれです」


私は客として店に顔を出すことになった。

ナネットはいつもうれしそうに出てきて、事細かに相談に乗ってくれる。時には二人きりになりたそうな表情まで浮かべる。母親はそういうことに敏感だから、よけいに二人を放っておかない。着替えの注文だって、そうたびたびするわけにはいかない。そこである日、母親に思い切って持ちかけた。

「聖ニコラ学院に通うようになったら、新しい下宿を探さなければなりません。どうでしょう。お店の二階の部屋をお借りするわけにはいかないでしょうか」

母親の目が点になる。あなた自分の言ってることがわかっているの？

「お申し出はわかりますけど、よく考えてみてください。あなたおいくつになるの？　そんな年ごろの男性を女二人の家に下宿させるなんて、できると思います？」

私たち静かにつつましく暮らしているんですの――と、彼女は言った。

やんわりと、しかしはっきりと拒絶されたのだ。

私はしかし、あきらめなかった。ハードルが高ければ高いほど、意欲はいっそうかきたてられるものだ。想像力も生き生きと働いた。私は頻繁にならないように日をあけて店に顔を出し、マダム・シャンピヨンに気に入られるように進んで雑用を買って出た。どんなことでも嫌な顔は絶対にしなかった。おかげで私は少しずつ信用されるようになった。


そんなふうにして日が過ぎた。

ある日の午後、マダムが頼まれた生地を届けてくると出かけたとき（たいてい彼女はすぐに戻ってくるから、二人きりで過ごせる時間はわずかしかなかったけれど――）、私はいつものように彼女のそばに寄った。

「どんな思いでここに通ってきているか、きみにわかってもらえたら、どんなに幸せだろうか」

告白してもうつむいて聞くだけのナネットが、その日はじめて小さな声で言った。

「あたしも……」

え？　私は聞き返さずにはいられなかった。

「今何て言った？　もう一度言っておくれよ」

私は頼みこんだ。何度も彼女の腕を取って。

「思っているのは私だけだと、今の今まで思っていたのに――」

「それは……あなたの……思い違いだわ」

ナネットは涙をたたえて、うつむいたまま答えた。

「今だから言うわ。あたしも最初に会ったときから、あの道に散らばった下着を集めてくれたときから、あなたを思っていたのよ。ほかの男の人はだれも目に入らなかったのよ」

「でもキスしようとしても、いつもさせなかったじゃないか」

「それは……あんまり早くあなたの言うままになったら、この恋を逃がしてしまうのではないか……と、心配だったからよ」

私は天にも昇る思いだった。気が違ってしまうんじゃないかと思った。夢中で彼女の手や着ている服にキスをした。放っておいたら足の先までキスしたかもしれない。

そのときだった。ナネットが私を抱くようにして、恋人同士のキスをしてくれた。

「………！」

私はもう少しで昇天しそうだった。

その日から私たちは変わった。恋人同士になったのだ。

しかし、どんなに私が夢中になり、はだかで抱き合いたいと願っても、彼女は、

「結婚の約束をしてくれなければ、いやです――」

と、絶対に体を許さなかった。つつましく敬虔なナネットは、ピュアな心の持ち主であると同時に、芯のしっかりした女の子でもあったのだ。

私はもう迷わなかった。マダムに神学生だというのは作り話ですと正直に告白し、ナネットと結婚させてくださいと頼んだ。

「あんたみたいにくるくると回転する頭脳の持ち主は初めてだよ。まるで口から先に生まれてきたようなものさね。取り柄と言えばおしゃべりだけ。仕事は何もできやしない。なのに娘ときたらすっかりのぼせてしまって――」

私はナネットが望むことは何でもそのとおりにすると約束した。だらけた生活態度も改める。これまでのようにカフェや劇場に入り浸ったり、深夜までねばったりしない。そこで顔見知りになった男ども、ひと言で言えば一日じゅう何もせず、ぐたぐたと油を売っている連中――とのつきあいもやめる。つまり素行を改めると約束した。

私は結婚したあとの幸せな自分を想像した。

私はよき夫でよき父親になるだろう。妻を愛し仕事に専念する。翻訳業に精を出そう。注文は少しずつ来はじめているのだ。家で翻訳の仕事をしているその間、やさしくて愛情深い妻は古着を繕い、洗濯したワイシャツの襟にのりをつけたりしている。たぶん家計もまずまずだろう。すべてうまくいく――

私は楽観していた。父も母もきっと許してくれるだろう。

一七二四年十二月、私は十三年ぶりに故郷ラングルに帰った。首都できちんと仕事をしている証拠に、その春フランス語訳を仕上げたタンプル・スタニヤンの『ギリシャの歴史』の校正本をわざわざ送る手配までして帰ったのだ。

初めのうちすべては順調だった。家族との再会は劇的だったし、弟が神学校に入学し、跡継ぎを残す可能性はなくなっていたから、両親は簡単に結婚を許してくれるだろうと思った。それでもいざとなるとなかなか切り出せないものだ。仕方なく私はぐずぐずと家にとどまった。

「まだお許しはいただけないの？」

一か月がたつと、ナネットから心配する手紙が届く。すぐに返事を書いた。

「待ちわびるきみの悲嘆といらだちは、それほどまで私のことを愛してくれるのかと、心を有頂天にさせます。私もきみ以上に、何千回となく何万回となく祈りました——父に何と言われようと覚悟はできています。すべてをはっきりさせて解決するつもりです。このまま結婚さえ許してもらえれば、それ以上何も求めないと言います。きみは初めから財産など当てにしない、そう言ってくれたのだから——」

ところが、結婚を切り出したときのおやじの顔ったらなかった。

「名前も財産もないお針子と結婚する？　とんでもない。断じて許さん！」

話し合いにも何もならない。叫び声、どなり声が飛び交い。ののしり合いは叱責と口答えの応酬になり、最後には親子で、脅しや呪いの言葉まで口にするありさまだった。

一六七七年に出された王令によって、息子は三〇歳、娘は二十五歳になるまでは、父親の承諾なしに結婚することはできなかった。もし意に反した結婚をすれば、相続権を剥奪されるのだ。私はあと九か月で三〇歳になるというところだったから激しく抵抗した。

しかしラングルーの刃物職人の親方は、どんなに頼んでも懇願しても、これまでまったく仕事に就こうとしなかった息子と、財産よりも愛情にうつつを抜かす娘との結婚話に、聞く耳を持とうとはしなかった。それどころか地位も名誉もある家長がよく用いた方法を実行した。息子を無理やり仕置き部屋、つまり修道院の独房に閉じこめてしまったのだ。

そこでは修道士が、想像もできないようなひどいやり方で悔い改めを迫る。その間におやじはマダム・シャンピヨンにこんな手紙を書いていた。

「もしおたくの娘さんが、うちの息子との結婚をあきらめると、ひと言はっきり言ってくれさえすれば、息子を自由の身に戻しますよ――」

一か月後、私は着のみ着のままで脱走した。

「とても信じられないことが次々に起こって、状況が大きく変わってしまったけれど、ようやく自由の身になったから安心してください。監視のすきを見て逃げ出したのです。

独房での日々はつらいものでした。しまいにはどうにかなってしまうのではないかと思うくらい責め立てられました。でもきみへの愛、きみを思う気持ちは変わらなかった。

悪天候と寒さと闘いながら僕は歩き続け、トロアの町から出る乗合馬車に乗りこんだのです。ある程度の金をこっそりとタイツのつま先に隠しておいたのが役に立ちました。

ただ、もしきみに、ラングルに帰ったのは結婚を許してもらうためだったのに、なんにもならなかったのね、と責められたら、私はどうすればいいのだろう。悲しみと苦悩のどん底に突き落とされ、きっと生きる希望を失ってしまうでしょう。悲惨な運命を呪って死ぬ覚悟を決めてしまうかもしれない。希望の生か絶望の死か。それを決めるのはきみです。

結婚はまだだめだと決まったわけではありません。私はあきらめない。だからきみもあきらめないでいてほしい――」


私は悲惨な姿でパリに帰ってきた。しかしそれからの日々はもっと悲惨だった。

おやじがどこでどう手を回したのか、ナネットから、

「しばらく会わない方がいいと思います。会いに来ないで――」

という言づてが届いたのだ。いくら手紙を書いても返事は来ない。絶望のあまり何も手につかず、食べ物ものどを通らなくなって、私はついに倒れた。

いっさいの希望が失われたかに見えたある日、ドアに小さなノックの音がした。

「ドゥニ、いるの?」

ナネットの声だった。こっそり会いに来てくれたのだ。

「ごめんなさい……　あたし、外に出られないように、ずっと監視されていたの」

私はうれしさのあまり、われを忘れてその胸にすがりついたよ。

その日二人は約束した。もう決して離れないと。

一七四三年十一月六日の夜、聖ピエール・オ・ブーフ教会で私たちは結婚式を挙げた。

参列者は四人だったけれど、神と彼らの前で二人は永遠に変わらぬ愛を誓った――

ドゥニの長い物語は終わった。

聴いているうちに涙が出てきた。ちょっぴり感動したし、ドゥニを見直した。

「でもね。結婚してからも、カフェ通いは止まらなかったんだ」

「え?　だって……」

「貧しい新婚世帯にとってカフェは贅沢だった。それでもナネットは、こっそりと行ってほしくないからと、毎日六スーをそっとポケットに入れてくれたよ。それだけあればコーヒーが飲めて、仲間と好きなだけしゃべれた――」

六スーは現在《いま》の八〇〇～一〇〇〇円くらいだろうか。新妻のいじらしい気持ちが伝わってくる。

にもかかわらずドゥニは決していい夫ではなかった（みたいだ）。

「彼女は生涯敬虔で慎み深い女性だったから、啓蒙思想や哲学には何の興味も示さなかった。きっと私のやることなすことすべて気に入らなかっただろうと思う。私は教会を批判したし、坊さんを口汚くののしることもあったからね。そんなとき彼女は黙って涙を浮かべてうつむいていた。今でも悲しそうな、とてもさびしそうな顔が浮かんでくるよ。

それに私には知的な会話を楽しむガールフレンドがいっぱいいたし、サロンにもよく出かけた。平気で朝帰りもした。特にソフィー・ヴォランとは、彼女が死ぬまで手紙をやり取りして親しい関係を続けたから、ナネットが焼きもちを焼かないはずがないと思う」

〈あのピュアな愛情はどこへいったのか？……〉

「だから私の結婚は失敗だったという友人もいる。でもそれは誤解だよ。ナネットへの愛情は生涯変わらなかったし、彼女のそばにいると、どんなに嫌なこと、つらいことがあってもほっと心が和んだ。敬虔な彼女が妻として一緒に生きてくれたから、私は神を見失うことが……ついになかった。いよいよ天に召されるとき、さんざん批判してきたからと司祭に終末の秘跡を断った私の手を、彼女はずっと握りしめて神に祈ってくれた。これはだれにも言わなかったし、どこにも書かなかったけれど、ほんとうのことなんだ」

〈やっぱりそうなんだ……〉

「わかりますよ。だから『コレシュスとカリロエ』の愛があなたには見えたのですね」

ドゥニはちょっと恥ずかしそうに笑った。

第６章　僕が出会ったその人は

目が覚めたとき、僕は大学図書館の閲覧室にいた。

〈うそ！　うそだろ？……〉

僕はあわててまわりを見渡した。一心に資料を読んでいるやつ、ノートに何やら書き写しているやつ、机に突っ伏して寝ているやつ――いつもと変わらない光景だ。

本を枕に僕も眠っていたらしい。見開きのページに一筋よだれの跡がついている。

〈そんなはずない……〉

だってあれは絶対に夢じゃない。僕は確かに会った……いや会っていた、ドゥニと名乗る不思議な老人に。いや老人じゃなく若々しい顔をした聖職者に……いやそれも違う。

パリに出て教師になって、教会に幻滅し、カフェと演劇に夢中になって……貧しいお針子と恋に落ちて、で、親に勘当されて……それでも愛を貫いて結婚した。

〈ドゥニっていったいだれなんだ？……〉

とにかく僕は彼に会った。険しい岩山の城館《シャトー》の中で。そこは昼も夜も濃い霧が立ちこめて、とても快適な住まいとは言いがたかったけれど――

〈アニェスだ……〉

アニェスが僕をあの場所に連れていったんだ。コーヒーもお菓子の味も覚えているくらいだから、絶対に夢じゃない。

「アニェスのせいだ！」

「ちょっとお、ルーったら」

目の前に同じクラスのトモエが立っていた。

「やめてよ騒ぐの。迷惑よ。ほら、ごらんなさい」

まわりを見ると、みんなが僕を見ていた。何やってんだよおまえ！　みたいな目つきで。

「ね、わかったでしょ。フランス語のクラスさぼって図書室で昼寝。突然起き上がったかと思うと、そうだアニェスだ！　なんなのそれ？　どうかしちゃったわけ？」

「あ、いや、すまない……な、なんでもないんだ……ごめん、ごめん」

みんなはそれぞれ読みかけの本やノートに戻っていた。いつもの平和な図書館の午後に。

「そうだわ。あたし、あなたを呼びに来たのよ。女の子が探していたわよ」

「女の子？　だれだろう……亜美ちゃんかな、それとも真弓《まゆ》？」

「だったら最初からそう言うわよ。この大学の学生ではないみたい」

「え？」

「ルーも案外隅に置けないのね。ゴーコンかなにかで引っかけた子《こ》？　まさか、就活前に婚活にいそしんでるんじゃないでしょうね」

「おいおい、冗談もいい加減にしろよ」

「いきなり、西洋史学科の高木航さんどこだかご存知ですか？　だもんね。図書館の前あたりにまだいると思うわ。さっさと会いにいったら」

「わかったよ」

僕はキツネにつままれたような気分で席を立ち、図書館の前庭に出た。いちょう並木の中に人影が見えた。小走りに行くと、ベンチの横に、明るい紺色のブレザーに赤茶色のスカートをはいた、髪の長い、黒縁のめがねをかけた女学生がノートを抱えて立っていた。

「あのー、すいません、僕が高木ですが――」

女学生がにっこりとほお笑む。

「ルーウ君」

「アニェス……」

「どお？　似合うでしょ」

それはあまりにも見事な変身ぶりだった。

「僕、夢を見てたわけじゃないよね」

「だいじょうぶ。夢じゃないわよ。あなたはレンゴクに行って――」

「レンゴク？」

「そうよ。あそこは煉獄なの」

「それって何？」

「あなた西洋史学科の学生でしょ。中世キリスト教会の基本知識って習わないの？　人はこの世の生涯が終わると、善を行なった者、神の御心にかなう人は天国《パラダイス》へ。悪を行なった者、神の御心にかなわなかった人は地獄《ハデス》へ行くのよ」

「そうだっけ。天国よいとこ一度はおいで〜、なんて歌が、そういえばあったよね」

「まじめに聞いてる？」

妖精は目を細め、疑い深そうな目で僕を見た。

「マジだよ。マジ。で、ドゥニのいた場所が、そのレンゴクだったの？」

「そ。そのままでは天国《パラダイス》に入れないけど、地獄《ハデス》に落とされるほどではないって人が待機するところ。だから神の栄光が輝くばら色の世界ではなく、かといって暗い永遠のやみに閉ざされてもいないのよ」

「そっか。だから霧に閉ざされ、太陽を見ることがないんだ。でもそれほど湿っぽくもなかった。カビだらけだと、そこはきっと地獄なんだ」

「カビに罪はないわ。カビが地獄というのはちょっとかわいそうよ」

「そっか。でもとにかくドゥニは昔の人で、亡くなって煉獄にいる。だから光と一緒にはいられないけど、霧の中でそれなりに快適に過ごしてるってわけだね」

「快適と思うかどうかはその人によるわ。文句言う人もいるでしょうし――」

「でも、あんなふうにさ、かわいいメイドがちょくちょく現れて世話を焼いてくれたら、僕も煉獄でいいけどな」

「ルー」

しまった！　と思ったときは遅かった。アニエスはほおを膨らませて横を向いてしまった。機嫌を損ねている。妖精はサーヴィス業じゃないのよ。目がそう言っている。

「で、でもさ、ドゥニはうれしそうだったよ。いつもきみの来るのを待っていたよ。コーヒーを常にお気に入りの味に入れるなんて、きみにしかできない芸当だもんね」

「そうかしら。うふふ……それほどでもないけど」

「ね、アニエス、もう一回聞くけど、僕がその煉獄に行って、ドゥニに会って話をしたのは、夢でも何でもないほんとうのことなんだね」

「そうよ」

「それは、きみが何か大切なことを僕に伝えようとしたからだよね」

「そのとおりよ」

「それって何？」

「ルー、ずるいわ。途中の段階を飛び越して答えを先に聞きたがるなんて」

「だってさ……じゃ、なんで僕は帰ってきちゃったのさ」

「それは……思いやりよ」

「思いやり？」

「あなたに日光浴をしてもらいたくて。きょうはエクササイズなんかも存分にしてね」

それじゃあね。妖精は立ち去ろうとした。そのとき腕に抱えたノートが目に入った。

「それ何？　ずいぶん大きいけど」

「デッサン帳よ。妖精って時空を超えていろいろな人に会わなきゃいけないでしょう。その人がだれだったか、一瞬のうちに思い出さなければならないときもあるし——」

「その人になりすますことだってある」

「うふふ。とにかく人の顔をさっとデッサンして覚えられなきゃ、妖精はだめなのよ」

〈ふうん、ティンカーベルもなかなか大変なんだね……〉

「それでさ」

顔を上げたとき、女学生の姿はもうどこにもなかった。

その日は、言われたように気持ちよく日を浴びて、その後グラウンドを軽く二～三周ランニングして、夕方からクラス仲間と焼き肉屋でビールを飲んだ。

「久しぶりだよな。みんな何してた？」

みんなが怪訝そうな顔で僕を見た。

「なに言ってんだよ。きのうも一緒に飲んだじゃん」

「ルー、なんかおかしいわよ」

トモエがなにか言いかけたので、僕はあわてて話題を変えた。

「あのさ、デッサン……というか肖像画。フランス革命で活躍した人の顔だけどさ」

「それがどうかした？」

「なんだルー、そんなこと調べてたのか。ネットでイッパツだよ」

そっか！　革命家の肖像画を検索すればいいんだ。


その夜、革命に関わった人の肖像画を見ていた僕は、あらためてその多さにびっくりした。

〈こんなにたくさん残っているのか……〉

王侯貴族は当然としても、お抱え絵師がいるとは思えないふつうの人もたくさんいる。ルイ十六世から始めて片っぱしからクリックしてみた。特に聖職者や坊さんは念入りに。

「タレイラン、ボワジュラン、モーリ……違うな。グレゴワール神父、へえー、球戯場の誓いに参加している。ジャック・ルー、過激派で赤い司祭か。こんな坊さんもいたんだ」

でもドゥニの顔はなかった。次に国民議会に参集した顔ぶれを見てみた。

バイイ、ル・シャプリエ、バルナーヴ、ペティオン、ムーニエ——どれも違う。

革命家以外ではギヨタン、断頭台を発明した彼はパリ大学医学部教授だ。ラボアジェ、酸素の燃焼実験で有名な科学者は徴税請負人でもあった。数学者で経済学者のコンドルセは、頭脳明断でいち早く共和制を唱えている。ボーマルシェの『フィガロの結婚』は当初上演禁止だったんだ。『危険な関係』の著者ラクロはジャコバン派だった。意外だね。

ジロンド派、ジャコバン派は、特に入念に検索してみる。

美しさと明快さが多くの革命家を引きつけたマダム・ジャンヌ＝マリー・フリッポン・ロラン。へえー彼女ルソーに傾倒してたのか。女の子にも間違われそうな美貌の貴公子ルイ・アントワーヌ・ドゥ・サン・ジュスト。顔に似合わず言うことは過激で、この男のひと言が国王を死刑に導いた。一貫して貧しい人びとの代弁者だったジャック・ルネ・エベール。学者を思わせる穏やかな顔つきの紳士だ。対照的なのが豪放磊落《らいらく》なジョルジュ・ジャック・ダントン。凄みのある顔だけれど非常な人気者だったという。そして恐怖政治を主導したマクシミリアン・フランソワ・イシドール・ロベスピエール。一見童顔だけれど、いかにも生まじめって感じがする。

テルミドール派も調べた。フーシェ、タリアン、カルノー、バラス——そして最後にもちろん皇帝ナポレオン・ボナパルト。

しかしどこをどう探してもドゥニの顔はなかった。

いいかげん疲れて画面を閉じようとしたとき、〈啓蒙思想家〉の項目が目に入った。

〈革命を準備したと言われる思想家たち……〉

モンテスキュー、ヴォルテール、ルソー、確かに彼らの説く理想社会の姿がなければ、どんなに困窮したからといって人々は――

その瞬間、僕は一枚の肖像画にくぎ付けになった。

〈この顔だ！……〉

心臓がどきどきした。

「若すぎるよ。それに顔がちょっと小さい。まるで女の子みたいだと思わないか」

この絵だ！　この顔だ！　ドゥニだ！

ドゥニ・ディドロ――それが彼のフルネームだった。

「一七一三年、パリの南東およそ三〇〇キロのシャンパーニュ州ラングル市で刃物職人の親方の家に生まれた。一〇歳でジェズイット会のコレージュに入学、一七二八年パリに出てコレージュ上級学年に合格。三二年にパリ大学から教養課程を修了した者として学士《メートル・デ・ザール》の資格を授与された――」

間違いない。彼だ！

「弾圧や投獄にも屈せず、二〇年以上の歳月をかけて、当時の知識の集大成ともいえる百科全書《アンシクロペディ》を編纂、完成させる。それは因習と迷信にとらわれた人々の無知蒙昧を啓く、まさに一大事業だった――」

ENCYCLOPEDIE。あの寝室の貴婦人の絵にあった本。でもなぜ百科事典を編纂したくらいで、牢獄に入れられなきゃならないのか？　これが人権宣言を書いたとか、王政打倒のビラを配ったとかならわかるけど、たかが百科事典でなぜ？

――僕はこのときまだフランス革命の真の意味を知らなかったのだ――

興奮して彼の経歴を読み、著作をメモり、寝たのは明け方近くになってからだった。

城館《シャトー》には相変わらず霧が立ちこめていた。

中天の一角がわずかにぼんやりと白い。あの辺に太陽があるのだろう。窓を閉めても霧はどこからか入ってきた。座り心地のいいソファーやテーブル、真鍮の燭台が、時おり白いもやに包まれる。それは幻想的な光景だったし、湿気を伴っていなかったから――ここが地獄《ハデス》でなくてよかった――不快感はまるでなかった。

「ルー君、友人が来ているんだ。ぜひきみに紹介したいと思ってね」

ドゥニはきょうも柔和な笑顔でそう言った。

「友人？　どなたですか？」

「マキシームだ。ちょっとまっすぐすぎるところはあるけれど、いい若者だよ」

アニェスが、何事にもやたらこだわる若者だって言ってたっけ。いつも虐げられた人々の味方をする弁護士だとか——

ドゥニについてらせん状の階段を降りていくと広間が現れた。僕が最初に通された部屋だ。天井からシャンデリアが下がり、古風で壮麗なマントルピースが壁ぎわに切られている。天井と壁に紅の地に真珠をあしらった文様がほどこされ、壁には二枚の絵が掛けられていた。

〈ん?……〉

よく見ると、どちらも美しい女性の絵だけれど、よくありがちな肖像画ではなく、神話の一場面なのか、奇妙な、ややあぶない絵だった。

左側のは有名な「最後の審判」みたいな絵だ。雲間から大勢の人間だか天使だかが見上げる中、中央にキリストではなく美しい女性が立っている。でも彼女は服を身に着けてなくてほとんどヌードなのだ。右下には花飾りをささげようとする天使(ふうの人)がいる。

でも右の絵はもっとあぶないかもしれない。こちらは右側に立つ髪の長い一糸まとわぬ美女が、左下に座りこんでいる老婆に何やらマスクを差し出している絵だ。

おばあさん、もうすぐ仮面舞踏会が始まるわよお! なーんて、まさか違うよね。

〈煉獄ってヌード画を飾ってもお咎めはないのだろうか……〉

「隣の小部屋だよ。見とれてないで窓ぎわのテーブルに来てくれたまえ」

ドゥニの声が奥の方から聞こえてきた。マントルピースの前を横切っていくと、広間の隣に庭に面した小さな部屋が現れた。出窓があって庭が一望できる。形よく葉を茂らせた木が正面にあって、紅や黄色、水色の花が咲き乱れるお花畑がなだらかなスロープになって小さな谷間に連なり、その向こうは緑の木立の森になっている。

不思議なことにそこだけ霧が晴れていた。

「やあ、はじめまして」

野の花が飾られたテーブルから、襟の大きな上着を着て、スカーフのようなネクタイを結んだ、小柄な若者が立ち上がった。広い額、そげたようなほお、笑みを浮かべているけれど、青い瞳は笑っていない。むしろじっと僕を観察しているみたいだ。

〈この顔！……〉

昨夜見たばかりだった。一見童顔だけれど、きりっと結ばれたくちびるがいかにも意思の強さを思わせる。一度こうと決めたら妥協を許さない若者――

「マクシミリアン・ロベスピエールです。マキシームと呼んでください」

「高木航です。お目にかかれてうれしいです。ルーと呼んでください」

「マントルピースの上の絵をじっと眺めていましたね。絵がお好きなようだ」

「いえ、その、絵は全然わからないのですが……奇妙な、変わった絵だなと思って」

「確かに。もしここが王侯貴族の館だったら、天井や壁はユリの花の文様に埋め尽くされているはずですよね――」

「ユリの花の文様？」

「ええ、フランス王家の文様ですよ。でもここのは真珠だ。ドゥニの父親の印章です。彼は市民階級の出であることを誇りにしている。農民や職人を搾取して生きる貴族ではない証しです。僕はだから、彼を友人だと思っている」

「……」

「あ、失礼。絵の話でしたね。右側のは彼の著書で確か『哲学瞑想』だったと思いますが、その口絵になった真理と迷信です」

「真理と迷信？」

「そう。一糸まとわぬ真理が迷信を象徴する老婆の仮面を剥ぎ取っている絵です」

「え？　差し出しているのではなくて、剥ぎ取っているんですか。じゃあ左側の『最後の審判』みたいなのは？」

「最後の審判？　ああ、構図的には似ていなくもないな。あれは百科全書《アンシクロペディ》の口絵になった絵で、さまざまな学問や芸術が、まん中に立つ真理を表わす女性を覆うベールを取り除こうとしている――」

「だからヌードなのか……ではあの花をささげているのは？」

「あれは理想です。理想が真理に花飾りを差し出しているんです」

「そうだったのか」

「彼らしい趣向でしょう？　でも華やかな衣装を身にまとい、冠なんかをあしらったご先祖の肖像画を掛けるより、ずっと人間的だ。そうは思いませんか」

彼はコーヒーを勧めてくれた。僕のカップは明らかにボーンチャイナだったけれど、彼のは厚手の陶器だった。下町のカフェで出てくるような。

「ドゥニに聴きましたよ。ジャポンから来られたと。僕の方から先に聞いてもいいですか。ジャポンではどなたが物事を決めているのですか？　つまり政治的な決定はだれが行なっているのか。それは人民の代表ですか？　それとも国王陛下？」

のっけから直球だった。ほお笑みこそ浮かべているものの目は真剣だった。

「天皇はいますが政治にはタッチしません。彼はあくまで国民の統合の象徴です。物事を決めているのは選挙で選ばれた国民の代表です」

「つまり国民議会とか国民公会とか？」

「そうですね。簡単に言えば、国民の代表である国会議員の多数派の中から総理大臣が選ばれ、総理大臣が内閣を作って政治に当たります」

「その……天皇《ランブルール》が拒否権を行使するとか、貴族や聖職者が異議を挟むとか、人民の代表の決定を覆すとか、そういうことはないのですか？」

「ありません」

「まったく？」

「まったくです」

「信じられない……」

マキシームはうめくようにつぶやいた。そして両手の握りこぶしを胸の前で震わせた。

「それこそ僕たちが、多大な犠牲を払ってまで目指していたものだ……　その天皇という方は、国を自分のものだと思っていないのですか」

「思っていません。国民とともに歩まれる方ですから」

「違う！……完全に違う！」

完全に《コンプレットマン》！　と彼は繰り返した。

「ルイ・カペーは裁判の間じゅう毅然とした態度を変えなかった。自分は神聖不可侵であり、国は国王である自分のものであり、王室の安全が国家の安全だと確信していた。彼は最後まで確信を変えなかった。だから……処刑されなければならなかった」

「処刑……」

「国王の処刑に僕は反対した。国王と呼ばれる幻が消え去っても、専制がなくならなければ、何も変わらないからと――」

「でも……結局は賛成したのでしょう」

「同志ルイ・アントワーヌのこの言葉がすべてを決めたのだ。

『人は罪なくして王でありえない。王であることが罪なのだ――』

だれも反論できなかった。議場が静まり返った。それこそ水を打ったように」

「………」

「ルイ・カペーは処刑された。僕は一晩中ぼう然としていた。心の中にぽっかり穴が開いたようだった。同志の多くが同じ気持ちだっただろう。処刑に賛成し、その場に立ち会った者でも、〈彼〉が存在しないフランスなんて考えたことがなかった。〈彼〉は罪人であったとしても、少なくとも悪人ではなかった。もしも国王でなければ、善良な家族にやさしい父親として、生涯を終えることができたはずだ」

マキシームは目を閉じた。なにかを思い出すかのように、なにかを追い払うかのように。

「そしてその瞬間から空気が変わった。自責の念にさいなまれる者、国外に逃げる者、外国勢力と手を結ぶ者——あちこちで革命をつぶそうという動きが巻き起こった。しかし革命の成果は守られなければならなかった」

「そしてあなたは民衆を巻きこみ、ついに独裁へと突き進んだ」

「民衆を議会になだれこませたのは違法だと僕は非難された。僕はこう反論した。

『確かに違法だ。ならばバスチーユの襲撃は違法ではなかったか？　王政の打倒は違法ではなかったか？　革命はそもそも違法なのだ。革命なしに革命を望むことなんてありえないではないか——』と」

「僕は弁護士だった。北のアラスという街だ。ある日一人の貧しい男が告発された」

盗みの疑いだった。告発したのは聖職者だ。

「僕は男の弁護を引き受けた。調べていくうちに一つの事実が浮かび上がった。告発した当の聖職者が、聖職者なのにだよ、その男の妹を誘惑していたんだ。そして断られた」

「それで兄を訴えた？」

「腹いせにね。無実の罪で告発したんだ。もう少しで兄は牢獄に入れられるところだった」

「ひどい話だ」

「こんな事件もあった。僕が通りかかると、若い娘が両脇から腕を取られて馬車に無理やり押しこめられようとしていた。娘の悲鳴が僕の耳に届いた。僕は馬車に駆け寄った。誘拐だ！　大声で叫んだ。男二人が娘を放して僕に殴りかかった。おかげで娘は助かった。聞けば年貢が払えないからと身売りされるところだった」

「………」

「僕はそんな現実ばかり見てきた。そして思ったんだ。こんな悪は根絶されなければならない。男が奴隷のように働かされたり、娘が身売りさせられたり、子どもが教育も受けないで放置されたりするような、そんな悲惨な状態は絶滅させなければならない、とね」

マキシームは再び胸の前で両方の握りこぶしを震わせた。

「その日食べるパンも買えない農民や労働者がいる一方で、金銀宝石で身を飾り、来る日も来る日も二〇〇枚もの皿を並べて晩餐会を開く王侯貴族がいる。こんなことはあってはならない。そうは思わないか。僕が間違っているだろうか」

「間違っていない」

「同志ルイ・アントワーヌは国民公会でこう演説した。

『国家の中に、一人でも不幸な人や貧しい人がいるのを放置しておいてはならない。そういう人間が一人もいなくなったときに、はじめて革命を成し遂げ、ほんとうの共和国を建設したことになるのだ――』と」

「それが革命の掲げた理想だったのですね」

「社会の第一の目的は人間の不滅の諸権利を維持することでなくてはならない。ではその諸権利の第一位にあるものは何か？　それは飢えない権利。すなわち生存する権利だ」

「生存権」

「憲法にも明記した。そしてそれを保障するために、国民公会は次々に新しい政策を実行した。国外に逃げ出した貴族の土地財産を没収し、一般市民が買える値段で売却した。封建制度の無償廃止を宣言した。封建制度が廃止されても、多額の金を払わなければ土地は農民のものにならないなんて、こんなばかなことはない。そして憲法には圧政に対する抵抗権も盛りこまれた――」

「政府に抵抗する権利ですか？」

「そのとおり。人民の最も神聖な権利で、不可欠な義務だ」

「それ、ジャン＝ジャック・ルソーだ」

「ルー、知っているのか彼を」

「目下勉強している」

「ブラヴォー！　それなら話が早い。伍長とも話が合う」

「伍長？」

「生意気な軍人だ。でも勇敢で間違いなく革命派だ。あいつもジャン＝ジャックの信奉者だからね。大事なことは彼の言葉が僕らを支え、革命に魂を吹きこんだということだ。

『社会の根本原理は、すべての人が生きることができ、しかもだれも不当に富まないことだ』

僕は自分の生涯をこの思想の実現にかけようと、心に誓ったんだ」

マキシームの声は低く冷静そのものだった。でもひと言ひと言に熱がこもっていた。


「飢えない権利を保障するために、僕は〈自由〉と闘わなければならなかった」

「〈自由〉と？　だって〈自由〉と〈平等〉は革命の柱でしょう」

「確かに自由は革命の柱だ。でもだからといってすべての自由が許されるのだろうか。同志の一部は経済活動は自由でなければならないという。ならば買い占めや投機で暴利をむさぼるのも自由なのか。食糧価格が高騰すれば、それは貧しい労働者や農民から食糧を奪うことになる。富裕階級が人民階級を飢えに追い込むなんて、そんなことは断じて許されない。なぜなら生存する権利の前には、すべての法は従わなければならないからだ。僕は食糧の価格統制を実施し、もうける自由を叫ぶ者は議員であろうと断罪した——」

「で、あなたは彼らの逮捕に踏み切る」

「国民公会は公共の利害を代表するものだ。僕たちは民衆と結んで彼らを国民公会から追放した。崇高な理想を実現するためには強制力《テルール》が伴わなければならない。道徳心や理想のない強制力《テルール》は忌まわしいものだけれど、強制力《テルール》のない道徳心や理想は無力だ——と、僕は確信していたからね」

「そのテルールという言葉ですが、〈恐怖〉という意味ではないのですか？」

「恐怖だって？　それじゃ専制王政と変わらない。僕が言う意味は〈強制力〉さ」

マキシームは僕の顔をまっすぐに見て言った。

「ただ一人の不幸な人も、ただ一人の貧しい人も存在してはならない。人間の尊厳が広く当たり前のこととして認められる社会を実現させるために、僕は——」

目を閉じる。

「ともに革命を担ってきた多くの同志を、断頭台に送る書類に署名しなければならなかった。ルー、わかるだろうか。僕はおののき震えながら署名したんだよ。ジャンヌ＝マリーに許しを請いながら。わが友ジャック・ルネに、同志ジョルジュ・ジャックに許しを請いながら……。そのたびに涙でインクがにじんで……書き直しては署名した」

時おり祈るように胸の前で手を組みながら、顔をがくがくと上下させながら、彼はその心情を包み隠さず吐き出した。その顔は時に検察官のように冷酷で、時に高校生のように純粋でまっすぐだった。革命の指導者となってからの生涯は、血塗られたものだったはずなのに、まるでそれが感じられなかった。激烈な言葉がかえって胸を打った。

生存権の保障が日本の憲法に明記されているというと、彼は初めてほお笑んだ。

「僕たちが目指したものが受け継がれているのか……」

あれだけのことを成し遂げながら、私財を持つことも利権に手を染めることもなく、政治の腐敗を嫌い、清廉潔白を貫き通した彼は、この地上に正義の社会を実現しなければならないと、かたくななまでに理想一筋だった。だから、だから、だから彼はここにいるのだ。地獄《ハデス》ではなく。

帰りしなに彼は言い残した。

「国家というものは理にのっとって動かされるものでなければならない。そうでなければ必ず破綻する。ジャン＝ジャックはそれを見抜いた。おそらくドゥニも見抜いたのだ。

ぜひ聞くといい。彼がどのようにしてそれを見抜き、百科全書編纂《アンシクロペディ》を通して変革の扉に手をかけたのか、を」

ドゥニにもっと話を聴きたい。併せてジャン＝ジャック・ルソーのことも知りたいと僕は思った。

第7章　わが友ジャン＝ジャック・ルソー

「彼とは、ほんとうに何でも打ち明けられる仲だったんだ――」

その朝、ジャン＝ジャックのことを詳しく聞かせてほしいと頼むと、ドゥニはほお笑みを浮かべ、コーヒーカップを手にゆっくりと窓ぎわに歩み寄った。

「あのころはほんと貧乏でね。一日に一回カフェへ行くのがやっとだった。まだナネットと結婚する前でね。なけなしの硬貨を握りしめて出かけたもんだよ」

「お金がないときはどうしたんです？」

「カウンターで一杯注文する。その一杯を時間をかけて飲むんだ。飲むというより、口に含むという感じかな。そして知った顔が現れないか、絶えず入り口あたりをチェックする。店の主人もギャルソンも顔なじみだから、慣れたもんでね。

『きょうはみなさん遅いですね。いらっしゃるまで、もう一杯いかがです?』

なんて、お代わりを持ってきてくれる。そうやって仲間のだれかが来るのを待つんだ。で、だれかが顔を出したとたんにおごらせる。

『先に始めてたよ』

ってね。だれがいつ金が入るか、みんな知っていたからね。私もよくたかられたものさ」


いつのまにか窓の外の風景がパリの雑踏に変わっていた(妖精のしわざだ——)。

狭い路地にカフェや本屋、画材屋、古着屋が並び、袖や襟に縁飾りのついた上衣におしゃれなマントを羽織った貴族の子弟や黒い服の神学生、そして粗末な身なりで腕に本を抱え、歩くたびにポケットで小銭がちゃらちゃら音を立てる若者が行き交っている。

カフェには女の子もいた。女学生というよりお針子とか女工風で、地方から働きに出てきて、若者に言い寄られ、誘われてついてきた。そんな娘たちだった。

ドゥニが仲間としゃべっていた。脇に楽譜が置いてある。相手は音楽家志望らしい。

「だいじょうぶだ。探せばきっと見つかる。貴族連中の中には——」

身ぶり手ぶりを交えながら、痩せたおのぼりさんみたいな若者の肩をたたき、さかんに励ましている。あなたはそう言いますけど——相手が小声でぼそぼそ何か言っている。

ドゥニはうなずきながらじっと耳を傾ける。なんて人なつっこい笑顔だろう。

〈わかってるよ、きみの気持ちは。安心しなよ。何とかしよう……〉

そんなやさしさが笑顔にあふれている。なるほど、当てにされるわけだ。

ドゥニがノートを取り出した。大急ぎで何か書きこみ、ページを破るとウェイターを呼ぶ。顔見知りみたいだ。耳元に何かささやくと、小銭を彼のポケットにすべりこませた。

「頼むよ。できるだけ急いで」

「ダコー」

ウェイターがにっこり笑ってうなずき、姿を消す。

「ドゥニ」

カウンター席から声がかかる。仲間みたいだ。しばらくぶりじゃないか！

「ああ、このところ仕事に追われてたからね」

「ということは金が入った？」

「少しね」

「しめた！　おい、きょうはドゥニのおごりだ。みんな飲もう」

「ダコー」

「メルシー、ドゥニ」

歓声が上がる。ドゥニこっちも頼むよ。おれたちもだ。あっちからもこっちからも声がかかる。

乾杯また乾杯。

「きょうの連れは新顔かい」

「パリに着いたばかりだ。音楽家の卵さ。やがて世に出る。握手するなら今のうちだ」

「おお、こいつはいい。祝杯を上げさせてくれ」

「ギャルソーン！」

やれやれ、この調子じゃ、いくら金があっても足りないだろうな。

「だいじょうぶなのかい？　僕のためにおごらされてさ」

おのぼりさんが恐縮する。

「金が入ったときはこんなものさ。その代わり、ないときはこちらもたかる。それがわれわれのやり方なんだ。それよりきみ、どこに泊まってるんだい？」

「しばらくはサン……何とか言ったな。ホテルさ」

それはもったいないな……　横でやり取りを聴いていたひげ面の男が口を開く。

「ドゥニ、どこか下宿の当てはないか」

若いのに老成した哲学者みたいなこの男が身元引受人らしい。

「何とかしよう」

「でも……最初からそんなに迷惑かけちゃ申し訳ないよ……金はあるんだし」

「それはいざというときのために取っといた方がいい。とりあえず……私の部屋に来ないか？

翻訳料も入ったから、しばらくは何とかなる。その間に安い下宿を探そう。友達に当たってみるよ。いいんだろ、屋根裏部屋でも？」

「もちろんさ。顔が広いんだな。助かるよ。でも——」

ひげ面の男が心配するなと彼の肩をたたく。

「きみはパリに出てきたばかりだ。まだ何も知らない。いくら紹介状を持ってたって、お偉いさんはなかなか会ってくれないものさ。だれかつてを頼らないとね。な、ドゥニ」

「とりあえずムッシュー・ボーズに言づてを書いといた。碑文の書記官だけど、科学アカデミーには顔が利く。うまくムッシュー・レオミュールにつないでくれるかもしれない」

「ほんとうかい？」

「うまく運べばの話だけどね……でもきっとうまくいく」

「わかっただろう。ここは何もかもドゥニに任しておけばいい。そういうやつなんだ」

音楽家の卵に初めて笑みが浮かんだ。少年のような混じりけのない笑顔だった。あらためて眺めると、痩せ形でなかなかのイケメンだ。きっと女の子が放っておかないだろう。

「ジャン＝ジャックを私に紹介したのは、スイス人のダニエル・ロガンだった」

「まだパリに出てきたばかりのときですね」

「ウイ。それがけっこう金を持っていてね。あとで聞いたら十五ルイも持ってたんだ」

ルイ金貨は二〇フラン。一フランは二〇スーで、計算方法にもよるけどだいたい三〇〇〇円くらいだ。だとすると十五ルイ＝三〇〇フラン。九〇～一〇〇万円くらいになる。

「大金じゃないですか」

「うん。かばんの中に彼の言う画期的な発明をしのばせて、家出同然でやって来た。しばらくホテルに滞在して、それを有力者に売りこむつもりだったらしい」

「何です？　その画期的な発明って」

「音符の表記法さ。五線紙に音符を書く代わりに、1、2、3などの数字に置き換えて書く。その表記法を記したノートと自作のコメディーの台本、それに数枚の紹介状と推薦状を持ってパリにやって来たんだ。貴族の屋敷を片っぱしから訪ねるつもりだと言うのさ。科学アカデミーの推薦がもらえれば、有名になってパリで生活できるようになる、と」

「大胆というか、夢があるというか……それで、何とかしようと動いたんですね」

「ははは、そんなんじゃないけど、人づてにやれることはやったし、手は尽くしたよ」

ドゥニの話では、仲間がうまく話をつけてくれたおかげで、ジャン＝ジャックは物理学者で博物学者のルネ・アントワーヌ・ドゥ・レオミュールに会うことができ、彼の後押しで、科学アカデミーで、その音符音階表記法のプレゼンテーションをすることができた。

「プレゼンはいちおう成功だった。科学アカデミーは審査の結果、賛辞に満ちた証明書を彼に与えたんだからね。彼は大歓びさ。でも——」

「でも、何です？」

「実質的には何も与えられなかったと同じだったんだ」

「どういう意味ですか？」

「確かに証明書は発行されたけれど、そこには、彼の発明がどれほど音符や音階の表記に役に立つか、という具体的なことは、何ひとつ書かれていなかったんだよ」

「なあんだ。ただの紙切れだったのか。がっかりしたでしょうね、彼は」

「結局、彼の発明は収入に結びつかなかったし、暮らしも安定しなかった。ただこのことを通して彼は多くの知人を得たし、サロンにも顔を出すようになったのだから、その点ではよかったと思うよ。たとえばマダム・デュパンにも会えたんだから――」

「だれです？　その人」

「あははは……そう言われちゃパリ一の美女も形なしだな。彼女の屋敷で開かれるサロンには、知的好奇心にあふれた詩人や作家、若手官僚、科学者などが大勢集まったんだ」

「サロンて、要するに知識人のパーティーみたいなものですよね」

「ウイ。夕暮れになると常連が集まってくる。だれもが階級制度や堅苦しい礼儀作法、伝統や因習が幅を利かせる社会を痛烈に批判し、自然法や理性に導かれたあるべき社会を論じ合う。楽しいよ。何を言ってもいいんだ。自由なのさ。新しい知識に触れられるし、友達もできる」

「そして……美しい女性とも知り合える」

「そのとおり。彼女たちは胸元をあらわにしたドレスを身にまとい、香水の香りをまき散らしながら現れる。そうしたマダムやマドマゼルが目当ての連中もいっぱいいたのさ。議論や詩の朗読はそっちのけで、途中からそっと小部屋に消えてしまうカップルも多かったから、サロンは恋人の密会の場でもあったんだ。ほんとうのところ」

「いいですね、そういうの……」

「ジャン＝ジャックは華やかなサロンは苦手みたいだったけど、週に二〜三回は顔を出していたし、マダム・デュパンにこっそりラヴレターを渡したりしていたから……」

「へえー、生まじめかと思ったら、案外隅に置けないところもあるんだ」

「彼は女の子というより、年上の女性にもてたからね」

「イケメンだし」

「あははは、おもしろいなルー君の表現は。でも年上の女性にひかれるのは彼の育ち方にも一因があった。彼は生まれてすぐ母親を亡くして、母親の愛情を知らないで育ったのさ。だからずっと母性に飢えていたのだと思う」

ドゥニはそれからジャン＝ジャックの少年時代のことをかいつまんで聞かせてくれた。

小さいときから親戚の家に預けられたこと。徒弟奉公に出され親方につらく当たられたこと。そうした経験が彼に、いたたまれなくなると家出する癖を与えたこと。楽しみと言えばせいぜい本を読んで空想するだけだったこと――などを。ドゥニは心底彼の気持ちを理解し、共感しているみたいだった。二人はほんとうに親友同士だったのだ。

「彼には美しい身元引受人がいたんだ。初恋の人でもあったのだけどね」

「初恋の人？」

「マダム・ルイーズ・エレオノール・ドゥ・ヴァラン。十三歳年上の女性さ。若くして結婚し、離婚した後、サルディーニャ国王から多額の年金をもらって、スイスとの国境に近いアヌシーの城館《シャトー》に住んだ。そして多くの孤児や家出した若者を預かり、教育し、自立させていた。彼は十六歳のとき、リヨンの助祭にそこに行くように勧められた」

「それで行ってみた」

「ノン。彼は嫌がった。カトリックの篤志家女性なんて真っ平だと」

「え？　だって……」

「きっとひっつめ髪の堅苦しい女性を想像したのだろう。ところがいやいや行ってみたら、その女性《ひと》は彼を夢見心地にさせるほどの美人だった。彼に言わせれば、

『優美さに満ちた顔、やさしい青い美しい目をしてるんだ。まばゆいばかりの顔色とうっとりさせるような胸。会ったその瞬間に僕は彼女のとりこになってしまった――』」

「それは……相当なものですね。で、彼女は彼の愛人になるのですか」

「彼はマダムのことをママンと呼び、彼女も彼を坊やと呼んでいたというから、愛人というよりは母親みたいなものだったのだろう。もちろん恋人同士だったわけだけれど」

マダム・ドゥ・ヴァランはいち早く彼の音楽の才能に気づき、作曲家のル・メートルの下で音楽

の勉強をさせたし、屋敷を開放して、毎月彼の発表会まで開いてやったという。

「ジャン゠ジャックにとって彼女は愛人以上の存在だった。だから家庭教師とか音楽教師、時に書記の仕事で主人に気に入られ、将来外交官の秘書になれるようにと、教養や礼儀作法を教えこまれるという、願ってもない境遇にありついても、何かと理由を見つけては彼女のもとに帰ってきてしまう。そんなことを繰り返していた」

「甘えん坊だったんですね。いくらやさしいママンだったとしても」

「ところが幸福はいつまでも続かなかった。マダム・ドゥ・ヴァランは孤児を見ると放っておけない女性だし、食い詰めた若者が次々にやって来る。いつのまにかジャン゠ジャックのいる場所は、新しい若者にとって代わられてしまった——」

きっと恋人に振られるよりも、つらく悲しい仕打ちだったのだろうな、それって。

「彼はマダムと別れる決心をした。屋敷を出てリヨンで貴族の住みこみ家庭教師になる。そこで彼の言う新しい教育を実践しようとしてクビになり、パリに来たというわけさ」

ふたたび窓の外の風景が変わった。夕暮れのパリだ。木立の向こうの空が紅に染まり、石造りの城のような建物に向かって延びる道の両側、カフェやレストランに明かりがともり、テーブルの花までがくっきりと照らし出されて、道行く人を招いている。羽飾りのついた帽子に色とりどりのマントをひるがえして歩く貴公子、着飾った貴婦人の腕を取って弾むように歩く若者（若者の方は華美ではなくこざっぱりとした服装だ——)、ぶ厚い書物を抱えた修道服の男、その間を縫うようにして花を差し出す黄色いスカーフの花売り娘。

「スズランはいかがですか」

時おり邪険に振り払われながら、それでもけなげな笑顔は絶やさない。

「お恵みを」

まるですすの中から出てきたような物乞いが手を差し出す。

「しつこいぞ」

ぱしっと腕が振られたかと思うと、男がぼろくずのように倒れる。くしゃくしゃになった帽子から小銭が石畳に散乱する。かき集める気力もなく、ただぼんやりと見つめる男。わっとやって来て、散らばった小銭に群がる男たち。

「おじさんたち、そんなことして恥ずかしくないの」

花売り娘だ。物乞いを助け起こして小銭を拾っている。

「手伝おう」

身なりのいい男性がしゃがみこむ。連れの男が小銭に群がる男どもを叱り飛ばしている。しゃがみこんだ方が物乞いの帽子にそっと金を入れて戻してやる。

「ありがとう。よかったわ。あなたが通りかかって」

花売りと身なりのいい男は顔見知りらしい。

「売れてるかい、今夜は」

「だめよ。全然だめ。やっぱり朝じゃないと」

「もらおう」

「ドゥニ、いいのよ」

「おれもいただく」

連れの男も財布を出す。

悪いわ……それでも娘はうれしそうだ。

「ありがとう」

黄色いスカーフが弾むように雑踏に消えていく。

「ここだ」

二人の男はオテル・デュ・パニエ・フルーリに入っていく。おしゃれで値段も手ごろな店だ。せっかくだからこのスズランをテーブルに飾ってもらおう。それはいいね。

「ジャン＝ジャック、きみに頼みがあるんだ。今夜誘ったのもそのためなんだけど」

「何？　僕にできることなら何でもするよ。ましてきみの頼みとあればなおさらだ」

「アンドレ・ル・ブルトンから仕事を頼まれたんだ。それがとてつもない仕事なのさ」

「すごいじゃないか。アンドレといえば王室の役人にも顔が利く出版事業者だろう」

「百科事典を出したいという。イギリスで出た『サイクロペディア』のフランス版だ」

「それって二〇年くらい前に……二八年だったかな、エフライム・チェンバーズとかいう人物が書き上げた体系的事典のことかい」

「そうなんだ。去年フランス語版を出さないかという話が持ちこまれた。持ちこんだのはムッシュー・ミルズというイギリス人だ。で、アンドレは早速出版特許を願い出て、これを獲得した。ところが版権で大もめにもめたらしい」

「ムッシュー・ミルズが法外な金を要求した、とか？」

「そのとおり。裁判沙汰になって、結局アンドレは負け、出版特許も取り消された。でも彼、あきらめきれなかったらしい。商売になると踏んだのだろう。出版業者のブリヤソン、デュラン、ダヴィドの三人を仲間に引き入れ、コレージュ・ドゥ・フランスのグワ・ドゥ・マルヴェーズ教授に編集長を依頼した。フランス独自のものを作りたいと」

「彼、引き受けたのか？」

「ウイ。ところがいざ始めてみると、取り上げる項目の精査や選定、それらをどう並べるかなど、編集以前に膨大な作業が要ることがわかって、なかなか仕事が進まない」

「それできみに？」

「初めは項目や原稿のチェックを頼まれただけなんだけど、ここへきて編集全般を任せたいと言うのさ。なぜごろつき作家の私にこんな依頼が来たのか、わからないけれどね」

「何言ってるんだ。ロバート・ジェイムズの『医学事典』を翻訳したし、シャフツベリー伯爵の

『美徳と道徳についての試論（道徳哲学原理）』の訳本も出しているじゃないか」

「ありがとう。で、どうかと聞かれたから、どうせ作るならわが国の学問、芸術、工芸のすべてを網羅した百科全書《アンシクロペディ》を作るべきだ、と答えた」

「フランス版の百科全書《アンシクロペディ》か……」

「そうしたら、彼もそう思っていたと言うのさ。イギリス版の『サイクロペディア』はどうでもいい。われわれにしかできない百科事典を作りたい。項目立ても執筆者の人選も何もかも任せるから、あなたが作りたいと思うものを作ってくれればいい。あのイギリス野郎の鼻を明かしてやりたいのです――と、こうさ」

「もちろん受けたんだろう？」

「まさか。考えさせてくれと言ったよ。引き受ければ一年や二年ではとても終わらない仕事だし、ほかのことは一切できないだろうからね。実際に取りかかるとなれば、だれとだれに執筆を依頼するかも考えなくてはいけないし、科学アカデミー会員への呼びかけも必要だ。それに、やるからには中途半端なものは作りたくない。人間知識の集大成となれば、当然この天地宇宙を支配する自然法則、観察と実験によってわかった諸法則も盛りこみたいし、それにのっとった人間のあり方、本来の権利、主権とは何か、主権者とはだれか、そうしたことをすべて網羅したい。生半可《なまはんか》な覚悟ではできない話さ」

「やるべきだよ」

「そう思うか。きみがそう言ってくれるのなら」

「絶対にやるべきだよ。身分制度、封建制によって、われわれ人間はがんじがらめだ。人間は自由なものとして生まれた。しかるに至るところで鎖につながれている――」

「そのとおりだ。理性によってそれを一つひとつ解き放っていかなければならない」

「事典が完結して世に出れば、フランスじゅうの人の心に間違いなく革命が起きるよ」

「ようし決めた。乾杯だ！　百科全書《アンシクロペディ》の船出を祝して！」

「そしてわれらの友情のために！」

二人はグラスを高く掲げ、一気に飲み干した。


運ばれた前菜や主菜はそっちのけで、若者二人は話に夢中になっていた。

「ところでドゥニ、きみがマルゼルブ閣下に呼ばれたというのはほんとうかい」

「ああ、ほんとうだ」

「知っているのか、彼を」

「知っている。前にポルノまがいの文章を書いて何度か呼び出され、注意を受けた。でも今は……誤解を恐れずに言えば……貴重なアドヴァイザーの一人だ」

「アドヴァイザーだって？　おいおい、相手は廷臣ラモアニョンの息子だぜ。文書や出版に目を光らせている宮廷側の人間じゃないか」

「彼はなかなかの人物だよ。懐が深い。王権を支える立場でありながら、この国に何が必要か、何をどう変えなければならないかを、深く理解している」

「あきれたな。弾圧する側にまで仲間を作るなんて」

「あははは、仲間ではないよ。アドヴァイザーさ。いつかきみにも紹介しよう」

「ごめんこうむるね。とんでもない話だよ。いやしくも宮廷側の人間と……」

「いや、味方は宮廷の中にもいるものさ。大事なのは、とらわれないしなやかさだ」

「最初からきみの顔の広さ、寛容さには舌を巻くけど、僕にはとてもまねできないな。でも今の言葉は覚えておくよ。で、そのマルゼルブ閣下に呼ばれたというのは？」

「こないだこっそり匿名で出版した『哲学瞑想』が発禁処分になったことを知らせてくれたんだ。だから気をつけろ。本は私が預かろう、とね」

「発禁処分か……」

「著者捜しがしばらく続く。密偵が動く。気をつけろとはそういう意味さ。閣下に草稿を見せたときには、おもしろいじゃないかと褒めてくれたんだけどね。ただし——」

「ただし？」

「高等法院の検閲官をあざむけるかどうかが問題だ、と言われた」

「あいつら、あら捜しのためなら隅ずみまで一字一句目を通すからね。で、どんな中身なんだい。人間の自由とか、神の不在がテーマなのかい？」

「きみも知ってのとおり、私の考えは一貫している。人が道徳心やモラルを構築していくのに、至高の存在とか、永遠の救いとか、神の下す罰などは必要ない。幸福というものは徳のある行ないを積み重ねていくことで得られるものだ。人間は理性でそのことを理解し、心に留めればそれで十分なのだ。このイデアをキリスト教徒、無神論者、懐疑論者、理性の上に神を置く理神論者、彼らが交わす軽妙な会話の中にうまくもぐりこませたのさ」

「きみは神よりも、あくまで理性の声を信じるんだね」

「神はいないとか信じないとかは言っていない。ただ教会の教えや戒律さえ守っていれば人は救われる。あの世で幸福になれる。そういう司祭の言い方に反発しているだけさ」

「きみが、神の教えよりも人間の理性を信じたい、という気持ちは僕にもよくわかるよ。だって一方で、教会の教えに従わない者には、子どもに洗礼を授けない。聖体拝受も終末の秘跡も施さないと、彼らをまるで異端者扱いする司教や司祭がごまんといるのだから」

「私はこう書いた。『すべてを疑うことが真実に近づく第一歩なのだ――』と」

「それだよ。発禁処分を受けたわけは。いいかい。当局も教会も今や疑うことそれ自体を恐れているんだ。あのルネ・デカルトだって、理性を信じよう！　と、すべてを疑うことから始めたために、最後には神は実在すると告白したのに、教会から破門された。神を疑うことそのものが、無神論を広めると許されなかったからだ。きみも知っているだろう。彼が結局この国にいられず、長いことオランダで暮らさざるをえなかったことを」

「知っている。だから覚悟している。でもルネが言った『われ思う。ゆえにわれあり』を、きみはどう思う？　私ならこう言うね。『われ思う。われ感じる。われ心を動かされる。われ創意工夫する。われ死す。ゆえにわれあり——』と。この方がよっぽど人間の真実を言い当ててると思わないか」

「きみらしいな。真理とは人間の根源的な部分、五感を含めたみずみずしい感受性、何ものにも束縛されない心の動き、熱い思い——それでこそ捉えられるというんだね」

「ダコー。そこまでわかってくれるきみは、ほんとうの意味で親友だ」

「大切なことは、すべてを疑え、だったっけ」

「あははは、これは一本取られたな」

「ところで『哲学瞑想』といえば、僕はつい『人間は考える葦である——』で有名な、ブレーズ・パスカルの『瞑想録』を思い浮かべてしまうよ」

「さすがジャン＝ジャックだ。あの本は私に言わせれば、信仰の名において理性に決闘を申し出たものなんだよ。だからおこがましいかもしれないけど、あの名作に啓蒙哲学をもって対峙したいと、あえて同じような題名をつけたんだ」

「そうだったのか」

「有名な〈パスカルの賭け〉を知っているかい？」

「『神が実在するかどうか賭けるなら、実在する方に賭けるがよい。もし勝てばすべてが与えられるし、負けても何も失うものはない。だから神の実在に賭けよ。すなわち神を信ぜよ――』だったっけ」

「彼はこの世界は神が創造したと言う。でも私は偶然にできた可能性もあると思っている。太古の昔からの無限に近い時間の流れを考えれば、この世界はさまざまな物質が自然法則にしたがってぶつかり合い、混じり、分裂し、融合し、誕生と死滅、創造と破壊と再生を繰り返し、偶然の産物としてでき上がった。そう考えてもおかしくないだろう？」

「うーん、そこまでは同意できないけど、ありえないことではないかも」

「もしも、もしもだよ。偶然と必然が集まって地球や人類は誕生し、現在も存在する、という考え方が成り立つとすれば、完全な創造主はいなくてもいいことになる」

「ドゥニ、まさかそう書いたんじゃ――」

「あははは、まさか。そんなことストレートに書かないよ。書けば間違いなくヴァンセンヌ行きだ。私としては、この世は全知全能の創造者の手で創られたのだと確信して、つゆとも疑おうともしない人びとの心を、ほんの少し揺り動かしたかっただけなんだから」

「つまり、すべてを疑え、か……」

「厳格でストイックなスコラ哲学とか教会の教えとか、そんな殻にばかり閉じこもっていないで、心を生き生きとさせる感受性をもっと働かせたらどうか。人間の本性に立ち返って、生きる楽しみとか、幸福を求める生き方とか、そういうものをもっと大切にしたらどうか。私が言いたいのはそういうことなのさ」

「ドゥニらしいな。きみは、それなしでは夢の実現もあり得ない情熱と、どんなに情熱的ではあっても、夢や企てが実現する前にそれをつぶしてしまう性急さとを、混同する人間ではないんだね。僕がきみに教えられたことは、まさにそのことだもの。きみみたいに、思うところを自由に書けたらどんなにいいだろう」

「ジャン＝ジャック、きみも書いてみたらいいんだ。思うところを思い切って」

「人は自然状態で生まれたとき、最もいいものとして創られた。ところが知識や文明が進む中でどんどん悪くなっていく。造物主の手を離れるときすべてのものが善であるのに、人間の手に移されるとすべてのものが悪くなってしまう。僕はそう思っている――」

「それさ。これまでなかった考え方を読者にぶつけ、びっくりさせてやればいい。衝撃を与え目覚めさせるのさ。それこそわれわれの仕事だし、作家だからこそできる冒険だ」

霧が青いもやとなって森に谷にかかっている。きっと空の上では無数の星がまたたいていることだろう。（煉獄に星空があればの話だけれど――）

僕は庭のベンチに座って、いま聞いたばかりのドゥニの言葉を反芻していた。

「あの会話は最初に会ってから三～四年たったころのものだね。よく待ち合わせてはオテル・デユ・パニエ・フルーリで食事をしたものだよ」

もしジャン＝ジャックのひと言と支えがなかったら、百科全書《アンシクロペディ》に、私はあれだけのめりこめなかったかもしれない――と、ドゥニは繰り返した。

「でも、なぜアンドレ・ル・ブルトンはあなたに白羽の矢を立てたのですか？」

最後に思い切って聞いてみた。それはね、彼はひと言ひと言かみしめるように言った。

「アンドレの言葉はこうだったよ。

『すべての知識を網羅した事典を作るとなれば、時に高等法院から不当な横やりが入るし、ジェズイット会も黙っちゃいないでしょう。身辺が騒がしくなることもありえます』

そしてじっと私の顔を見て言ったよ。

『でもあなたなら決して投げ出したりしないで一緒に闘ってくださるはずだ――』」

「ブラヴォー！　信頼が厚かったんですね」

「というより、横やりとか嫌がらせはしょっちゅうだったからね。私の場合、書きためた原稿を出版社に送るのも、出版も、いつもこっそりと、だったし」

「にらまれていたんですね」

「ははは……無名だったからにらまれてはいないさ。いずれにせよ私は承知した。引き受けた以上、百科全書《アンシクロペディ》をこの社会を変える礎《いしずえ》みたいなものにしたいと思った。人間に与えられた理性をもってすれば、科学の進歩の上に地上の幸福は実現できる。そして人間はそれをめざすものなのだと確信していたから――」

ドゥニの瞳はあの日のように輝いていた。

第８章　理性とは？自由とは？

翌朝、書庫に行くと、ドゥニは一冊の革表紙の本を手にして、僕を待っていた。

「これですか……」

大きな分厚い本。手にずっしりと重い。「ＥＮＣＹＣＬＯＰＥＤＩＥ」だ。

〈あの貴婦人が持っていた……〉

「記念すべき第一巻だよ。出すのに五年以上かかった。私が三十七歳のときだったよ」

この重量感は本の重さだけではない。執筆者、編纂者、一人ひとりの思い、願いが、熱意がこめられているのだ。

「神はこの世を創ったかもしれないけど、その上にできた人間社会は私たち人間が作ったものだ。だとすれば責任は私たちにある。自分の手で作ったものならば、これを正しい姿に作り直すことができないはずはない。われわれは理性を働かせて正しい社会を作り、自分たちを幸福にする義務があるのだ——執筆に参加しただれもがそう考えていた」

「お話に入る前に……一つ質問してもいいですか」

「ビヤンシュール、もちろん。何なりと」

「その、理性を働かせて——ですけど、では〈理性〉っていったい何なのですか？」

「え？」

ドゥニの目が点になった。でもそれは、なんだそんなことも知らないのか、という目ではなくて、最も基本的な概念（みたいな言葉）を突然聞かれた戸惑いみたいなものだった。

「うーん……そうだな」

どう説明すればわかってもらえるだろうか……思案顔になる。

〈悪かったかな。でもここを押さえておかないと先へ進めない……〉

しばらく沈黙があった。

でもドゥニが顔を上げたとき、そこにはもう戸惑いの影はなかった。あの人なつっこい快活さが戻っていた。

「そうだね。こういえばわかるかな。〈理性〉とは〈理由〉を表わす言葉だ——」

確かに英語ならどちらもリーズンだし、フランス語ならレゾンだ。

「どんな物でも、どんな事柄でも、それがそこに存在するのには理由がある。理由なしに存在するものはない。それはどこから来たのか？　なぜそこに、そんなふうに存在するのか？　それはどこへ行くのか？――」

「どこから来たのか？　なぜそこにあるのか？　どこへ行くのか？」

「それを突き止めようとする心の動き。もう少し正確に言えば、衝動とか宗教的な霊感とか、そういうものに左右されずに、物事の成り立ちの理由を、変遷の理由を、突き止めようとする心の働き――それを私たちは〈理性〉と呼ぶ」

〈なるほど……〉

「私たち人間には理性が与えられている。それを働かすことによって、何が正しくて、何が正しくないかを知ることができる。人間とはそもそもどういう存在なのか。それを問うことは、今のこの社会のあり方が正しいのかどうか、それを問い直すことにつながる」

「わかります」

「人間は生まれながらにして自由で、生きる権利、幸福を求める権利がある。神がいるにせよいないにせよ、理性を持って科学を発達させ、知識と経験を積み重ねて真理を明らかにしていけば、きっと地上の幸福は実現できる」

「この『百科全書《アンシクロペディ》』をその礎《いしずえ》にしたいと――」

「こんな機会を与えてくれた神に、私は心から感謝したし、ナネットにもそう言った。きみを抱きしめて踊りだしたいくらいだ、と。

『私はずっと神をないがしろにしていた。礼拝にも行かなかったし、そのことできみに叱られっぱなしだった。でも今、この瞬間は違うよ。神は私に願ってもないチャンスをくれたんだ。思い切り教会や聖職者を批判してもいいと――』

彼女は、神があなたを正しく導いてくださるように……と言ったきり、黙っていた。

「それはナネットさんが敬虔な信者だったからでしょう」

「ウイ。彼女は疑うことを知らなかった。どんなに生活が苦しくても、つらいことがあっても、それは神のおぼし召しなのだからと、黙って耐えているところがあった」

ドゥニは書棚にもたれて、ふと遠くを見るような目をした。過ぎた日々に思いをはせているのだ。思い浮かべているのは、二人で暮らしはじめたころのことだろうか。

「新婚のころ、よく言い合ったものだよ。

『ナネット、ふつうに暮らしていてどうしてパンが買えないのか。これはおかしいよ。何かが間違っているとは思わないか』

『仕方がないわ。天候が不順で凶作なんですもの。パンの値段がこのごろは倍に上がったわ。パンを買ったらそれで終わりなのよ。だから下着も古着も売れないんだわ』

『でも考えてごらんよ。凶作は仕方のないことだけれど、極端な食糧不足は天候だけのせいではないよ。収穫できた分を買い占めて売り惜しむ人間がいる。領主は穀物倉にあり余るほど蓄えている。なぜ飢えて苦しむ人びとにパンを売ろうとしないのか。なぜ穀物倉を開けようとしないのか

――』

『むずかしいことはわからないわ。でも困っている人には手を差し伸べなくては。そうでしょう。それが神の御心ですもの。それができないのは人の心に問題があるのよ』

『では、どうすれば人の心を変えられるだろうか？』

『あわれみの心を持つことだと司祭様はおっしゃったわ。同じ人間なのだからと』

『同じ人間……そう、人間はみんな同じなのさ。自由で、生きる権利があり、幸福になる権利がある。そこから始めなくてはね。それが理性で考えるってことなのさ』

『ドゥニ、あたしには……そこがよくわからないの』

話はいつもこんなふうに、一致できそうなのに平行線だった」

「あなたは理性で考えると言い。ナネットさんは司祭の言うとおりに、なのですね」

「ナネットはすべては神の御心だという。隣人にやさしくし、不平を言わず、祈りをもって耐えることで人は天国に行けると。司祭がそう教えるからだ。では彼らは耐え忍んでいるのか？　もちろん信者と一緒に耐え忍んでいる坊さんも大勢いる。でも学寮時代に見てしまったように、地上の幸福ではなく来世における魂の救いを求めよと説きながら、上等のパンとぶどう酒を口にする大司教や司教もたくさんいたのだ。キリストの体と流された血潮にあずかっていると言い訳しながらね。私はそんな彼らを信じないし、信じたくもない。でもそれがまたナネットを悲しませてしまう
――」

どうすればわかってもらえるのか。その思いがいっそうドゥニを百科全書《アンシクロペディ》に駆り立てたのだろう。

「あの干からびたような、人をだまし続ける古くさい考えを一掃し、無知と迷信から人びとを解放したい。理性に基づかない知識をくつがえし、学問、芸術、工芸の貴重な自由を取り戻さなければならない。私はそんな意気ごみに燃えていた」

「理性の光で世の中を照らす。まさに啓蒙思想ですね」

「光の思想……そうだね。私は首都で暮らすようになって、フランスが変わりはじめていることを目の当たりにしていたから、よけいにそんな思いが強かったのかもしれない」

「フランスが変わりはじめていた？」

「そうだよ。一つには技術の進歩とともに物の作り方が変わった。人びとが作り出す製品が格段に増え、種類や量だけでなく品質も良くなった。もう一つは遠くから、国内だけでなく外国からも、品物がどんどん入ってくるようになった」

「生産手段や輸送方法が変わったってことですか」

「マニュファクチュールといって、職人を一か所に集めて一度に大量の製品を作るやり方が普及し、道路網の整備や水運業の発達で、それを遠くまで運べるようになった」

「商品の取引きの範囲、つまり経済活動の規模が拡大したんですね」

「たとえばカフェ一つとっても、コーヒー、ショコラ、砂糖は貿易商人が植民地から持ちこんだものだし、陶磁器の皿やカップ、ガラス製のグラスは新しい技術で作られた物だ。人びとが食事を楽しめるのは、農家が商品作物を手がけるようになったおかげさ」

「経済活動の発展が人びとのライフスタイルを変え、それがまた経済発展を促す」

「利益を上げた貿易商人は投資先を探すだろうし、マニュファクチュールの経営者は規模拡大を目指すだろう。起業家も現れる。彼らには元手が要るから金融業が盛んになる。利益が大きくなれば税を取る方も黙っちゃいない。徴税請負人が増え、税務相談を扱う法律家や弁護士の仕事が増える。結果、そうした人びとが社会で重要な役割を担うようになる」

「フランスが変わりはじめたというのは、そういう意味なのですね」

「そうさ。フランスを支えているのは、こうした産業や職業に携わる人びとであり、新たな発想と創意工夫で新技術を開発した人びと――技術者、手工業者、職人なんだ」

「もはや貴族でも騎士でもなく」

「そのとおり。たたえられるべきはイギリスに靴下製造機をもたらした者であり、ジェノヴァにビロードを、ヴェネツィアにガラスをもたらした者。さらにわれわれの誇りである芸術家の出現を後押しした者だ。版画家、画家、彫刻家、彼らの業を支えたのはすぐれた道具であり、専門職人の技術があったからだよ。彼らこそ国家の敵を打ち破った将軍に劣らないどころか、それ以上の働きをしたんだ。そうは思わないか」

「思います。思いますよ」

「フランスの担い手は変わった。なのに、彼らは評価されず、自由な発想と活躍の場は制限され、その声は通らない。だから私は彼らのことを多くの人に知らせたいと思った。だってそうしなければフランスはイギリスとの競争に負けてしまう」

「え？　どういうことですか？」

「イギリスでは、社会に利益をもたらす人びとを後押しする社会システムができ上がりつつある。貿易商人とか、マニュファクチュールの経営者とか、地主とか土地を持つ自由農民とか、そうした人びとが力を蓄えて古い社会制度を変え、事業拡大に乗り出している。ところがわがフランスはどうか」

「古い社会制度がそのまま続いている」

「そうなんだ。中世以来の土地所有制度と身分制度がいまだに幅を利かせている。領主は領民を搾取し、新しい事業は認めず、物の移動には法外な税金を課し、商業活動に制限を加える。職人や手工業者は同業組合《ギルド》に縛りつけられ、創意工夫が生かされない。内外での新しい動きを知りながら、政府は古い体制を少しも変えようとしない」

「旧社会体制《アンシャン・レジーム》……」

「え、何だって？」

「ドゥニが変えなければだめだという中世以来の体制のことです」

「旧社会体制《アンシャン・レジーム》か。うまい言い方だ。ルー君、勉強してるね」

「いや、それほどでもないですけど……　でもドゥニ、どうして政府は古い体制を変えようとしないのですか」

「古い秩序を変えたくない人びとが支配層を独占しているからさ。それを変えることは昔からのよき秩序を壊し、彼らが名誉と、生きがいと、特権を失うことを意味する」

「よき秩序……名誉……生きがい……」

「国王陛下の絶対的な権力は神から授かったものであり、神以外の何ものにも責任を負わない。陛下は貴族や聖職者を思いのままに従わせようとする。その代りに彼らに名誉と特権を与える。税金は払わなくていい。自分の所領においては意のままに税を取り立てることができる。これは特権というよりは名誉心をくすぐっているようなものさ」

「つまり、われわれは国王より免税特権を与えられた名誉ある家柄なのだ――と」

「そのとおり。一方その所領で暮らす人びとにとってはたまらない。新しい事業を始めるにも、商品の輸送にも許可が必要だし、そのたびに税を課せられる。農民の場合は、年貢以外に、粉をひくための水車やパン焼きかまどの使用、ぶどうの実を搾る圧搾機の使用にも税が掛けられる。領主の狩猟権を盾に取られて、獲物も勝手に取ることができない。ジャン＝ジャックが、放浪しながら見てきた農民の暮らしについて、よく言っていたよ。

『農作物をねらうイノシシや、家畜を襲うオオカミも捕まえることができないんだ。領主のものだからね。鍋や太鼓や鈴を鳴らして、自分の畑を一晩じゅう見張らなければならない。領主の奥方がカエルの声で眠れないからと、池の端に立って、農民が交代で水面をたたいて鳴かないようにした村もあったと聞くよ——』」

「よくそれで暴動とか一揆が起きませんでしたね」

「凶作の年には暴動があったよ。でもそれが広がりを見せて社会的な運動になることはなかった。暴動は暴動のまま鎮圧され、前よりももっとひどいことになって終わる。社会に変化を促すためには、封建的な土地所有や身分制度に抵抗する物差し、つまり後ろ盾になる知識や知的な力、それにある程度の経済的な力が必要なんだ。人びとが自信と自覚を高め、それが広く浸透しないうちは、社会を変えるエネルギーは生まれない」

「だから百科全書《アンシクロペディ》なのですね」

「ウイ。だから昔から人間が観察し、記憶し、記録し、想像し、創造してきたものをすべて一堂に集め、それを項目ごとに整理し、分類し、知識の集大成とするだけでなく、このフランスを変えていく力となる事典を作ることが、時代からも求められていたんだよ」

「ずいぶん熱が入っていたじゃない」

日本茶と追分団子がテーブルに置かれていた。それも餡《あん》とみたらしの二つが。

「お、久しぶり……」

「でしょ。ドゥニ歓んでいたわよ。こんなに熱心に聴いてくれる若者はいないって」

食後にほんの少しブランデーを飲んで、彼は午睡を取りに部屋に行った。

「実際おもしろいもん。教科書や参考書を読むのとはまるで迫力が違うし、わからないことだって、聞けばていねいに答えてくれるからね」

「心根がやさしいのよ。そこが気むずかし屋さんのヴォルテールと違うとこね。ジャン＝ジャックはピュアだけど口下手だし、シャイなわりには頑固だわ。聴いて楽しいのはやっぱりドゥニね。機知とユーモアたっぷりで、聴き手の気持ちをつかんで放さないの」

「きょうは基本のき、〈理性〉について聞いたんだけど、わかりやすく教えてくれた。でも実はさ、もう一つあるんだ、わからない言葉が。これも基本のき、なんだけどさ」

「なあに？」

「〈自由〉。人間は生まれながらにして自由で――って言うよね。フランス革命には必ず出てくる言葉なんだけど、この意味がわかるようでわからないんだ。どうやら好き勝手に何でもやりたいことをやれること、ではないみたいだし……」

「え、違うの？　やだあ。妖精が使うときは、何でも気ままにっていう意味なのよ」

やれやれ、妖精のレベルは僕らと同じらしい。

「ルー、それこそドゥニに直接聞いたらどうかしら。書庫で探せば出ている本があるかもしれないけれど、ドゥニの方が明快よきっと」

「だよね」

思い切って聞いてみよう。何も知らないんだねきみは、なんて彼は絶対に言わない。

「疲れたアタマが元気になるように、シュガー入りのコーヒーをご用意しますわ」

メイド姿の妖精は、軽く膝を曲げて一礼すると下がっていった。


「自由? ルー君、恥ずかしがることはないよ。これ、とても重要な概念だからね」

ドゥニは柔和な笑顔で僕の幼稚な(?)質問を受け止めた。

「わかっているようでわかっていないんです。うちの数学の老教授に言わせれば、

『きみたち、そもそも人間に自由なんてないのさ。あれはヨーロッパ人が作り上げたフィクションだよ。ホッブスやロックに従えば、人間は他人を侵害しない限り何をしてもいいことになるが、だれでも思うまま快楽を追及していい、そんなことありえないだろ。みんなが自由を振りかざすから日本の美しい伝統や道徳が傷つけられてしまうのさ――』

ということになるんですけど」

「なるほど」

「実際、僕は二十一世紀の日本に生きていますけど、決して好き勝手に生きてはいない。生まれたときから事細かな法律やルールに縛られているし、道徳や倫理という目に見えない規制もあります。学校に行けば学校の規則、将来会社に入れば、たぶんその会社の規則に従わなければならないでしょう。だから何をしてもいい自由ってほんとにあるのかなと思う。ドゥニの言う、人間は生

まれながらにして自由で——という自由ってどんなものなのですか？　人間はほんとうに〈自由〉を持っているのですか？」

「あははは……」

ドゥニは笑った。愉快そうに、楽しそうに。そしてメイドにコーヒーをもう一杯注文し、ペンと紙と、ジャン＝ジャックと交わした手紙の束を持ってきてほしいと頼んだ。

「うん。きょうのは特別にうまく入っている」

コーヒーを飲みながら、ドゥニはジャン＝ジャックの手紙を出して読んでいた。少しも困った様子はなかった。どんなふうに話せば僕がきちんと理解できるか考えているのだ。

その表情は、研究発表を前にわくわくしている子どもの顔にも見えた。やがてさらさらと紙にペンを走らせて、話の順序をおさらいすると、彼はゆっくりと口を開いた。

「ルー君の住む日本《ジャポン》には、天皇陛下《ランプルール》の下に世襲貴族や聖職者、あれこれ言う教師がいて、きみの生き方とか将来を決めてしまうのかい？」

「いえ、そんなことはないです。日本には世襲貴族はいません。金持ちやお坊さんはいるし、教師もいるけれど、彼らが人の生き方を指図するなんてことはありません」

「家族が住む土地の所有者があれこれ干渉してきたり、強制的に何か命令したりは？」

「ないです、まったく。地主は自分の所有地を他人《ひと》に貸したり、そこにビルや家を建てて必要な企業や人に貸したりして、地代や家賃を取り立てますけど——」

「それだけ？」

「それだけです。土地や建物を借りているからといって、地主のために強制的に働くとか、何かさせられることはありません。あくまで賃貸契約に基づいて、月々決まった額のお金を払えばいいんです。立場としては地主の方が強いけど、借りる側の権利も法律で守られていて、たとえば地主が地代や家賃を一方的に上げることはできないし、一定期間前に通告しないと、立ち退きを強制することもできません」

「借りる側の生きるための権利が守られているわけだね」

「そうですね」

「それで、きみは大学で勉強している。それはきみの意思から出たことかい」

「自分で決めました。もっとも学資を親が出してくれたからですけど」

「その場合、身分による差別とか強制はないわけだね」

「現代の日本に不当な差別やさげすみがないわけではありません。その出生やたずさわる職業のゆえに長い間不当な差別を受け、現に今も差別にさらされている人びとがいます。また近隣の外国から労働力として強制的に連れてこられた人びとの子孫や、日本列島の北に追いやられた先住民、彼らに対する差別とさげすみも完全に解消されてはいません」

「………」

「同じように日本で暮らし、共に支え合って生きているのに、です。そうした差別をなくすためにいろいろな動きや運動があって、僕もそこに――」

「同じだよ、ルー君」

「え？」

「われわれは基本的に同じ立場に立っている。大事なことは今きみが言ったとおりだ。ところが私が生きたフランスでは、人は生き方を自分で選べなかった。どんな家の生まれか。貴族の家系か、街の人つまり市民階級か、または農民か、で、その人の一生はほぼ決まってしまう。生まれた土地を離れることは簡単ではなかったし、子どもは親の職業を継ぐのが当たり前だった。例外と言えば僧職に就くくらいしかなかった」

「それは身分制社会がすべてを支配していたから」

「手元に正確な数字はないけれど、第一身分の聖職者つまり坊さんと、第二身分の貴族を合わせてもせいぜい二％だ。あとの九十八％が第三身分と呼ばれたふつうの人びとだ。もっとも坊さんだって位の高い者は貴族の出身で、低い者は第三身分の出だから、より正確に言えば、貴族とふつうの人びととの間に、生まれながらの差別が存在したということになる」

「わかります」

「貴族の大半は領主で領地からの上がりがすべてだから、搾れるだけ搾ろうとする。年貢だけじゃなく賦役《ふえき》という名の強制労働、前に話したように水車やかまどなどの使用料、漁に出て港に魚介類を陸揚げすれば税金、織物を織れば税金、売るための道具を作れば税金、それを市場に運ぼうとすれば税金、売れば税金、買った者からも税金。一事が万事で、身分制と領主制のために、われわれはがんじがらめになっていた――」

「………」

「それに加えて教会も税金を取っていたんだ。十分の一税という名の税金をね。教会の教えは生活の隅ずみにまで入りこんでいたし、生まれ落ちてから天に召されるまでさまざまな儀式や秘跡が施されることになっていたから、税を拒むことはできなかった」

「儀式や秘跡って、洗礼とかですか?」

「誕生の際の祝福式。幼児洗礼式。大人になって正式の洗礼式。結婚式には教会の承認と祝福が欠かせない。安息日や聖日には聖体拝受がある。住む町や村の守護聖人の祭り。最後に年老いて天に召されるときの終末の秘跡。これを受けないと天国に行けない」

「つまり教会は、生涯お世話になるところだったんですね」

「それは伝統であり因習になっていた。わかるかい。人はこんなふうに二重にも三重にも束縛されて生きていたんだよ」

「わかります。だから人は自由を求めた。〈自由〉とは一切の束縛からの解放なんだ」

「ノン。違うよ」

ええっ? 僕は思わず聞き返した。

「一切の制限や束縛を断ち切って思い切りしたいことをする。それが自由でしょう?」

「ノン。ノン。はっきり言って、それは〈好き勝手〉であって、単なるわがままに過ぎない。ルー君さっき言ってたじゃないか。僕は好き勝手に生きていませんって」

「言いましたけど……」

「法律に縛られ、道徳や倫理に縛られ、学校や会社の規則に従わなければならないって。でもよく考えてほしいんだ。法律とか規則は人間があとから決めたものだろう。もしそれが行き過ぎているのなら異議申し立てをして変更すればいいのさ。道徳や倫理だって、時代の進展や社会の成熟度によって少しずつ変わる。きみが言ったのは、いやきみだけでなく多くの人が誤って理解しがちなのだけれど、それは〈自由〉ではなくて〈好き勝手〉さ。〈自由〉とはそんなものじゃない。その意味はもっと深いものなんだ――」

コーヒーを飲み終えると、ドゥニはメモを手に背筋をまっすぐ伸ばして僕の目を見た。

「ジョン・ロックは言っている。『自由とは自分自身に規範を課すこと――』だと」

「は？　キハン？」

「物事の判断基準さ。人が行動するときの物差しと言ってもいい」

「………」

「どう行動するかの基準を自分の責任で引き受ける。自分の信じるところに従って生きるということだ。わかるかい。だれもが望ましい生き方を自分で決め、自分で選び取る。生まれながらの権利が奪われていないか、政治体制は望ましいか、法律や規則は正しいか、社会はよりよい方向へ向かっているか、それらを自分で考える。判断する。批判する。そしてどう行動するかを自分で決める――これが〈自由〉の真の意味さ」

望ましい生き方を自分で選び取る。

自分で考え、自分で判断し、どう行動するかを自分で決める。

国家や権力によって人間本来の権利がねじ曲げられていないか、奪われていないかを絶えずチェックし、批判し、行動する。

僕はドゥニの言葉を反芻し、何度も口に出して唱えた。

「自由を守るということは、圧政を批判し、これに抵抗することなのですね。そういう社会を作らなければならないということなのですね」

ドゥニは大きくうなずいた。そしてジョン・ロックはこうも言っている、とつけ加えた。

「『社会における人間の自由は、国家における同意によって確立された立法府の権力以外のいかなる権力にも屈せず、この立法府がみずからに託された信託に従って制定する法、それ以外には、いかなる意思の支配も、いかなる法の拘束も受けない――ということのうちに存在する』と。

ちょっとむずかしい言い方だけど、わかるだろう」

わかります。今ならはっきりとわかります。僕はドゥニの手をしっかりと握った。

翌日、書庫に行ってあらためて一七八九年八月に採択された『人間および市民の権利宣言』を読んでみた。

第一条「人間は生まれながらにして自由であり、権利の上で平等である――」

第二条「あらゆる政治組織は、人間が生まれながらにして持つ、奪ってはならない権利を守ることを目的とする。その権利とは自由、財産の所有権、安全、圧政への抵抗を意味する――」

第三条「あらゆる主権の原理は本質的に国民の中に存在する。いかなる団体も、いかなる個人も、明白に国民に由来するのでない限り、権限を行使することはできない――」

身分制社会は否定され、絶対王政の支柱だった王権神授説も完全に否定されている。

〈奪ってはならない権利とは、自由、平等、所有権、安全、圧政への抵抗……〉

百科全書《アンシクロペディ》の編纂は、旧社会体制《アンシャン・レジーム》への挑戦であり、その変革を目指す闘いだった。これに参加することは当局、高等法院、そして教会からの、嫌がらせ、脅迫、弾圧を身に受けることを意味した。

実際それからまもなく、ドゥニは逮捕され、ヴァンセンヌの牢獄に収監される。


「驚くことはないさ、おれだって逮捕され、牢獄につながれたんだ」

突然ドアを開けて見知らぬ男が入ってきた。髪の長い、痩せて精悍な顔つきの若者だった。

「この顔……」

伍長だった。

第9章　不可能の文字はないのだ

「あなたが……」

思わず口から出た。

額に栗色がかった黒髪がかかり、瞳が僕を見据えるような強い光を放っている。そげたほお、精悍な顔つき、これで手に剣と軍旗を持たせたら――

「どうした、おれの顔に何か?」

「い、いや……その、あまりにも似ているので……肖像画に」

「それは褒めすぎだ。肖像画というものは、いつも実物よりもよく描かれる」

口元にかすかに笑いを浮かべながら、彼は手を差し出した。

「よろしく。伍長と呼んでくれ。敬称はいらない。呼び捨てでいい」

温かい手だった。体全体から人をひきつけずにはおかないオーラが感じられる。

「ルー・タカギです。こんなところで会えるなんて夢みたいだ。あなたの伝記は、僕ももちろん読んだけど、世紀を越えてベストセラーだし、それに——」

「メルシー。それだけで十分だ。おれはけっこう誤解される。何を目指し、何を成し遂げたかったのか。それさえわかってもらえればいい。それで報われる」

いちいち細かい言い訳はしない。そんなところにも男気が感じられた。

「ルー、おれたちは仲間同士だ。マキシームのやつがそう言っていた。初対面の人間には人見知りするあいつが言ってたんだから間違いない」

伍長はいすに座ると、メイドの入れたコーヒーをおいしそうに飲んだ。

「うまいな、ここのコーヒーは。注文どおり濃いめで、アロマと甘みのバランスが実にいい。すばらしいよ。天下一品だ」

率直なもの言い。ひとたび友達になれば生涯変わらぬ友情で結ばれそうな気がする。

「とにかく突然の逮捕だった。青天の霹靂《へきれき》ってやつだ。なぜだ？　何がなんだかわからないまま、おれはアンティーブ要塞の牢獄に放りこまれた。フランス共和国をジェノヴァに売り渡そうとしたというのだ……」

そのとき自分は砲兵大尉から少将に昇進して、家族を呼び寄せたばかりだったと言う。

「これでやっと母や弟、妹に腹いっぱい食わせられる。そう思ったやさきだった。破壊されたマルセイユ要塞の復興を手がけているのが、何よりの証拠だという。もとより公平な裁判は望めない。牢獄からそのまま断頭台だ。高い台の上に座らされて、後ろから器械の刃が落ち、バサッと首が前へ落ちる。これも運命だと覚悟したよ」

〈怖《こわ》……そういう時代か……〉

「独房に小さな窓があって海が見えるんだ。夏の日の光に輝いて波が美しかった。この波のかなたにふるさとのコルシカ島があるんだと思うと、無性に切なかった」

「でも、いったいなぜそんな嫌疑が？」

「まったくわからなかった。翌日たまたま廊下を守備隊の士官が通りかかり、おれの顔を見てはっと敬礼した。聞けば部下だったと言う。おれはトゥーロンの攻防戦で、反革命勢力とイギリス、スペイン軍が立てこもる要塞を陥落させたばかりだった」

彼は士官に逮捕された理由をただし、首都で政変があったことを知った。

「おれを抜てき、昇進させてくれた軍事委員のオーギュスタンが逮捕、処刑されてしまったというんだ。彼は国民公会から派遣されていた。それで公安委員会のトップだった兄に、おれを首都の軍団の司令官にしてはどうかと提案したというんだが、おれは断った。反対派の粛清に使われるなんて真っ平だからな。その直後に政変が起きたというわけさ」

「何もかもがひっくり返った。それであなたも逮捕された」

「ああ。そのオーギュスタンの兄というのがだれだと思う？　あのマキシームさ」

「ええっ？」

「マキシームの息のかかったやつは根こそぎやられた。反動勢力の手は、同郷でおれを推薦してくれた国会議員サリセッティにも伸びた。彼は身を守るためにおれを告発した」

「ひどい」

「聞かされたときはとんでもないやつだと思った。だが人間とはそういうものだ」

「それでどうなったんです？」

「どうもこうもないさ。これも運命なのだ。士官が何か差し入れたいと言うから、本が読みたいと言った。何でもいい。判決が出るまで心静かにおれの生きた時代を心に留めておきたいからと。そうしたら分厚いのが届いた。何だったと思う？」

「わからない」

「百科全書《アンシクロペディ》だ」

「百科全書《アンシクロペディ》？」

「何巻と何巻だったかは忘れたが二冊だ。この本の目的、自然法、政治的権威、政治体制――といった項目が並んでいた。いろんな人間が書いていた。おれは引きこまれた。何より驚いたのは編纂の目的だった。この地上に散在するすべての知識を集め、体系化して人びとに示し、未来の世代にも役立つようにしたい。彼らがより多くの知識を獲得し、より道徳的な、より幸福な生活を送ることができるように。またわれわれ自身が人類にふさわしいことを成し終えてから死んでいくようにしたい――」

〈ドゥニだ……〉

「おれは震えたよ。とんでもないことを志したやつがいた。専制王権の領域に踏みこめば逮捕、投獄、悪くすれば処刑される。神の領域に踏みこめば教会からの攻撃、弾圧は必至だ。執筆者とりわけ編集者は標的にされるだろう。なのに、今ある権威、教義すべてを疑い、破壊し、自由に意見を交わす中から新たな知識の体系を構築する。不可能だ。編纂自体が不可能だ。こいつは不可能に挑み、不可能を可能にしたのだ」

「魂が揺さぶられたんだ」

「おれは母からこう言われて育った。コルシカ島の人間であることを誇りに思え。不幸に陥れば陥るほどなお奮って立ち上がる。不可能に敢然と立ち向かう。それがコルシカの人間なのだと。おれは自分に誓った。もし、生きてこの獄を出ることがあったら、この編纂者のように、不可能に挑む人間に、未来の世代のためにふさわしい仕事を成し遂げる人間になるとな。おれは士官を呼び出し、編集者の名前を聞いた。そいつも牢獄につながれ、それでも屈しなかったそうだ。おれは彼の名を独房の壁に刻んだ」

「ドゥニ・ディドロ」

「そうだ。おれは直ちに紙とペンを要求して、首都の国民公会に陳述書を書いた。

『自分は国を愛し、すべてを国家にささげてきた。自分の生命が祖国のために有益でありたい。ただこの一念のために、ありもしない密告が取り除かれることを願う――』

運命だ。あとは運命を待った。事典を読みながら待った。運命はおれを生かすか殺すか決める。おれは待った。十日あまりたったある日、おれは証拠不十分で釈放された。生きて帰れた。だが失職だ。もとの貧乏生活が待っていた。肉も食えず、一日一食パンとミルクだけで空腹を我慢する生活がな――」

「ひとつ聞きたいのですが」

「ああ」

「なぜあなたは伍長なんです？　少将といえば将軍でしょう。後にはもっと偉くなるはずだし――」

「伍長は愛称さ。気に入ってる」

「そう呼ばれるようになったわけは？」

「話が長くなるぞ。駆け出し時代のことから始めなければならないから」

「いいですよ。ぜひ聴きたい」

「そうか。そもそもおれは島の貧乏貴族の子どもだった。で、十歳のとき兄貴と二人おやじに連れられてフランスに来た。兄貴は神学校、おれは幼年士官学校に入れられた。軍人になんてなりたくもなかったが、家計を助けるため仕方がなかった」

「フランス語は？」

「まったくだめだった。だからのっけからばかにされた。おれの名前は『わらくずを鼻につけている』というフランス語そっくりでね。ラパイオーネというんだが、おれが通るたびにみんながはやしたてる。

『やーい。ラパイオーネ、ラパイオーネ、ラパイオーネ』

おれは黙って校庭の隅に行き、木の下に座って必死に涙をこらえたよ」

〈伍長はいじめにあったのだ……〉

「体が小さいからばかにされる。家が貧乏で小遣いも送ってもらえないから、なおばかにされる。けんかもしょっちゅうだった。一対大勢だ。でもおれは断じて降伏しなかった。卒業まで五年。五年間の孤独……五年間の忍耐……いつも心の中でそう叫び続けていた」

「五年間の孤独……忍耐……」

「そんなある日、校長が生徒に園芸を教えようと学校の地所の一部を各学級に割り当て、それを生徒一人ひとりに細かく割り当てた。で、おれは太い棒切れを集めてぐるりと柵を作り、中に森から掘り出した苗木を何本も植えた。水をやって枯らさないように育てた。やがて苗木は成長し、おれだけの木陰の要塞になった」

「そこがお気に入りの場所?」

「ああ。本を持ちこんではそこにこもり、空想にふけった。空想だけが何よりの楽しみだった。級友が徒党を組んでからかいに来たり、おれを引き出そうとすると猛然と戦った」

「そんなふうにして、五年間耐えに耐えたんだ」

「卒業するとシャン・ドゥ・マルスの士官学校に推薦された。食事と制服が支給される。貧乏なおれにはありがたかった。ただ生徒は貴族の子弟ばかりだから、話はまるで合わない。ここでものけものにされ、いじめられたよ。仮病を使って授業を休んだこともある。そんなときは窓を閉め、カーテンもおろして本を読み、空想し続けた」

「どんな本？　どんな空想？」

「歴史と地理、偉人伝に夢中だったな。プルタルコスの英雄伝。特にアレクサンドロス大王とユリウス・カエサルには心底からあこがれた。エジプトに世界王国の首都を建て、アジアとアフリカとヨーロッパを結ぶ通商の中心地にしようと計画したアレクサンドロス。すぐれた軍人にして政治家、文筆家でもあるカエサル。彼らのように大きな志と望みを持ち、いくつもの職業を兼ねる人間になりたいと、そんなことばかり考えていたよ」

〈英雄がめざしたものはやっぱり英雄だった……〉

「そしてジャン＝ジャック・ルソーだ。人間は生まれながらにして自由を与えられている。この自由を妨げる横暴な政治、悪い社会を改めなければならない。偉大なるルソーよ、なぜあなたはもっと生きてくれなかったのか！　おれは嘆いた。そしてまさかここで会うとは思わなかったが、マキシームほどすぐれた革命家はいないと思っていた」

〈根っからのジャコバン派なんだ……〉

「十六歳のとき、砲兵連隊付きの少尉に任官した。おやじがその前年に亡くなっていたから、おれが母と十人の弟や妹を支えなければならない。給料をもらうとすぐ、ほとんどを母に送った。安い下宿を探し、食事はパンか肉まんじゅう二つと水をカップに一杯、それだけで済ます。たびたび休暇を願い出てはふるさとへ帰り、島の独立運動に参加した」

「でも独立の夢は、結局、実現しなかった」

「ああ。独立運動の父と仰いでいた愛国党のじいさんが、イギリスを後ろ盾に島を独裁しようとたくらんだからな。反対するおれの一家は孤立した。島じゅうがやつの味方だった。家が襲われ、焼かれた。おれの夢見た独立運動は第一歩から失敗だった」

「それでフランスに逃れ、トゥーロンで反革命軍との戦いに参加する」

「運命だよ。偶然再会した同郷のサリセッティに砲兵指揮官がいないからと誘われた」

「それで指揮官になり、勝ったんだ」

「士官学校には優秀な教官がいた。おれは彼らから教えられたことをやっただけだ。実地訓練のときに体で覚えたことを読書で補完していたんだが。そのおかげさ」

「たとえば？」

「部隊の移動は集中的で迅速であること。柔軟に部隊を編成し指揮系統を分散させておくこと。常に兵士とともに行動すること。トゥーロンでもどこでも、おれは前線に出て、敵の陣容を直接見たし、馬を走らせて敵の砲台の様子を探った。黒パンをかじり、水で腹を満たし、味方の大砲の下で眠った――」

「すごい指揮官だ」

「自慢と取られると困るんだが、おれの目には砲弾の軌道が見えてね。敵の砲弾がどこに飛んでくるかわかるんだ。

『気をつけろ。左前方だ。伏せろ』

『今度は右だ。ぼやぼやするな』

すごい地響きとともに砂煙が上がり、破片や泥が四方に飛び散る。兵士は伏せていたから無事だ。おれはいち早く立ち上がりこちらの砲撃を指揮する。それを繰り返すうちに、兵士がおれの命令どおり動くようになった。勝てたのはそのせいだ」

「この隊長の下なら戦えるって思ったんだ、きっと」

「おれの頭に常にあったのは、どのようにして兵士の心を奮い立たせるかだった。彼らだって同じ人間だ。いのちを無駄にせず、名誉と報酬を約束すれば必ず応えてくれる。おれの仕事は事前に敵の動きを探り、陣形を調べ、さまざまな可能性の中から絶対に勝てる作戦を立てることだった。わが軍の兵士は一日四〇キロ、時には五〇キロ以上移動した。しかも素早くだ。敵軍の意表を突く。そして中央突破だ。それが勝利を呼びこむ」

「そして戦場では、常に彼らと苦楽を共にした」

「服装にはかまわなかったし、何でも食えたからな」

「それで伍長と呼ばれるようになった？」

「あれはイタリア戦役だった。ロディでアダ川に架かる長い橋があって、向こうにオーストリア軍が待ちかまえている。兵の数七〇〇〇、大砲が十四門。どう考えても渡って突破は無理だ。敵は油断しきっていた。おれは突撃を命じた。おれも攻撃集団の中にいた」

「怖くない？　銃弾が飛んでくるのに」

「生きるも運命、死ぬも運命、と覚悟していた。運命はまだおれを殺さないはずだ。だから兵士を率いて駆けた。軍旗を持って。そのとき古参兵が叫んだのさ。

『小さな伍長を死なしちゃならねえぞ！』

『伍長に続け！』

それで全員が口々に、共和国万歳！　を叫びながら突撃を繰り返した」

「小さな伍長！　愛称だ、まさに」

「兵士がおれのことを思ってくれる。うれしかったね。これこそ勲章だと」

「………」

「アルコーレで川に架かる橋を一気に渡ろうとしたときも、同じだった」

「で、軍旗をなびかせ、剣を手に先頭に立って橋を渡る姿が、絵になったんだ」

「さっきも言ったろ。肖像画というものは実物よりも勇敢に美しく描かれるものだと。それにあれはそう描くように注文した絵だからね」

「注文した？」

「実際は、ロディの橋を先頭に立って駆けたわけではないし、アルコーレでは敵の攻撃を受けて、橋から転落して溺れかけた。とても絵のようにはいかない」

「そうなんだ」

「絶えず敵の裏をかいたから、戦いは勝利の連続だった。おれは首都の政府に『イタリア方面軍通信』を送って、連日勝利を伝えた。イタリアでの戦いは革命フランスの栄誉を担い、オーストリア帝国のくびきから人びとを解放するためのものだと。自分と兵士の名誉が大いにたたえられるようにおれは記事を書き、送らせた」

「プロパガンダ。勝利が栄光と名声につながるように」

「カエサルの『ガリア戦記』、あれには及ばないが、情報というものがどんなに大事なものか、おれは早くから理解していたからね」

「それで兵士も報われた」

「ああ。ろくに装備も食べ物もなかった軍隊が、最高装備の帝国軍に勝ったんだ。名誉と報酬を手にした兵士は歓喜に震え、苦しかった日々を、麗しのイタリアだと言ったよ」

「伍長の青春だ」

「来る日も来る日も戦い、勝ち、降伏してきた敵とその条件を取り決め、新たな共和国を設立し、自由と平等の憲法を与え、賠償金を政府に送り、かつ妻に熱烈な手紙を書く。それこそ寝る暇もなかった。だがおれは力にあふれていた。自分は空想にすぎなかった偉大な事業をやれる人間かもしれない。不可能を可能にする。虐げられた人びとを解放し、待ち望んだ平和を実現し、そこに自分の名をかぶせる。おれはアレクサンドロスやカエサルのようになるのだ —— イタリアはまさに青春、出発点だった」

「だから伍長なんだ」

「いくつになっても、これ以上の名前はないのさ」

伍長はあのアルコーレ橋の絵と同じポーズを取ってみせ、愉快そうに笑った。

「それで、きょうは一日つき合ったのかい、彼と」

「ええ、午後もずっと一緒でした。森に行かないかと誘われて」

その晩の食事はとびきりおいしかった。妖精が腕をふるったのだ。

食前酒は香りとほどよい甘さが何とも言えないマスカットワイン。アミューズのパテにぴったりと合う。田舎風パテはフォアグラのように濃厚すぎず、レバーのすり身がブランデーとハーブにみごとに溶け合っている逸品だった。

前菜はサラドゥ・ドゥ・コション。トマト、タマネギ、ピーマン、アンティチョークにキノコを何種類か加え、その上に豚のヒレの薄切りが盛られたもので、バジリコのドレッシングが絶妙だった。グラスで運ばれた白ワインはフルーティでさっぱりした飲み口だ。

「そこでは何を話したんだい」

「伍長が、彼なりの歴史の見方を披露したというか――」

主菜はサラダ菜のようなハーブが添えられたハト肉のロースト。とろりとした肉汁のソースがかけられた絶品だった。カモみたいに野性味すぎず、かといってチキンほど控えめではなく、こってりとさっぱりのバランスがみごとに調和している。デカンターで運ばれたルビー色で深い味わいのコート・デュ・ローヌの赤ワインと相性もぴったりだった。

「エクセロン！」

「最高だよ、アニェス！」

「うれしいわ。二人から褒められるなんて」

食後のコーヒーを飲み終わるころには、僕らはすっかり満ち足りた気持ちになっていた。

「最初せせらぎに沿って、岩山の頂まで行ったんです」

今夜ばかりはドゥニが聴き手だった。

「この森はふるさとの島に似ていると言ってました。反対側に回れば荒々しい絶壁や岩山があって、渓流が滝となって落ちていたりするし、と」

「きっと少年時代は、私以上に腕白だっただろうね」

「みたいですね。で、岩山の上で言われました。百科全書《アンシクロペディ》についてドゥニによく聞け。項目や内容も大事だけど、あの事典がどんな願いや要望から生まれたのか。次々に立ちはだかる困難を突破させたものは何だったのか、必ず聞けと」

「願い、要望、そして支えたもの――か」

「彼は、ドゥニの百科全書《アンシクロペディ》のおかげで、フランスの現状を大きくつかむことができたと言います。フランスに新しい社会を打ち立てなければならない。それは能力しだいでだれもが力を伸ばせる社会だ。だから不可侵の権利である所有権、権利の上での平等、自由、そして国民主権、それらを明文化する新しい法体系を作り、人材を育て、風通しをよくして、新しい産業を発展させなければならない――」

「彼はイギリスを意識していたんだ」

「そう言ってました。イギリスを見ろ。彼らは古い社会制度を改め、国全体で事業拡大に乗り出している。これと対等にわたり合える国を作らなくては、何のための変革、何のための革命かと思った――と」

「彼はフランスを変えようとしたのか」

「自分があこがれたジャン＝ジャックは、常に虐げられた人びと、つまり人民や民衆のことを考えた。貧しすぎる人がなく、豊かすぎる人がいない人民主権の社会。農民や都市の労働者が相応の分け前を手にして豊かさを楽しみ、幸福を感じる社会。それが目標であり理想だ。しかしその実現には社会の発展が欠かせない。まず社会を発展させる担い手を後押しすることだ。それなしには人民主権の社会はありえないと、熱っぽく言ってましたよ」

「それこそ百科全書《アンシクロペディ》が訴えたかったことだ」

「僕はあえて質問した。産業社会の担い手を後押しすることは、彼らが利益を独り占めすることにつながらないのか。利益はもっと大きな利益を生むから、多く所有する者と持てない者との間に、さらにひどい格差と差別を生むことにならないだろうか、と」

「鋭いじゃないかルー君、伍長もたじたじだっただろう」

「マキシームみたいなことを言うんだなと、笑ってました。そして産業を発展させるために一時的に格差が生じたとしても、それは社会全体の富を増やすための負担だと考えればいい、と」

「社会の富を増やすための負担、か……」

「マキシームがいたら言うでしょうね。それではいったい何のための革命だったのか。何のためにあれほど血が流されたのか。それは許されざる革命の否定だ――と」

「握りこぶしを胸の前で震わせながらね」

「そしたら伍長は言いましたよ。ルー、もし持てる者と持てない者の格差が行き過ぎれば、人びとはさらなる革命へと立ち上がる。すぐれた指導者が現れ、民衆を導く。社会は、時に反動や揺り戻しにもまれながら前進し、発展するものだ。そして究極的にはジャン＝ジャックの理想に行き着くのだ――と」

「伍長がそう言ったか」

「ええ」

「では今度は私がきみに聞こう。ルー君、きみは二十一世紀のジャポンに暮らしている。伍長の見方は正しいのか？　きみたちの社会は私たちよりもずっと後のものだ。これらの課題を乗り越えて発展しているのかい？」

僕はうっと詰まった。二十一世紀の日本。富は公平に行きわたり、だれもが豊かさを実感する社会が実現しているだろうか。否だ。格差はますます広がり、雇用不安から生活保護を受ける人の数が増え、政府は借金だらけだ。もうける自由が礼賛される一方で、人びとを支える安全ネットにほころびが目立ち、自殺者も少なくない。

「いいえ、正直に言って……多くの課題があり、いまだ克服されていません」

「でも、少なくとも身分制社会ではなく、封建的な土地所有制度も存在しない」

「それはそうですけど」

「生存権の保障が憲法に明記されていると聞いたよ」

「ま、そうですけど」

「前進してるじゃないか。たとえ小さな一歩でも積み重ねれば大きな進歩、発展につながる。それが歴史の針を前に進める。大切なのは、最初の一歩を踏み出したときの人びとの願いや要求は何だったか。変革の原動力になった理想は何だったか。伍長が言いたかったのはそれだよ。事象や結果のみに心を奪われるな、ということだと思う」

「………」

「伍長は晩年を大西洋の孤島で過ごし、彼らしいメッセージを残したという。自分の夢はアレクサンドロスのようにヨーロッパとアジアを統合し、アメリカ大陸にあるような合衆国を作ることだったと。ヨーロッパ合衆国。誇大妄想と笑えばそれまでだけど、そこにはジャン＝ジャックにあこがれ続けた彼の夢と願いが、きっとこめられているのだ」

「ヨーロッパ合衆国。それってＥＵって形で、二十一世紀には実現しつつあります」

「ほんとうかい？　彼の夢は単なる絵空事ではなかったのか。それならばなおさら、伍長を、野心に取りつかれた独裁者としか見ないのは間違っていると私は思うよ。それは彼への冒瀆《ぼうとく》だ。同じことはマキシームにも言えると思う」

「マキシームにも？」

「そうだよ。彼はただ一人の不幸な人も、貧しい人も存在しない社会を実現しようとしたのだ。それを思いやることもせず、恐怖の独裁者と、ひと言で断罪してしまうとすれば、それもまた間違っているのではないだろうか」

「………」

「彼は理にかなわないことはやらない男だ。理性、理法が彼のよりどころだ。ところがひとたび民衆の要求を入れて、暴力による懲《こ》らしめ、処刑を始めたところ、それが止まらなくなった。彼は恐らくいらだったのだろう。いくら処刑しても政府転覆を企てる者、陰に回って利をむさぼる者がいなくならないことに。彼は潔癖な性格だけに、反革命だけでなく、私腹を肥やす者、いや腐敗そのものが許せなかったのだ」

「理想を追い求めすぎて、自分を追いつめてしまったのですね」

「だと思うよ。私だって伍長やマキシームが清廉潔白だとは思わない。彼らのために多くの血が流されたことは事実だろうし、戦争が引き起こされたことも確かだと思う。でも彼らにそこまで決意させ、実行させるほど、古い社会体制《アンシャン・レジーム》は過酷で、非人間的で、伝統と因習と利権が、大多数の人びとをがんじがらめに縛っていた。だれかが彼らの心に灯をともし、願いや要求を呼び覚まし、変革に向けて立ち上がらせなければ、フランス社会は変わらないどころか、そのまま崩壊していただろう」

「だれかがやらなければならなかった」

「決して個人のことを言っているのではないよ。それは時代の要請でもあったんだ。確かに私の生きた時代には、予想したように変革は進まなかった。現象だけをみれば、時に反動の嵐が吹き荒れ、社会の歩みは後退しているように見えたこともある。しかし社会はそれらを踏み越えて前進し、発展するものなのだ。だから歴史の流れを見るときには、名もない民衆の願い、望み、要求を、時代の要請としてしっかりと捉えなくてはいけないのさ。伍長はそれをきみに伝えたかったのだろう」

昼間聞いた伍長の話とドゥニの話がぴったりと重なった。時代の要請、そして人びとの願い、望み、要求が、社会の変革を〈革命〉という形で成し遂げたのだ。

百科全書《アンシクロペディ》は変革の序曲となった。しかしその完成、刊行までには幾多の困難が立ちはだかる。一七四九年の夏、ドゥニは逮捕され、ヴァンセンヌの牢獄に収監された。

第10章　警視総監のメモワール

その本を見つけたのは偶然だった。『ベリエのメモワール』

〈ベリエ？　だれ？……〉

表紙にユリの花の紋章が刻印され、革できちんと装丁されたその本は、王家に仕えた高官が書いたものらしかった。フランス革命に関わった人物だろうか？

最初のページを開くと、表題の下にやや小さめの字で、警視総監のメモワールとある。著者は警視総監の地位にあった人物なのだ。ページをめくると目次が出てきた。

国王陛下の警察　その任務と役割

国家と教会　警察の中立性
調査報告書　証言の集め方と裏付け捜査
啓蒙思想家《フィロゾーフ》　その監視と取締り

そこまで読んで、僕の目はくぎづけになった。

ある啓蒙思想家《フィロゾーフ》逮捕・拘留の経緯――と、あったからだ。

啓蒙思想家《フィロゾーフ》って、もしかして……ドゥニのことではないだろうか？だとすれば、著者はドゥニを逮捕した警視総監ということになる。

そのとき僕は書庫で百科全書《アンシクロペディ》の解説書を探していた。はじめ、話を聴く前に本物に目を通しておこうと思ったのだけど、その前に立ったとたん、大それた望みを抱いたことを反省した。大きすぎて、分厚くて、重い。二つ折版といって、縦が四〇センチ、横が二十五センチ、中身が九〇〇ページ以上の（課題図書だとしても避けて通りたいような）本だ。しかも本文が十七巻、図版が十一巻、全部で二十八巻もある。

〈げっ。すごすぎ……〉

それだけで本棚の一角を占めている。見ただけでため息が出る。で、手に取るのはやめて、簡単な解説書を探すことにしたのだった。

書庫の本は、大半がアルファベットで書かれていた（当たり前だ）。たぶんフランス語かラテン語なのだろう。よく見ると英語の本もある。代数学や幾何学は、文字の形からしてアラビア語で書かれたものらしい。古代ギリシャ、ローマの著作に加えてイスラーム関係の本もかなりあるようだ。

お前、そんなんで、書庫の本が読めるのかって？

それが……読めるのだ。

なぜって、僕がその前に立って手を伸ばすと、文字が漢字とかなに変わる！　からだ。

〈わ！……〉

はじめびっくりして思わず後ずさりしたよ。悪い夢を見ているような気がしてさ。でも深呼吸して、考えて、納得したんだ。ここではきっとそういうことになっているのだと。

僕は妖精と煉獄《れんごく》のシステム管理者に感謝しながら、試しに一冊手に取ってみた。表紙が日本語に変わった本の中身は……やっぱり日本語だった。見出しも、柱も、キャプションも、注釈も、みんな日本語で書かれていた。

〈ということは、この書庫の本はすべて読めるってことだ……〉

そういうわけなのだ。そのときから、ドゥニの話を聴くことのほかに、書庫で本を探すことが僕の楽しみになった。

ただし――ここが肝心なのだけれど、フランス語やラテン語が日本語になったからといって、内容がやさしくなるわけではない（当たり前だ）。百科全書《アンシクロペディ》はあくまで百科全書《アンシクロペディ》なのだ。ドゥニやジャン＝ジャックやモンテスキューやヴォルテールといった、当時のトップクラスの思想家がペンを取っただけに、言葉遣いからしてチョーむずかしい。少し目を走らせただけで頭が痛くなってくる。

くーっ。

やっぱり、やさしく書かれた解説書が僕には必要だった。

〈岩波少年文庫みたいな中高生向きの本はないかな……〉

警視総監のメモワールが目に留まったのは、それを探しているさなかだった。

僕はいすに座り、ページをめくった。


七月二十二日、国璽尚書《こくじしょうしょ》兼副大法官ダルジャンソン伯爵閣下に呼ばれ、命令を受ける。

「封印逮捕状」を取り『盲人に関する手紙』の著者であるディドロという男を逮捕して、ヴァンセンヌの牢獄に収監するように――」と。


〈やっぱりそうだ！……〉

この本にはドゥニ逮捕のいきさつが書かれているのだ。
ドゥニはなぜ逮捕されたのか?
僕は夢中になって読みはじめた。

その名前には聞き覚えがある。本官は執務室に戻ると秘書デュヴァルに、ディドロという男の原稿を押収し、『盲人に関する手紙』『哲学瞑想』『おしゃべりな宝石』『懐疑論者の散歩道(または思想の小道)』に関して、彼を尋問するように命じた。

おそらく明日じゅうには国王陛下御名入りの封印逮捕状が発せられる。逮捕命令はただちに高等法院の弁護士、国王顧問官、パリ警察署長、ヴァンセンヌ城塞司令官フランソワ・ベルナール・デュ・シャトレに伝えられるはずだ。手続きが整いしだい、ドゥニ・ディドロ本人を逮捕する。封印逮捕状による逮捕ゆえ裁判は不要であり、勾留期限はない。

本官は引き出しを開けて、ディドロという男に関する調査報告書に目を通した。彼を密偵に調べさせたのは、確か二年前からだった。

このディドロという男が何者か調べること。現在何をしているか? 身分は? 職業は? 家族関係はどうか? おそらくは首都にたむろするボヘミアンと呼ばれる文士ゴロのたぐいであろう。監視をつけ、この男の知人、交友関係も徹底的に洗うように――

よく見ると、当時の本官のメモにはDidrotとあって、まん中のeの字が落ちている。まだ重要人物と見ていなかった証拠だ。しかし彼の著作に関する調べが進むにつれて、そのほとんどが公共良俗に反するものであることが判明した。国家や政治体制の転覆を企てるようなものではないにせよ、これでは目を離すわけにはいかない――

〈ドゥニはそんな早くから警察にマークされていたのか……〉

二年前ということは、すでに百科全書《アンシクロペディ》に関わりはじめている。

僕はますますメモワールに引きこまれていった。

逮捕命令が出る七月にはこんな記述があった。

ディドロに関する情報や訴状が、頻繁に警察に寄せられている。

彼が所属するサン・メダール教区の主任司祭ピエール・アルディ・ドゥ・ルヴァレから

告発状が届いた。二日前に受け取った、同教区の信徒でディドロの隣人だと名乗る、ペロ一という男の密告状とほぼ同じ内容だ。

「ディドロという男は大変危険な思想の持ち主で、教会の神聖な教義や秘跡を軽んじ、善男善女の心を退廃させ、風俗を乱す者であります――」

密告状は、よどみない文章で書かれている点からして、おそらくこの司祭が書かせたものであろう。司祭本人の告発状は、記述が詳細にわたり具体的である。

「ディドロという男は、若いころ放蕩の限りを尽くし、父親の許しも得ずに身分の低いお針子と所帯を持ちました――

彼の日頃の言動からして、たとえ神の実在を信じているにせよ、教会では認められない不心得な――すなわち神は天地宇宙を創造したものの、あとは自然法則にすべてをゆだねられたという――信仰しか持ちえない者であると思われます。その証拠に、彼はわれらの主イエス・キリストや聖母マリア様のことを、あえてここには記しませぬが、聞くに堪えない言葉で冒瀆しております――

この見下げ果てた男は、およそ二年前に、高等法院が発禁処分とし、焼却を命じた二つの書物のうちの一つを書いた者であることを認めております。さらに一年以上も前から、教会の教えに反する、前作以上に危険極まりない書物の執筆に取りかかっております。これは決してうわさ話などではなく、明白な事実なのであります――」

発禁処分を受けた書物とあるのは、三年前にハーグで、名前を伏せて出版された『哲学瞑想』であろう。この著作はその後高等法院が、「教会の教えにも公共良俗にも反するもので裁断または焼却処分が適当である――」と、断罪した。

一年も前から執筆に取りかかった書物とは、本年六月、やはり名前を伏せて出版された『盲人に関する手紙』に相違ない。この著作は神を否定する唯物論的なものだとして、すでに問題視されている。十分に目を通した上で、尋問する必要がある――

〈ベリエってすぐれた警察官僚だ……〉

告発状をうのみにしないで、調査報告書に入念に目を通している。その姿勢は一貫しているみたいだ。ほかのページにこんな記述があるくらいだから。

警察というものは、国王直属であってもその時々の政治情勢に動かされてはならない。捜査や取締りには調査報告書がすべてであり、不用意に動くべきではない。特に教会教派の争いには十分注意を払い、決して巻き込まれぬように心がけたい。国家の安寧が第一であり、われわれはそのために、時にジャンセニスト派を取り締まり、時にこれと対立するジェズイット派を取り締まる立場にあるのだから――

〈ベリエはだから不用意に動かないんだ……〉

彼はドゥニの著作を詳しく調査、報告させている。その粘り強さは驚くべきものだ。

『美徳と道徳についての試論（道徳哲学の原理）』は、彼がイギリスの哲学者シャフツベリー伯爵の著書を翻訳したものである。興味深いのは、道徳すなわち人が生きていく上で守るべき規範や倫理に関する彼の基本的な考え方が、この中に認められることである。

「個々人の道徳精神を構築するのに、至高の存在である神や、永遠の救い、または神の下す罰などに頼ることはない。このテーマに関して、私があえてキリスト教を研究対象にしないのは、異教徒にも思慮分別のある人が存在するし、無神論者でありながら賢者と呼ばれ、祝福された幸福な生涯を送った人が少なからずいるからだ。幸福とは徳のある行いを積み重ねていくことで得られるものであり、理性をもってそのことを理解し心に留めれば、それで十分なのである――」

この男は神の教えよりも理性を重んじている。宗教的あるいは霊的な基盤がなくとも、人は正しく生きることができるという。教会や高等法院はこの点を見過ごしはしまい。この本が匿名でひそかに出版されたのも、うなずけることである。

『哲学瞑想』は、当初本人の名前でデュラン社から出版される予定だった。実現していれば、彼の名は広く知れわたったはずである。ではなぜ審問官は、裁断または焼却処分が適当であると判断したのか？

この著作は神やイエス・キリストを愚弄してはいないし、教会の教えを偽善だと攻撃してもいない。疑りに凝った論文でもないし、学識をひけらかすようなところもない。神を認めない無神論者、すべてを疑う懐疑論者、神の実在を信じるキリスト教徒、それに人間の理性の上に神を置こうとする哲学者が、会話を楽しむように、金言や格言を駆使しながら論議を闘わせるというものだ。

読者はそのおもしろさについ引きこまれてしまうであろう。それゆえにかえって危険だと見なされたのかもしれぬ。もしそうだとすれば、審問官とは侮りがたい存在である。


『おしゃべりな宝石』は、哲学的な示唆に富む物語だという触れこみだが、一読するかぎり、性愛を大胆に表現した風俗小説と断定せざるをえない。舞台はアフリカのとある国で、異国情緒にあふれてはいるものの、皇帝が寵姫《ちょうき》の私生活を探るために用いた魔法の指輪の力で、女性の宝石——実は女性器のことだ——が自分の性体験を洗いざらいしゃべってしまうというきわどい内容だ。

地下出版されたものの、版を重ねたと報告されている。

問題は、登場人物が、よもやわが宮廷の、その名を申し上げることも畏れ多い御方に、擬せられてはいないかという点だ。

場合によっては厳しい尋問が必要と思われる——


〈わーお、『おしゃべりな宝石』ってそういう話だったのか……〉

亜美ちゃんとか、真弓《まゆ》とか、クラスの女の子にはとても見せられないな。

こんなの持ってるだけでセンス疑われるかも。トモエなんかぎゃーぎゃー騒ぐだろうし、もっともあいつのことだから、案外けろっと、

「そおなのよ。もともと宝石なんだからね」

なんて言うかもな。

おっと、ばかなこと考えてないで先を読まなくちゃ。


『懐疑論者の散歩道』は古典的な寓話の体裁を取った作品である。

美しい庭園に三つの小道があり、六人が語らいながら散歩する。

小道はイバラの道、マロニエの道、花の道、どれも思想の道である。散歩するのは敬虔なキリスト教徒、無神論者、理想主義者、懐疑論者、理神論者、汎神論者だ。

――彼が付けた注釈を読むと、懐疑論者とは古代ギリシャの哲学者ピュロンの思想を受け継ぐ、すべてを疑ってかかる者。理神論者とは神の存在を理性的には認めても、原罪や救いを認めない者。汎神論者とはスピノザ哲学の流れをくみ、神と宇宙の万象を同一と見る者、すなわち神はいっさいで、いっさいは神であるとする者、だという――

語らいは楽しげで、時に美辞麗句が飛び交うが、一皮むけばその中身は哲学論争で、い

つのまにか理神論者と無神論者以外は脱落して、姿が消えている。

この論争はいったい何を意味するのか？　著者の真意は、長い間人を縛りつけていた迷信や因習から人びとを解放したい、ということであるようだ。しかしながら、それは古いくびきを打ち壊せという主張と受け取れなくもない。もしそうであるならば、国王政府と教会が支配する現体制に風穴を開けることが、この書物のねらいなのか？

いずれにせよ、これだけの理由で、国家体制の転覆を企てたもの、と断定するわけにはいくまい――

メモワールには、いよいよ逮捕の決め手となった『盲人に関する手紙』が登場する。

『盲人に関する手紙』は重大な問題をはらんでいる。

著者は、人間は細胞や器官といった初歩的な存在物の寄せ集めから成っており、生命活動を通して完成されていく存在であると言う。

「細胞や器官が欲求を作りだすとともに、逆に欲求が細胞や器官を作りだすのである」

これだけでも、神を冒瀆するというそしりは免れまい。

著者は盲人、それも生まれながらの盲人を、研究対象として徹底的に観察している。人間は目で見ることで他者を識別し、確認する。他者を識別し、確認する能力なしに、人間は生きられない。では生まれながらの盲人はいかにしてその能力を獲得するのか？

著者は、ほかの器官の感覚を発達、進化させ、視覚の補完、代行をさせるのだという。盲人は他者の存在を、聴覚、嗅覚、皮膚感覚で感知する。その接近を空気の流れの微妙な変化で認識する。しかしながら聴覚、嗅覚、皮膚感覚で、神を感知することはできない。

「もし、神が実在するなら、この私にわかるように見せてくれ――」

文中に登場するこの盲人の言葉を、高等法院は断罪せずにおくであろうか？

著者はさらに盲人に次のように語らせている。

「天地宇宙における整然とした秩序を見れば、最高の英知を持った創造主、すなわち神の存在がわかるという。しかし天地の生成の始まりには、無数の奇形生物や無秩序が存在しているではないか――」

であるから、現在の世界にある種の秩序が存在するとしても、それは単に適者生存という自然法則が生み出した結果にすぎない、という。

しかしながら、これはフランス王国がよって立つ基盤を揺るがしかねない教説だ。

このようなものを見過ごせば、やがて民衆をそそのかし、その波はパリの街を侵食するのみならず、国王陛下の住まわれるヴェルサイユの城壁をも洗うようになるかもしれぬ。

断じて、これをこのまま放置することはできない――


〈七月二十四日にドゥニは逮捕された……〉

メモワールによれば、警察署長ミシェ・ドゥ・ロシュブリュンヌが警視デムリを伴い、午前七時半にヴィエイユ・エストラパッド通り三番地のディドロの住居を急襲、家宅捜索する一方、彼を尋問して調書を作成、ヴァンセンヌに投獄した――とある。

しかし家宅捜索の結果は、百科全書《アンシクロペディ》に関するメモや覚書の入った紙箱と、『盲人に関する手紙』の書き写しが二部、押収されただけだった。

〈さすがドゥニ。いち早く情報をつかんで、危ないものは隠してしまったか、どこかに運び出しておいたんだ……〉

ドゥニは城塞司令官フランソワ・ベルナール・デュ・シャトレに引き渡され、中央塔の中にある独房に収監された。ベリエはメモの末尾にこう記している。

「恐怖と絶望に襲われながら、囚人は日を過ごすはずである」――と。

「ずいぶん熱心に読んでいるじゃないか」

ふり返るとドゥニが立っていた。それもコーヒーカップを載せたトレイを持って。

「メイドに聞いたら、書庫にこもったきり出てきませんというから、私が運んできた」

「エクセキューゼ・モア、すいません」

そのまま書庫のテーブルで僕たちは語らった。


「ヴァンセンヌは中世の城塞跡でね。当時は牢獄として使われていたんだ。私が入れられた独房は、夏はなんとか過ごせそうだったけれど、冬は凍りつく寒さと暗さで、とても耐えられそうもない部屋だった」

「怖かったですか?」

「だれも来ない……いつまで収監されるのかわからない……恐怖と言えばこれ以上の恐怖はなかったよ。考えれば考えるほど気持ちが落ちこんで萎えてくる。絶望が全身を襲ってくる。どんなに楽観的になろうとしても、たちまち深いやみに覆われるんだ。やみの恐怖。尋問でも何でもいい……だれか来てくれ……ひたすらそう願ったよ」

「尋問はすぐ始まったのですか?」

「それが一週間も放っておかれたんだ。ベリエもなかなか周到さ。こちらが音を上げるのを待っていたのだろう」

「取り調べって、どんなふうに?……」

「ルー君だったら、どんなことを想像する？」

「まず名前、住所を聞かれる。それから罪状認否というか、お前こんなことしただろう。こんな作品を発表しただろうと、責め立てられる。そして副官が答えを書き取る」

「逮捕されたことがあるのかい？」

「いいえ想像ですよ。僕の暮らす日本《ジャポン》では、事情聴取はだいたいそんなふうに進められるって聞くから。たいていは刑事が二人一組で取り調べに当たり、一人がどなったり、脅したりする。するともう一人がさっさと吐いちまいなよ、楽になるよって、やさしく諭す――」

「あははは、まるで演劇のシーンみたいだね。私のときはそうではなかった。目の前に警視総監本人がいた。じっとこちらを見据えるんだ。暗い、氷のように冷たい目でね。口は重く、ひと言尋問するたびに、言葉以上に私の表情を読み取ろうとする。決して声を荒げない。終始無言で聞く。その全身から恐怖感にも似た威圧感が立ち昇る。彼はなかなかの役者だった――」


「何を生業《なりわい》としているのかね」

「翻訳と演劇の脚本を書いて生活しております」

「きみは四年前、『美徳と道徳についての試論』をこっそりハーグで出版した」

「いいえ閣下、何かの間違いです。私がそのようなものを書くはずがありません」

「きみは神よりも理性を重んじると主張している」

私は肯定も否定もしない。じっと黙ったままだ。

「翌年、やはりハーグで『哲学瞑想』を匿名で出した。知ってのとおり、これはわが高等法院の命令により発禁処分となったものだ。その作者となれば、きみは重大な犯罪人ということになる」

ベリエが目をむいてぎょろりとにらむ。恐ろしい、射すくめるような視線だ。

「おそれながら閣下、その年は『医学事典』の翻訳に追われておりました」

たじろがない。心の動揺を見透かされまいと、私は顔をまっすぐ上げて答えた。

ふふん、ベリエが冷笑する。お前のはったりなど歯牙にもかけぬと言うように。

「『おしゃべりな宝石』。とんでもない話だ、これ以上いかがわしい作品はあるまい」

「それは……いったいどのような話でございますか？」

「とぼけるのもいい加減にするがいい」

目の奥で青白い火花が炸裂する。と――急に声の調子が変わる。低い、ぞっとするような声だ。

「『盲人に関する手紙』……これはどうだ」

「存じませぬ。そのような題名、聞いたこともありません」

「ほんとうか？」

「ほんとうです」

ベリエは黙りこむ。じっと私の目を見る。かすかな動揺でも見逃さぬと言うように。

「では言おう。お前の部屋からこの本の書き写しが二冊出てきた。なぜそこにあったのか？」

「私にもわかりません。金の無心をした友人が置いていったのかもしれません」

「金の無心だと？」

「家賃が払えぬと妻に泣きつかれまして。なにしろ金の入る当てがありませんで」

「あきれた男だ。もう一度聞く。『盲人に関する手紙』を書いた覚えはないのだな」

「書いてはおりません」

「その言葉に偽りはないな」

「ありません。決して」

「もし偽りがあれば、終生ここから出られぬ。それでもいいのだな」

「繰り返して申し上げます。私の言葉にうそ偽りはありませぬ——」


「すごいじゃないですか。すべて否認した。それも見事に。ベリエに勝ちましたね」

「いや、勝ったのはベリエだよ。私はその後ずっと放っておかれた。だれも来ない。呼び出しもない。私はいらだちはじめた。雨の日は特に憂うつだった。独房が暗くじめじめするんだ。どん底に突き落とされたような気分になって私は叫んだ。鉄格子を揺すってね。

『出してくれ！　助けてくれ！』

何度も叫ぶ。異常に興奮したかと思うと、部屋の隅に頭を抱えてうずくまる。突然大笑いする。

壁をたたく。うつ状態とそう状態が交互にやって来て、狂気の一歩手前さ」

「そ、それで？」

「私はペンと紙を要求し、二通の手紙を書いた。一通は法務大臣あて、もう一通はベリエあてだ。その中で私は、過ちを犯したことを否認したことに対して、深い後悔と反省を表明した。二度と再び過ちは犯さないと約束します、と。そしていま自分が全身全霊を打ちこんでいる『百科全書《アンシクロペディ》』について、完成すれば、間違いなくフランスの栄光がイギリスをしのぐ記念碑的な作品になるでしょう――と」

「でもよく聞くと、全面降伏したように見せて、じつは何も自白していない――」

「あははは、ばれたか。そのとおりさ。でも正直に告白しよう。尋問から一か月たった八月三十一日、私は屈服した。『哲学瞑想』『おしゃべりな宝石』それに『盲人に関する手紙』を、自分が書いたものだと認め、いき過ぎた精神のせいだと反省し、自分の名誉にかけて、今後そういったたぐいのものはいっさい執筆しないと誓約までしたんだ」

「………」

「しかしベリエは私を釈放しなかった。ただし牢獄内において、自由に行動していいと認めてくれた。彼の意図がどこにあるのかわからないけど、とにかくその日から私は特別扱いの囚人になった。ナネットが来てキスの雨を降らせてくれる。ジャン＝ジャックが激励に顔を見せる。城塞司令官には食事に招かれる。独房は開放され、仕事仲間も入れ代わり立ち代わりやって来る。で、いつのまにかそこが仕事場になってしまった」

「三食つきの仕事場ですね」

「あまり快適とは言えなかったけどね。でも、私はここでソクラテスに会うことができた。『ソクラテスの弁明』をフランス語に翻訳したんだ」

「獄中で？　すごすぎ……」

「そして、この偉大な哲学者との出会いを通して私は変わった。百科全書《アンシクロペディ》の編集で、最後まで屈服しなかったのはそのせいだし、自分の使命のためなら死をも恐れなくなったんだ。ソクラテスのことは、またあらためて話すよ」


ドゥニとベリエの闘い、それは啓蒙思想と政府官憲の闘いでもあった。ドゥニは屈服した。彼は負けたのか？　ところが警視総監のメモワールには真逆のことが書かれていた。


本官はどこで読み違えたのであろうか。彼は屈服したのだ。本官はしかし彼の釈放を延期させた。なぜか？　もくろみがあったからだ。あの男を手なずけて味方にしたい、と。

彼は使える男だ。すぐれた頭脳の持ち主だし、友人を作るのも速い。何より好奇心が旺盛だ。著作を見れば、神学に明るく、英語をたしなみ、数学や医学、生理学にも通じていることがわかる。しかも演劇好きで顔が広い。正体不明の反体制活動家や風俗作家のみならず、ひそかに後ろ盾になっている大物——宮廷貴族の中にいるやもしれぬ——を突き止めるには、うってつけの逸材だ。

著作はすべて出版業者への尋問で裏を取った。その著作に目をつぶると持ちかけ、釈放をちらつかせれば、必ず落ちるだろうと踏んだのだ。城塞内に仕事場を与え、執筆活動まで許可したのは、厚遇して恩を着せ、わが陣営に取りこみたかったからである。

思わぬ見こみ違いは、城塞司令官が食事に招いて以来、すっかり彼に魅了されてしまったことだ。司令官の知己友人には新思想にかぶれた連中が少なからずいたのだ。

逮捕は啓蒙思想に対する弾圧ではないかと、知識人どもが騒ぎはじめた。さらに獄中での『ソクラテスの弁明』の仏語訳が知れわたると、いつのまにか彼は孤高な殉教者に擬せられてしまった。あのヴォルテールまでが、ディドロこそ現代のソクラテスだ。おお、ソクラテス・ディドロよ、と呼びかけたくらいである。是非もない。

さる筋から要請が来る。出版業者も声を上げる。『百科全書《アンシクロペディ》』における彼の役割の重要性を十分認識していなかったことも、本官の不徳の致すところであった。

専制的な権力の犠牲者としてヴァンセンヌに収監され、その思想および著作が迫害されたことで、彼、ディドロは一躍時代のヒーローとなった。

ここで釈放すれば、二度と再び彼を逮捕することはできまい。それがわかっていてなお、釈放を命じる書面に署名しなければならぬとは。

これも、無名の彼を殉教者に仕立て上げてしまった報いであろうか——

第11章 敵の中に味方がいる

その日はずっと書庫にいた。時間がたつのも忘れてドゥニの話に聴き入った。ランチも、ディナーも、夜食も全部そこで取ったくらいだもの。メイド（といっても妖精なんだけど）があきれて、

「やってられないわ」

と、つぶやいたくらいだ。

でもアニェスはうれしそうだった。ドゥニはもともと会話の名手だけど、これほど楽しそうに、幸せいっぱいの顔でしゃべるのは見たことがないと笑っていた。僕だってわれを忘れて聴き入った。いくら革命の夜明け前、歴史の転換点にその場にいた人間とはいえ、あんなにも生き生きと、具体的に、しかもこちらの疑問や質問に答えながら話を聞かせてくれる語り部には、そう会えるも

んじゃない。いや後にも先にも絶対に会えないと思う。それくらいドゥニの話はおもしろかったのだ。

「ルー、あなたを連れてきたかいがあったわ」

アニエスはだからメニューにもすごく気を利かせてくれた。仕切りのあるかわいいトレイに、前菜のサラダと主菜の肉や魚とパンとデザートがきちんと納められ、スープは横に添えられた小さなカップに、ワインは小さめのグラスに、コーヒーはデミタスに注がれる。機内食を思い浮かべてもらえればわかると思うけれど、小さなテーブルスペースで、ちゃんと食事ができるようにすべてが工夫されていた。

念のために記しておくと、ランチはクリーミーなトマトスープにシュリンプやホタテやタラの盛り合わせフライ（かりりと揚がってエビなんかぷりぷりでほんとうにおいしかった）、デザートはイチゴのタルトだ。ディナーは前菜がバルト海で捕れたニシンの酢漬けと温野菜の煮こみにさっぱりした白ワイン、主菜は子羊背肉のロースト（これがまた飛び切りおいしくてソースが絶妙なんだ）にマルゴー村の赤ワイン、デザートはサヴァランのラムシロップ漬け。夜食は野菜やチーズがいっぱいのホットサンドに熱いココアだった。

夜更けまで聴き入った話は、ドゥニが生涯をかけた大事業、百科全書《アンシクロペディ》の刊行だった。攻撃、弾圧、迫害をどのように乗り越えてそれは世に出たのか。

あのマキシームだって言ったのだ。

「百科全書《アンシクロペディ》の影響と政策を無視する者は、何びとといえども、われわれの革命の始まりについて、完全に理解することができないだろう――」

「最初に考えたことは、スケールの小さな事典では意味がないということだった。どうせなら学問、芸術、工芸のあらゆる分野をカヴァーするものを作りたい。だとすれば、これはチームの仕事だ。それも当代一流の人びとが参加するチームでなくてはならない」

ドゥニはさっそく行動を起こした。

「まず話を持っていったのは、友人で科学アカデミーの会員、『力学論』の著者でもある数学者のジャン・ル・ロン・ダランベールだった。口説いて共同編集長を引き受けてもらったんだよ」

「彼を選んだ理由は？」

「私より若かったけど、サロンの人気者だったし、有名人とも親しかったから、うってつけだと思ったんだ。彼を通じてモンテスキューやヴォルテールといった、思想界のトップクラスの人びとに執筆を依頼する。ジャンに頼まれればだれも拒まないはずだからね」

ジャンは気心の知れた同志だったらしい。ドゥニが見せてくれた、彼の百科全書《アンシクロペディ》の序論の下書き（メモ書き）には、二人の友情がうかがえるこんな文章があった。

「言っておくけど、僕の労苦がどれほど大きかったとしても、親友ドゥニの労苦に比べれば、はるかに小さなものさ。ドゥニはだれよりも多くの項目に関わったし、最も重要な部分、つまり読者から期待され、最も困難だった部分を書き上げたのだから――」

ジャンが執筆交渉に当たったとはいえ、原稿の回収や訂正はドゥニの仕事だった。

「いやあ、偉い先生ばかりだからね。皆さん締め切りを守らないんだ。そこをさり気なく、やる気と機嫌を損ねないようにむちを入れる。これが大変だったね。快く引き受けて、締め切り前にちゃんと書き上げてくれたのは、ジャン＝ジャックくらいのものだったよ」

編集者でありながらドゥニは最も多くの項目を執筆した。

特に職工の技術に関する項目はほとんど一人で担当した。その言葉どおり〈技術〉を記録し〈技術者〉への正当な評価を忘れなかったのだ。

「やっぱりおやじが刃物職人だったからだろうね。専門技術者の技とか道具、発明されその後改良された機械、そういうものはきちんと後世に残しておかなければと思ったんだ。現場に何回も足を運んだよ。農業で使う機械や工作用の機械は、本を読むだけでは仕組みが全然わからないからね。実際に工房を訪ね、職工に説明してもらう。目の前で機械を動かしてもらう。一緒になって模型を作り、それを図に写し取ることもたびたびだった。子ども時代、故郷ラングルでしなかったことを、つまりは大人になってからしたんだよ」

ヴァンセンヌの牢獄から釈放されると、ドゥニは再び編集作業に没頭した。

翌一七五〇年十月、百科全書《アンシクロペディ》の全体計画と予約の条件が書かれた「趣意書」――もちろん書いたのはドゥニだ――が配布される。第一巻刊行の時点で予約購読者は一四〇〇人に上った。

一七五一年七月、ダランベールの序論を巻頭に置いた第一巻、二〇五〇部が、五年以上にわたる生みの苦しみを経てついに出版された。

「ばんざーい！　って叫びたい気持ちでしたか？」

「あははは、そうだね。正直言って、初めはとてもできると思わなかったし、執筆者への依頼や予算の面でも、いくつも困難があったからね」

「それをすべて乗り越えたんですね」

「でもね。発刊は新たな試練の始まりでもあったんだよ。実は趣意書が出たころから、まずジェズイット会が機関紙を使って猛烈な批判キャンペーンを始めた」

「理由は？」

「不信仰な内容だと。それにあちこちからいいとこ取り、つまり盗用をしてる、と」

「でも百科事典だからそれはありうることだし、あっても問題じゃないと思うけど」

「最大の問題は、執筆者と編集者、つまり私たちが掲げた基本的な思想だった。世の中の権威、教義、通説、伝統、因習、それらすべてを疑うことから出発して真理を探究し、人間を中心に、人間の幸福を基軸にして物事を捉え直す――という」

「あくまでも人間が中心なのですね」

「だって、人間こそは、そこから出発し、すべてがそこに帰る、ただ一つのものだよ。もし生きている自分と同胞の幸福を捨て去るとしたら、残りのもの――自然とか、ましてや〈よき秩序〉なんて、何の意味も価値もないよ。そうは思わないか」

「すごい！　そこまで言い切るなんて」

「私たちは、だから教会の教え以外はいっさいを認めないとする、カトリックの不寛容さを徹底してたたいた。しかも執筆者の中には聖職者も参加していたんだ」

「え、お坊さんもですか？」

「ウイ。坊さんだから無視するとか、仲間に入れないとかいうことは、全然なかった。硬直した教会の権威や、国王政府と教会が一体となって民衆を支配する社会体制に疑問を抱く聖職者は少なからずいたし、私たちはそんな彼らを歓んで迎えたんだ」

「でも教会側にすれば、許し難いことだったのですね」

「だから第一巻が出版されると、弾圧は激しさを増してきた。中でも執筆者に加わっていた二人の聖職者、プラード神父とイヴォン神父に執拗な攻撃がなされたんだ」

「どんなふうにですか？」

「プラード神父はソルボンヌ大学から博士号を剥奪された。彼は身辺にも危険が及び、結局ダルジャンソン伯爵 —— 侯爵だったかもしれないけど —— によって領地にかくまわれ、オランダを経てベルリンに亡命した。イヴォン神父も結局、国外に逃れたんだよ」

「ダルジャンソンといえば、あなたを逮捕せよと命令した人でしょう」

「ウイ。でも彼は凝り固まった信心や、頑迷な神学者が大嫌いだったのさ」

「そのあたりが聞いていてすごくおもしろいです。だって大貴族といえば国王政府側、つまり教会とつるんでドゥニたちを弾圧する側の人間でしょう。なのにこんなふうに弾圧されている人を助けたりする。ほら、前にジャン＝ジャックと話していたときも、マルゼルブ閣下は私のアドヴァイザーだって言ってたじゃないですか」

「よく覚えていたね。でもそうなんだよ。旧態依然とした社会体制の中で新しい思想を広めるには、ただ変革とか反体制を叫ぶだけではだめなんだ。彼は宮廷側の人間だからとか、教会の聖職者だからとか、レッテルをはって遠ざけたり、相手がどんな人間か知ろうともせず、肩書だけで敵対してしまったら、敵の数を増やすだけで物事は進まないよ。大切なのは、何事にもとらわれない、しなやかさというか柔軟さなんだ」

一七五二年一月、百科全書《アンシクロペディ》第二巻が出た。しかし一か月もしないうちに、一巻と二巻の発行と配布が、国王ルイ十五世の名によって禁止される。

「百科全書《アンシクロペディ》は王権を倒し、自立と反抗の精神を植え付け、わかりにくい、あいまいな言葉を駆使して、誤った、不健全な、無宗教と不信仰の心を育てるものだ――」

というのがその理由だった。原稿には差し押さえ命令が出された。


「ある程度の困難、迫害は予想していた。でも発行禁止の上、原稿差し押さえまでは考えていなかった。原稿が押さえられてしまうと、仕事が続けられなくなってしまう」

「で、どうしたんですか？」

「すぐマルゼルブ閣下と連絡を取った。閣下は出版統制局長官で、国王顧問会議のメンバーと調整のうえ、差し押さえ命令の執行をわざと遅らせてくれた。だからその間に原稿や資料を、書店から彼の父上の大法官ラモワニョン閣下のお屋敷に運びこんだんだ」

「なんと！　差し押さえ原稿が大法官の屋敷にかくまわれたなんて、すごすぎますよ。それにしても国王顧問会議のメンバーまで動かすなんて、信じられない」

「それは、宮廷で最も力を持ったお方が、私たちの味方だったからだよ」

「最も力を持ったお方って？」

「ほら、きみの寝室に肖像画を掛けておいただろう」

「あ、あの貴婦人！？……」

「ルイ十五世陛下の最愛のお方、マダム・ドゥ・ポンパドゥールだ」

〈そうだったのか。あの貴婦人が……〉

そういえば、手が置かれた机の上に、ENCYCLOPEDIEがあった。

「あのお方の力は絶大だった。ソルボンヌ大学の三人の博士にすべての項目をチェックさせるという条件で、続刊の刊行がふたたび許可され、翌年（一七五三年）十一月の第三巻から、五七年十一月の第七巻まで、ほぼ毎年一巻の割合で出版が継続された」

「でも、攻撃はやまなかったわけでしょう」

「ウイ。ソルボンヌ大学、高等法院、ジェズイット派やジャンセニスト派の論客たち、彼らに味方するジャーナリストや文芸評論家は執拗に批判を続けた。中でも『文学年鑑』を主宰するスタニスラフ＝ルイ＝マリー・フレロンは特に辛辣だったよ」

「で、どうなったのですか？」

「幸いなことに、彼は人びとに支持されなかった。逆に批判されたくらいだ」

「編纂と出版は、とにかくそうした逆境の下で続けられたわけですね」

「それで、何とか第七巻までは出せたんだ」

ここまで来て大きな問題が持ち上がった。仲間割れだ。

第七巻で〈ジュネーヴ〉の項目を担当したジャン・ル・ロン・ダランベールが、ジュネーヴに劇場が一つもないのは残念なことだ、と書いたことに、ジュネーヴ生まれのジャン＝ジャックが、そんなものは人を堕落させるだけだと、猛烈にかみついたのだ。二人は決定的に対立し、翌五八年、ジャン＝ジャックは絶縁宣言をして、執筆から一切手を引いてしまう。

悪いことは重なるもので、翌五九年三月になると、反動派の後押しを受けた国王顧問会議が、出版特許そのものを取り消す決定をする。これによって、すでに出版されていた分を含め、すべての増刊、配布が禁止されてしまう。

この時点で、キリスト教は道徳の完璧な形であって道徳の基礎ではない、と主張していたデュクロ、寛容な精神を擁護し続けたマルモンテルらが脱退し、いい加減嫌気がさして動揺していたダランベールも編集から手を引いてしまった。

七月、国王顧問会議は追い打ちをかけるように、出版業者に対して新たな命令を出した。出版が禁止になった以上、予約購読者から受け取っていた予約金七十二リーブル——一リーブルは一フランとほぼ等しくおよそ三〇〇〇円だから、だいたい二〇万円くらい——を、彼らに払い戻すようにというのだ。予約購読者はその時点で四〇〇〇人もいた。もし全員に返金するとしたら、もはや百科全書《アンシクロペディ》出版事業は立ち行かない。チームは解体するしかなかった。

「アンドレから話を聞いて、さすがの私も頭を抱えたよ」

「で、どうしたんですか？」

「考えに考えたすえ、妙案が浮かんだんだ。これで破産は免れるという」

「それって、いったいどんな？」

「いいかい。出版特許を取り消されたのは本文だ。これから出版予定の図版には禁止命令は出ていない」

「………」

「そこに気がついて、七十二リーブルを図版出版の予約金に振り替えたんだ」

「ブラヴォー！」

「ありがたいことに、返金を求めた者は一人もいなかった。そして九月には図版の出版特許を取った」

「やった！」

「そして本文の残りの部分は、マルゼルブ閣下に暗黙の了解を取りつけ、もちろんさるお方の支持があったからだと思うけれど、こっそりと隠れて編集を続けたんだ」

「たった一人で？」

「ジャンが降りてしまったからね。私がやるしかなかった。毎日ぶっ続けに十時間以上、いやもっとかな、かかりっきりでね」

「でも、いくら一人でがんばっても、メンバーは仲たがいや脱落でいなくなるし、人間関係そのものがごたごたしてたわけでしょう。それをどうはねのけたんですか」

「混乱は最小限に食い止めたよ。みんな個性が強いし、主張が激しいから、大変だったけどね。でも編集者の私に神はすばらしい賜物をくれていたんだ」

「何ですか?」

「肝心なところで怒りを抑えることができたんだよ。気分転換も速かったし、何よりおやじ譲りで他人《ひと》の長所をいち早く見抜くことができた。だから発想と発想がぶつかる場面でも両方を立てられたし、そうしてみんなに気持ちよく仕事をしてもらうことができたんだ。これが何より大きかったと思うよ」

テーブルの上に『百科全書《アンシクロペディ》』の小型普及版が残されていた。

「おやすみ」

話し終えて、満ち足りた笑顔で寝室に行ったドゥニが置いていったものだ。

「……」

手に取って、あらためてドゥニの粘り強さ、しなやかさ、朗らかさを思う。

革表紙を開くと、あの口絵とともにびっしりと文字が並んでいた。この一つひとつが〈疑いつつ探求し、破壊しつつ構築して――〉書き上げられたものなのだ。

ドゥニは言っていた。ヴァンセンヌに収監されてから自分は変わった、と。

「百科全書《アンシクロペディ》の編集で、最後まで屈服しなかったのは、そのせいだと思う。与えられた使命のためなら死をも恐れなくなった――」

僕は、ドゥニがどんなに攻撃、弾圧されようと、最後まで本文の項目に入れることにこだわった〈自然法〉と〈主権者〉を読み、彼の話を繰り返し思い出していた。

「この編集を引き受けたときから、私は〈自然法〉と〈主権者〉は絶対に入れなければならないと思っていた。それらに対する共通の理解や認識がなければ、フランスは変わらないし、変わらなければ遠からずこの国は行き詰まり、イギリスやオランダと競争する以前に、破たんが避けられないと確信していたからね」

「ということは、旧体制《アンシャン・レジーム》の解体を目指していたのですか？」

「あはは、解体ではなく変革だよ。そのためには人間はそもそもどういう存在なのか。どういう約束事で社会が生まれたのか。何のためにそれを発展させてきたのか。主権者つまり支配者はなぜ存在するのか。主権者には何が許され、何が許されないのか。これらをきちんと提示することによって、社会の正しいあり方と現実とのずれを指摘し、今ある社会をかぎりなく理想社会に近づけようとしたんだ」

「それが百科全書《アンシクロペディ》の目的だった」

「そのとおりだよ。いいかい。太古の昔、人間は自然状態にあって、そこでは生き抜くことがすべてだった。人間は自由にふるまい、生存に必要な知識や技術を、まねしたり、試行錯誤を繰り返しながら習得し、知恵を働かせて生き延びた。その過程では闘争ももちろんあっただろうけどね」

「万人の万人に対する闘争ですね」

「トマス・ホッブスの言葉だね。彼は生存のために究極の自由を認めたら、世界は野蛮と無秩序と混乱に満ちてしまう。だからこれを契約によって第三者、つまり主権者に委託するのがいいと言ったのだったね。この言葉を盾にとって、だから一人ひとりの自由など破棄した方がいいという聖職者や御用学者がいるけれど、それは正しくないと思う」

「なぜですか?」

「人間は利己的かもしれないけれど、さまざまな経験と観察によって理性を身につけ、道徳的な感情をはぐくんでいくものだ。普遍的な道徳観念、たとえば誠実さは、人間の本性に基づくものだと私は考えている。だってそれなしに人間は生きていけないからね」

「でも、闘争するわけでしょう。人間は」

「だけどルー君、たとえ万人を倒して闘争に勝ち抜いたとしても、地上にただ一人放置されたとしたら、それは悲惨な状態ってことにならないか。人間は本性でそれを知っているはずだよ。生きるための闘争はあったにせよ、やっていいこととといけないことという、普遍的な規律みたいなものがあり、人間はそれにのっとって生きてきたと思う」

「一定のルールやマナーが、自然状態でも存在した、と」

「私たちはこれを〈自然法〉と呼んでいる。自然状態で普遍的な法であるこの自然法にのっとっているかぎり、人間は自由で、だれの意思にも従うことなく、自然が与えてくれる利益にあずかり、同じ能力を持つ以上、互いに支配＝従属関係はなく平等だった」

「でも人間はやがて社会を作る」

「人間が自然に働きかけ、農業を覚えて、必要なものを獲得するようになると、個々人がばらばらに物事に当たるよりも、集団になってその一員となる方が、より豊かな分け前を望めるようになるからね。こうして人間は自然状態から社会状態へと移行した。やがて生活圏が拡大し、集団の規模が大きくなり、一つの社会を形成するようになると、一人ひとりはそれぞれの意思（意志）や力を、全体の安全、自由、幸福を図るために、一つの約束事としてある個人または少数の人間に預けるようになる。これが〈社会契約〉と呼ばれるものだ。そして人びとの意思（意志）によって、必要な権力＝主権を授けられた人を〈主権者〉というのさ」

「主権者ってつまり支配者のことでしょう。国王とか君主とか。でも彼らって力で人びとを支配したりしません？　おれがこの国の支配者だ。この国はおれのものだって」

「そこがポイントなんだ。大切なのは、その力＝権力は人びとの同意によってのみ発揮できる、ということだ。暴力でその地位に上る者は簒奪者《さんだつしゃ》であり、正当な主権者とは見なされない」

「つまり支配される人びとが認めなければ、好き勝手にふるまうことは許されない」

「そのとおりさ。ここが肝心なところなんだ。人間が社会を形成したのは、安全で、自由で、幸福になるためだ。そうだろう。人びとが主権者＝支配者に意思（意志）や力を預けたのは、その実現を託したからなんだ」

「国王や君主はそのことを肝に銘じ、実現しなければならない」

「ダコー、そうなんだよ。支配者の務めは社会全体の意思（意志）――私たちはこれを〈一般意思（意志）〉と名づけたのだけど――を実現することなんだ。ところがルー君が言ったように、権力を手にした主権者つまり国王とか君主は、往々にして国や領地を自分の望むように動かそうとする。支配下にある人びとつまり人民の安全、幸福ではなく、自分と一族の安寧、利益のためにだけ、権力を行使しようとする」

「王国は自分のものだ。好きなように治めて何が悪い、と」

「ウイ。だから彼らの権力乱用を防ぐために、制度としての歯止めが必要なんだ」

「だから項目として〈自然法〉と〈主権者〉にこだわったわけですね」

「国王や君主は、神がその権威を与えたからではなく、一般意思（意志）の実現のために立てられたのだ。そこをしっかり読者に認識してほしかった。だからそれに関するさまざまな意見を、あえて載せたんだよ」

「たとえば？」

「私は〈政治的権威〉という項目で、真実で合法的な権力はそれゆえに限界を持つ、と書いたし、ジャン＝ジャックは〈政治経済〉の中で、統治されている人びと＝人民の一般意思（意志）こそ法の源泉だ、と書いた。またドルバック男爵は〈代表者〉の中で、各階層の市民を代表する議会こそが権力の根拠だ、と書いている」

「執筆者それぞれが意見を書いたんですね」

「そこが大事なんだよ。読者はきっと自分の問題として捉え、自分の考えをその中に見いだすだろう。主権者＝支配者に意思（意志）や力を預けた以上、人びとはそれに従わなければならないし、もし支配者が一般意思（意志）の実現を図らず、勝手に権力を行使すれば、自然法および理性はこれに反対し、抵抗する権利を人びとに与える――」

「それって、ジャン＝ジャックが一貫して主張していたことでしょう」

「ウイ。彼は一般意思（意志）を、社会全体の意思（意志）というような抽象的なものではなく、統治されている人びと＝人民の意思（意志）にほかならないと、譲らなかった。

『ドゥニ、百科全書《アンシクロペディ》に、統治されている人びとは圧政に対して抵抗する権利があると、はっきりとうたうべきだ――』

と、会うたびに言っていた」

「さすがジャン＝ジャック、見方が鋭いですね」

「正直に言って、編集と執筆に追われているときには、私自身、まだそこまで十分にわかっていなかった。でも後年、プロイセンのフリードリヒ二世陛下とか、ロシアのエカテリーナ二世陛下のやり方を見て、つくづく彼の言うとおりだと思ったよ。いいかいルー君、人間は本性において、圧政に抵抗する権利を持っている。だから、主権はすべて主権者に預けるのではなく、一部は統治される側が持っていなければならない」

「主権の一部を人びとがキープする？」

「つまり自然法を明文化した法律を作って、主権者の権力の行使はあくまで法律の範囲内とする。そういう法律を作る権利は、社会を構成する人びとが持つ、ということさ」

これってつまり立法権ってことだ。つまり立法権はこちらがキープする——

ここまできて、あ！　と思った。

〈そっか、モンテスキューの唱えた三権分立ってそういう意味だったのか……〉

『法の精神』の中で彼はこう主張したのだ。

「各国家には三種類の権力がある。立法権、万民法にもとづく事柄の執行権（行政権）、市民法にもとづく事柄の執行権（司法権）だ。同一人物や同一組織、官職団体に、立法権と執行権が兼ねられるときに、自由はない——」

モンテスキューも百科全書《アンシクロペディ》執筆者の一人だった。


もう一つびっくりしたこと。

それはおよそ六万もある項目の中に、日本に関する項目が六十五もあったことだ——独立した項目として二つ。あと風土とか文化とか風俗とか各論が六十三ある。

そういえば、最初ここに来たとき、二十一世紀の日本から来たと聞いて、ドゥニは、「ジャポン？（日本だって？）」と目を丸くして、ジャポン……ジャポン……と、遠い記憶をたどるようにつぶやき、「その名前には覚えがあるよ。確か……〈項目〉の中にもちゃんと入れたはずだし」と言った。

そのはずだ。ドゥニに確かめたら、ルイ・ドゥ・ジョクール——ジャン＝ジャックが去ったあとドゥニの片腕となった人だ——が〈日本〉という項目を書き、ドゥニ自身も〈日本人〉を執筆したという。もちろん二人が日本に来たわけではなく、あくまで研究者の文献や、宣教師とか貿易商人の記録によって紹介したわけだけれど、当時の日本が思ったより正確に書かれているのには、正直おどろいた。

たとえば〈日本〉には、日本が本州、九州、四国から成る島国で、冬は極度に寒く、夏は極度に暑い。六〜七月には雨が多く、頻繁に雷が落ちること。食べ物は主に米と野菜であること。さらに自然が豊かで、河川、湖、温泉に恵まれているけれど、地震がしばしば都市を破壊することまで記されている。

〈マジかよ。あってるじゃん……〉

ドゥニの〈日本人〉には、ポルトガル人による日本の発見や、フランシスコ・ザヴィエル以来のキリスト教布教の歴史に加えて、政治史や宗教観などが詳しく記されている。そして研究者の文献の引用の後に、ドゥニの見解や意見がきちんと述べられているのだ。

たとえば、古代日本では、イザナギ・イザナミ神話に続いて神性政治が行なわれていた、という記述の後に、こんな指摘がある。

「神の子孫を自称して人びとの尊敬を獲得した人間が、国の至るところに偶像礼拝と迷信を植え付けた――」

さすが啓蒙思想家の目だよね。言われてみれば、そうなのかって思うもの。

おもしろかったのは、宗教観のところで、日本の主要宗教である〈神道〉はきわめて寛容であるから、国内で多数の〈外国の教え（たぶん仏教も――）〉が神道と共存しているという箇所があったこと。そうかなあ。僕に言わせれば、神社に行くのは、宗教っていうより年中行事みたいなものなのだけどね。フランス人にはそれが寛容の精神と映ったんだろう。逆にその辺の縛りがカトリックはきつかったのかもしれない。

「私はジャポンには敬意を払っていたよ。独自の文明をはぐくみ、一度も外国に征服されなかったのだから。ではその政体の特徴は何かといえば、天皇いわば教皇と将軍つまり統治者の協力体制の下に統治が行なわれたということではないだろうか。それが意味するところは、専制政治と迷信は互いに手を貸し合うものだ、ということだ。日本人の哲学や制度を描写しながら、私の頭には、常に読者へのメッセージがあったんだよ――」

彼は日本を紹介しながら、あくまでフランス社会に警鐘を鳴らしていたのだ。

ドゥニの言葉を一つひとつかみしめながら、それにしても、よくもまあこんな主張を載せた事典を出したものだと思う。ここに書かれたことは、「絶対」王政下のフランスではそれこそ「絶対に」許されないことばかりだった。王権からの弾圧、迫害のすごさ、恐ろしさは、とても教会の比ではなかっただろう――こちらもすごかったのだろうけど。

自分自身獄につながれたばかりか、何度も発禁処分、さらには出版特許そのものが取り消されるという目に遭いながら、屈することなく、そのたびに奇抜なアイディアを考え、仲間を励まし、チームを立て直し、とうとう全巻刊行にもっていった。

いくらソクラテスに触発されたとはいえ、なんて男なんだ！

『百科全書《アンシクロペディ》』の残り十巻は、一七六五年末にまず地方で、翌年にパリとヴェルサイユで配布された。一方、六二年から始まった図版の出版は、七二年に最終第十一巻をもって完結した。その後、別の出版社から「補巻」四巻、「図説」一巻、「索引」二巻が出版され、一七八〇年にそのすべての事業が終わった。

一七八〇年といえば、あのフランス革命勃発のわずか九年前だ。

ドゥニがいなかったら……フランス革命はなかったのかもしれない。

第12章　決別はしなかった

夢を見ていた。

栗色のたてがみをなびかせた二頭の馬が引く馬車に乗って森の小道を行く。御者は白いシャツに白のズボン、黒いタイを締め、濃い青色のベストを羽織り、時おり軽くむちを入れながら、みごとなたずなさばきで木立の間を抜けていく。谷底から霧が昇ってくる。でも谷間にアイルランドポピーに似た橙色の花の群落が見えるくらいだから、さほどの霧ではない。雲に隠れて太陽は見えない。雲の中にタカかノスリが大きく弧を描いて飛んでいる。

乗客は僕のほかに二人。年のころは三〇代半ば、華やかではないけれどきちんとした身なりの男性——というより、そのうちの一人が僕をピクニックに招待してくれたのだ。

「親友が懸賞論文にみごと入選したんだよ。お祝いをやるんだ。きみも来ないか？　遠慮はいらないよ。われわれ三人だけだし、これは私の出所祝いでもあるんだから――」

ほどなく木立が切れて、小高い丘が見えてくる。その頂にみごとな枝ぶりのカシの木があって、木陰にテーブルが用意されている。糊のきいた純白のテーブルクロスがかかり、ナプキンの脇には三種類のグラス、純銀製のナイフとフォークが並べられ、ばらの花が飾ってある。

「ドゥニ！……」

それまで口をきかなかったもう一人が、感激した表情でふり返った。

「こんなの見たことがないよ。僕は十分すぎるほど歓喜に震えている――」

「その言葉だけで私は報われる。友達のシェフに頼んでちょっとしゃれてみたんだ」

「とんだ散財だったんじゃないのか？」

「だいじょうぶ。それよりテーブルセットで感激されたんじゃ困るんだけどな。きょうのランチはとびきりだから。あ、紹介がまだだったね。こちらはルー、ジャポネから来た学士様だ。書庫でいろいろ手伝ってもらっている。ルー、こちらはジャン＝ジャックだ」

「はじめまして、前からお会いしたいと思っていました。ルー・タカギです」

「ドゥニから聞いていますよ。よろしく。ジャン＝ジャック・ルソーです」

僕は少なからず緊張し、どきどきした。ルソーと握手してるんだ！……

「始めてもよろしゅうございますか」

ギャルソンがコルクを抜いて、冷えたシャンパンを運んできた。

「ドゥニ！……」

「これは私じゃないよ。シェフのおごりさ」

テーブルにメロン、ウズラの卵、野鳥獣《ジビエ》のパテ、キノコのマリネ、といった料理が並べられ、グラスにシャンパンが注がれた――

あとはまったく覚えていない。交わした会話はなぜかはっきり覚えているのだけれど。

「その朝、僕は差し入れを手にヴァンセンヌに出かけた。で、途中、木陰のベンチでひと休みしたとき、手にしていた新聞にディジョン・アカデミーの懸賞論文の募集広告が載っていたんだ。『学問と芸術の復興は習俗を腐敗させたか、それともよくしたか』って」

僕は思わず身を乗り出した。それで？

「天啓のようにインスピレーションがひらめいた。僕は思わずペンを取りだし、浮かんだことを書き留めた。差し入れを包んでいた紙にね。書いても書いてもあふれ出てくる。おかしくなってしまったのではないかと思ったよ。僕は、なめくじがのたうち回ったような字が書かれた包みを抱きかかえたまま、きみに会いに行った。そしたら――」

「私がみごとに解読して、声に出して読んだ」

「あれにはびっくりしたよ。あの衝撃は忘れない。で、どう思う？　って聞いたんだ」

「ドゥニ、何て答えたんです？」

「これを発展させたらいい。きみそのものだ。ほかのことはいっさい書かない方がいい」

「僕は勇気百倍で書いた。推敲に推敲を重ねて、書き上げて送った。ルネサンス以来の学問や芸術の復興がいかに人間から自由な感性を奪い去り、奴隷状態を愛するようにさせたか――わかるかい、ルー」

「え、まあ、なんとなく」

「僕は思うんだ。学問や芸術の発展が人の心に植えつけたのは、わざとらしい態度と、いかに他人に気に入られるかではないか。それは本来のわれわれには全く不要で、無価値で、人間を一つの型に当てはめ、誤らせるものだ。たとえば礼儀作法だ。徳を忘れて形にこだわる作法に夢中になればなるほど、人間は本質を見失い、それが人間を疎外させる」

「つまり流行への無感覚な追随とか、虚栄心、ご機嫌取り、見かけのよさばかり追い求める心、そういったものが人間を堕落させ、疎外させると――」

「ルー、きみはジャン＝ジャックの言うことがすらすら理解できるのか。驚いたな」

「ドゥニ、つまりジャポネは文明に毒されていないってことだよ」

「あ、いや、そういうわけじゃ……」

正直、ちょっと恥ずかしかった。日ごろウケねらいばかり考え、絶えず見かけを気にして、無視されたり、置いてきぼりにされたりしないように、ふるまっているからだ。

「とにかくジャン＝ジャックは文明の進歩がすべてをだめにしたと言うのだ。社会の発展が人間から本来のよい性質＝徳を奪い、本性にはなかった不平等を生じさせた、とね」

「でも、それを書けと言ったのは、ドゥニ、きみだよ」

「すると賞金の半分は私のものってことになる。ま、いいさ。きみはみごと入選を果たし、人びとに認められるようになったんだ。きみの成功は私の成功だ。もう一度乾杯しよう！」

乾杯！

僕たちは何度もグラスを揚げた。二人はほんとうに仲のいい友達だった。

でも思うのだ。二人の亀裂はもしかしてこの時に始まっていたのかもしれない——と。

ドゥニはうなずきながら、僕の夢の話を聴いていた。

「ジャン＝ジャックと私の相違点は、人間の不平等がどこから来るのか？　だった」

テーブルに置かれた『人間不平等起源論』に目をやりながら、ドゥニはぽつり、ぽつりと話し始めた。（それにしてもなんて難解な本だ。いくら読んでも僕にはわからない）

「もともと人間は自由で平等に暮らしていた。ここは二人とも一致していた。もっとも太古に行って確かめたわけではないから、あくまで出発点としてそう考えたわけだけど」

「でも人間が集団で暮らすようになれば、全員が同じってわけにはいかないでしょう」

「たぶんね。太古の時代でも不平等はあっただろう。でも富が木から取った果物程度のうちは、その差は他愛ないものだったと思う。ところが農業が始まり、収穫物が富になると、そこに差が生まれる。多く収穫できた人はそれを元手にさらに富を、具体的には土地を、増やそうとするだろうし、それはさらなる収穫を生む。一方収穫物が少なかった人は、翌年の種まきにも困る。収穫どころじゃない。これが繰り返されると――」

「不平等が拡大するわけですね」

「さらに征服の欲求が社会を拡大させる。交易が始まると富の格差はさらに広がる。才能や能力が収入を得る手段と結びつけば、そこにも大きな差が生まれてしまうし――」

「わかります。でもそこまでなら、二人の間に何の違いもないじゃないですか」

「ところが、何が不平等を助長したかで、私たちには決定的な違いがあったんだ」

「どういうことですか？」

「私は、不平等を助長するものは人間の本性の中にある、と主張した。それに対して彼は、個々の人間ではなく社会のあり方が問題だ、と言い張った」

「不平等をもたらすものは人間の中にあるのか、社会制度にあるのか、の対立ですね」

「そうなんだ……」

ドゥニはふと顔を上げて、どこか遠くを見るような目をした。それは彼がなつかしく思い出に浸っているか、何かを思い出そうとしているか、どちらかだった。

「私はこう言ったんだ。尊敬したり見下したり、得意がったりさげすんだりするのは、私たちの気質の中にもともとそれがあるからだ。才能ある者はそうでない者を見下すし、富む者は貧しい者をばかにするだけでなく、その持ち物まで取り上げようとする――」

「つまり貧富の差が大きくなればなるほど、富む者は貧しい者を虐げる」

「私はそれを『弱者は強者に圧迫される』と表現した。弱者つまり貧しい者は持っているものまで奪われ、ぎりぎりまで追い詰められる。破局だ。するとどうなるか。追いつめられた者は立ち上がり、富む者を襲う。少年時代に飢えた農民に襲われた領主の館を見たことがあるけど、悲惨な破局だ。こんなことが繰り返されたら社会は立ち行かない。これを食い止めるには、ある種の〈社会協約〉を結ぶしかないと、私は考えた」

「社会協約？」

「富む者だって貧しい者の実態を知れば、あわれみや同情の感情が生まれるだろう。彼らが暴動を起こし、殺意を抱いて襲いかかってくるかもしれないと思えば、その前に彼らの悲惨な状態を何とかしなくてはと考えるだろう。これは人間が本来持っている感性だ。だから破局を未然に防ぐために、社会協約つまり相互扶助を根づかせるような協定を提案した。人間には征服欲や闘争心だけではなく、社交性や協調性も備わっているのだから」

「なるほど」

何事においても、まずいい面を見ようとするドゥニの性格がよく表われていると、僕は思った。人間は利害、損得だけで生きられるものではないし、他人を思いやる気持ちだって持っている。僕たちが福祉とか支援とか呼んでいる、貧しい人や困っている人に手を差し伸べるシステムだって、もともとこうした人間の本性から生まれたものに違いないのだ。

「私は人間をどこかで信じているんだ。甘すぎると言われるかもしれないけど――」

きっとそれは育ち方とか、家庭環境とか、交友関係とか、健康な肉体に恵まれたとか、いろいろなものが絡み合って生まれた、彼の性格に根ざしているのだろう。

だとしたら、ジャン＝ジャックは？

「彼の考えは全く違っていた。彼は、文明の進歩が人間を悪くするとかたくなに信じていた。彼は、だから個々の人間の性格とか感受性とかは、初めから問題外だとする。不平等を助長するものは人間の中にあるのではなく、人間が打ち立てた社会制度の中にある。ひと言で言えば、農業生産が始まり収穫物が飛躍的に増大して、〈私有財産〉を持つ者と持たない者が生まれたとき、それが人間にどうしようもない不平等をもたらしたのだとね」

「その〈私有財産〉……ですけど、彼の言うのはどういう意味ですか？」

「私有財産とは、個々人の生活に必要な持ち物や財産のことではなく、必要以上に抱えこんだ財産のことだ。たとえば土地、貴金属などがそれに当たる。彼が特に問題にしたのは、他人を自分の土地で働かせる分業システム、つまり小作人制度さ。人間を単なる労働力としか見ない制度だ。これが始まったとき、人間社会に真の不平等が始まったと言うんだ」

「人間社会の諸悪の根源を、必要以上に抱え込んだ財産＝私有財産に求めたのですね」

「そうなんだ。そして私有財産はさらなる富を生み出す源泉になると、彼は主張した。私有財産を手にした者は、それを守り、増やすために、さまざまな社会制度を生み出し、それがさらに不平等を助長する――と」

「待ってください。さっきあなたは言いましたよね。弱者は強者に圧迫されるって」

「ジャン＝ジャックは私のその言葉にかみついたよ。

『弱者は強者に圧迫されるというけど、この圧迫とは何を指すんだい。そもそも強者が弱者を圧迫するのは自然なことだと言うのか？　もしそうだとすれば、金持ちが貧しい者を暴力的に支配することは当たり前のことなのか――』とね」

「激しいんだ」

「そしてこう主張した。

『強者が弱者を圧迫するという意味は、単にそこに暴力行為が行なわれるということではない。分業とか、小作労働とか、土地の分割が貧しい者には圧迫なのだ。それを可能にしたものは何か。それを問うことなしに、協約を持ち出すのはおかしくないか――』と」

「彼は人間のやさしさとか同情とかについては、まったく考慮しないんですね」

「彼は私の言う協約はありえないと批判した。というより見抜いていたんだろう。強者と弱者の間で結ばれる約束事は、たとえどんな形のものであろうと、強者に有利で、弱者にいっそう不利な事態を招くと――」

「え、どういう意味ですか？」

「私有財産制度の下では、強者は社会に働きかけ、どんな形であれ自分たちに有利な法律や制度を制定することができる。結果として弱い者はさらなるくびきを負わされることになり、自由は破壊され、不平等は助長される。彼流の言い方をすれば、富む者の野心と利益が、人びと、いや全人類を労働と隷属と貧困に屈服させるのだ――ということになる」

その日一日、僕は考えた。

なぜ、ジャン＝ジャックはこんなにも鋭く、だけど悲観的なのかと。

ランチのあと、ドゥニは調べ物があるからと書斎にこもっていた――

確かに、不平等の起源を人間の本性の中にではなく、人間が作り出したシステム＝社会制度に根ざしたものと考える、彼の洞察の深さには脱帽だ。

社会が進歩発展し、産業が発達して生産力が増大し、多くの富がもたらされるようになれば、先に富を手にした者が有利だ。その富を元手にさらに利益を上げ、富を増やし続けることができるからだ。現在の高度資本主義体制が続くかぎり、もうける自由は際限なく膨張し、マネーゲームが世界を覆う。いや、もうすでにグローバリゼイションの名の下で、投資マネーいや投機マネーが、もっと多くのマネーを飲みこもうと世界を飛び交っている。

おっとー！……話が進み過ぎた。今は十八世紀だ。

ジャン＝ジャックは予見していた。社会全体が富の蓄積、利益第一で回りはじめると、富む者はさらに富み、貧しい者はさらに貧しさにあえぐ。貧しい者は労働力としてしか見られず、搾取と収奪、人間疎外がいっそう激しくなるはずだと。いち早くそれに気づくなんて、さすがだと思う。彼はドゥニより狭くかたくなだけれど、深いのだ。

ドゥニとジャン゠ジャックの友情は十年余りで破綻した（と信じられている）。

でも、さっき別れぎわにドゥニがささやいた言葉に、僕は引っかかっていた。

「いま思えば彼の方が洞察が鋭くて深かったんだ。私が後年それに気づいて手紙を出し、『ようやくきみも、わかってくれたか――』という返事をもらうのは、ずっと後のことだからね」

これは何を意味するのだろう？？？

明日、けんか別れの経緯を、ぜひとも聞かなくてはと僕は思った。

その晩また夢を見た。

湖のほとりの、木立の中にある隠れ家のような山荘の庭に、僕は立っていた。

庭は湖に面していて、シラカバやミズナラが黄色く染まりはじめ、カエデやヤマハゼの紅が、秋の風情をいっそう引き立てていた。ヤマガラやジョウビタキのさえずりが聞こえる。

とても静かだ。歩いているだけで気持ちが和んでくるのがわかる。

窓越しに明かりがともされた居間が見えた。メイドがお茶の用意をしている。ちょうど主人夫妻が部屋に入ってきたところだった。ご主人は定年退官した後、自分の研究を著作全集にまとめているって感じの老教授。奥様は長年彼を支え、研究助手を務めてきたとでもいうような、品のいい物静かな女性――というカップルだった。

ん？

白いボーンチャイナのカップにコーヒーを注いでいるのは、似ている……そっくりだ。間違いない！

〈アニェス……こんなところで何してるんだ……〉

老教授もどこかで見た顔だ。だれだろう？　ほお笑みを絶やさず一見穏やかな、でも芯はしっかりして、議論なんか始めると自説を決して曲げない、そんなタイプの先生。

アニェスが、カップをソーサーに戻した奥様に、白い封筒を差し出した。

「メルシー、ありがとう」

笑みを浮かべながら受け取った奥様は、差し出されたペーパーナイフで封を開き、便箋に目を走らせる。その表情から知人、それもかなり親しい友達からの手紙らしい。うれしそうだ。ご主人に何かささやいている。ご主人のことが書かれているのだろう。

「いいよ、おれは」

うれしそうに笑いながら、手紙を渡されるのを断る教授。でも表情からして、まんざらでもないらしい。奥様が席を空けたすきにこっそり手を伸ばしそうな、そんな感じだ。

「……………」

妖精が何か言っている。老教授がうなずく。手紙を読んであげるみたいだ。奥様がアニェスにお礼を言っている。まるで手渡された手紙が何か貴重な品物であるかのように。

突然老教授が咳こんだ。体調があまりよくないみたいだ。アニェスが背中をさすっている。こんな時の妖精はとてもやさしい。

そのうちに彼女が飲ませた薬が効いたのか、発作はおさまり、老教授は機嫌よく、妖精が渡した羽ペンを手に何か書きはじめた。奥様がうれしそうにうなずいているところを見ると、手紙の返事をしたためているのかもしれない――

「いったい何がきっかけで友情が壊れたのですか?」

朝食の後、僕は単刀直入に切り出した。

「やっぱり、昨日うかがったように、不平等の起源とか社会協約をめぐる論争が激しくなって、互いに引っ込みがつかなくなったとか、そういうことですか?」

「たぶん世の中の人はそう思っているのだろうね。百科全書派《アンシクロペディ》の人びと、とりわけ私とジャン=ジャックは、目指すべき社会のあり方をめぐって相いれなくなったと――」

「僕もそう習いました」

「でも、ほんとうは違うんだ」

「え?」

「確かに論争はあったし、目指す社会像が違ったことも確かだ。でもそんなことで友情は壊れないよ。亀裂のきっかけは、実は子どものけんかみたいなことからだったんだ」

「子どものけんか？」

「あれは第二巻が出た年だから一七五二年だったかな。彼が作った歌劇《オペラ》『村の占い師』が大当たりを取ってね。どこで公演しても大入り満員なのさ。この評判がやがて宮廷にまで届き、国王陛下がじきじきに見たいとおっしゃる。それでついに御前で披露されることになった」

「ブラヴォー！　すごいじゃないですか。で、どうだったんです？」

「陛下は大変なお歓びようでね。最愛のお方も、すばらしい！　を連発されたとか。ジャン＝ジャックは一躍有名人となり、陛下が特に拝謁を許すとおっしゃられた」

「すばらしい」

「謁見を許されることには、もう一つ大事な意味があった」

「何ですか？」

「年金を賜ることだよ。つまり陛下は彼に年金を遣わそうとしたんだ。ルー君、きみならどうする？」

「もちろん行きますよ。精いっぱいおめかししてね。だってこんなチャンスめったにない」

「そのとおりさ。正直言ってうらやましかったよ。私は率直に親友の成功を歓んで、テレーズのことも考えて、ぜひ陛下に拝謁し、年金をもらってこいと勧めたんだ」

「テレーズってお連れ合い？」

「そうだよ。彼が、『天が私の悲惨な境遇の中で味わわせてくれた唯一の慰め――』と呼んだ、内気で、控えめで、ナイーヴな女の子だ。彼がベネツィアで職を失い、何もかもなくしてパリに戻ってきたとき、つまり最もつらい時期に二人は出会っている。テレーズは初めのうち字もろくに知らなかったし、数字が読めなくて、時計の見方も、お金の勘定も満足にできなかった娘だけれど、ピュアで、いつもジャン＝ジャックの味方だった。彼が物語や歌劇《オペラ》を書きはじめたのは、彼女と一緒になって、ようやく心が落ち着いてからなんだよ。テレーズは以来、ずっと彼を支えてきた。貧しい生活を耐え忍んでね。そんな彼女を知っていたから、私は行ってこいと、しつこくけしかけたのさ」

「で、彼は？」

「絶対行かないと言うんだ。年金をもらうと、それが束縛になるからいやだ、と」

「え？　だって、それとこれとは」

「私もそう言ったよ。きみが何を主張しようと関係ない。あちらがくださるというのだから、とにかく行って受け取れと。それで大げんかになったんだ」

「なんと！」

「これはきみのためじゃない。愛するテレーズのためだ。彼女を愛しているなら行くべきだ。私はその一点で譲らなかったし、彼は生き方にやましいところがないようにしたいと、頑として譲らない」

「で、どうなったんです？」

「最後にはののしり合いになった。で、そんなわからず屋とは絶交だ！　こちらこそ望むところ。絶交だ！　それでけんか別れさ」

あははは……悪いとは思ったけど、僕は笑ってしまった。啓蒙思想家同士が何やっているんですか。それじゃあまるで――

「子どものけんかだと言いたいんだろう」

「わかりますか」

「ちゃんと顔に書いてある」

あははは……ドゥニが弾《はじ》けるように笑いだした。僕も笑った。笑わずにはいられなかった。

「もちろん、きみが言ったように、この一件がすべてではないけれど、この時から僕たちは相手の言うことに耳を貸さなくなった……というより聞かないふりをした。互いに自分が正しいと思っていたし、何言ってるんだ、ばーか、みたいな感情が消えなくてさ」

「まるで子どもですね。なまじっか論争とかではなくて、売り言葉に買い言葉みたいなやり取りだったから、よけいそうなんでしょうね」

「確かにわれわれ、百科全書《アンシクロペディ》執筆者と彼の間には、いろいろと論争があった」

「ジャン＝ジャックの書いたものを読むと、ドゥニたちが束になって掛かってきた。自分は負けずに言い返し、孤軍奮闘した――となるんですけど」

「でも事実だよ、それは。決定的な仲たがいのもととなった『ダランベールへの手紙』、つまりジャンがジュネーヴの街に劇場を設けよと書いたことに、彼が猛烈にかみついたときもそうなんだけど、このころのジャン＝ジャックは、だれかれとなく批判することしか頭になかったような気がする」

「『ダランベールへの手紙』で、彼はそんなに激しい批判したのですか」

「ウイ。彼の持論を展開したと言うべきかな。演劇は思考の芸術ではあるけれど、同時に最も危険なものだ。演劇は情念と闘うどころか、それに媚《こ》びるからだ。だから劇場を設けよ、などという言い分は、悪徳を愛すべきものにし、美徳を笑いものにする。すなわちジュネーヴ市民の道徳を危険なものにおとしいれ、破壊するものだ――こう書いて、ジャンを真っ向から批判したのさ」

「激しすぎる。これじゃあ批判というより攻撃ですね」

「これではジャンの立場がなくなってしまう。私が最初に心配したのはそのことだった。前に話したように、百科全書《アンシクロペディ》は刊行が進むにつれて、厳しい弾圧と妨害、さらには攻撃にさらされた。その激しさに耐えかねて執筆を辞退する者も出てきたし、身の危険を感じて国外に亡命する者もいた。特に共同編集者だったジャンにはすさまじい攻撃が集中していたんだ。彼も弱気になって編集者を降りようと考えはじめていた」

「それでドゥニは――」

「とにかく彼を励まし引き止めなくてはと、私は日夜考えていた。仲間の離反を防ぐことで頭がいっぱいだったんだ。だからいくら『ダランベールへの手紙』で、ジャン＝ジャックが彼らしい批判をしてきたなと心の中では思っても、口に出して彼を擁護することはできなかった。百科全書《アンシクロペディ》を完成させるために、あの時私がしなければならなかったこと、それはジャン・ル・ロン・ダランベールを守ることだったのだ」

ドゥニのひと言ひと言が、僕には痛いほどわかった。そして同時になぜジャン＝ジャックはそのことをわかってやれなかったのか、とも思った。

ドゥニとジャン＝ジャックの意見の相違は決定的なものではなかったし、ドゥニは言葉の端々に、後になってジャン＝ジャックの正しいことがよくわかったとか、自分の考えも彼に近づいたとか、言っている。

二人が絶交することなんて全然なかったのだ。たとえ主張は違っても二人はかけがえのない友達だったし、そのことは当の本人たちが、だれよりもよく知っていたはずではなかったか。

ほんとうに二人は絶交したのだろうか？

ほんとうにけんか別れしたままだったのだろうか？

ドゥニの謎のささやきも気になったし、だから思い切って聞いてみた。

「お話の最後に、どうしても聞きたいことがあるのですが」

「おお、それは何だい？」

「ジャン＝ジャックとのその後のことなんです。二人は絶交し、生涯口を聞かなかったと言われているけれど、それってほんとうなんですか？　もしかして、その後もひそかにやりとりをしていた……とか、そういうことはないのですか」

「………」

ドゥニはにっこりほお笑んだ。ほんとうにいい笑顔だった。

「ナネットとテレーズは友達同士でね。というより連れ合いのことをこぼし合う仲だった。二人は私たちがけんかした後も、ずっと手紙のやり取りをしていた。ずっとね。ずっといつまでも――」

ドゥニはそれ以上何も言ってくれなかった。でも……僕の中の疑問は氷解した。

〈その中に、時に連れ合いの書いた数行の文字が添えられて行き来したのだ……〉

僕はそう確信している。

第13章　矛盾だらけの情熱家

百科全書《アンシクロペディ》について聴いた後も、僕は書庫に通っていた。

あらゆる本が日本語で読めるのがうれしかったし、

〈ん？　これ、昨日はなかったぞ……〉

と、新しい本を見つけるのも楽しみの一つだった。煉獄《れんごく》の司書ってけっこうまめらしく、絶えず本が入れ替わるのだ。それも見やすいレイアウトで。

〈こんなのあったっけ？……〉

その日思わず手に取ったのは、表紙に、飾り文字でアンジェリックと刺しゅうされたノートだった。扉に「私のモノローグ」とあって、その下に小さな字で「矛盾だらけの情熱家について」と書かれている。ページをめくると、目のパッチリした賢そうな女の子の顔がデッサンされていた。彼女が独り言をつづったノートらしい。

〈女の子の落書きノートか、こんなのめったにないよな……〉

わくわくしながら最初のページに目を走らせたところで、僕はたちまち引きこまれた。

ある愛の物語

どうしても許してもらえない。身分が違いすぎるのだ。

トワネットは彼に、

「しばらく会わない方がいいわ。会いに来ないで——」

と、懇願した。それでも……会いに来る彼を拒み通すことはできなかった。

彼が病に倒れたと聞いたときの彼女の顔ったらなかった。居ても立ってもいられず、母親の目を盗んで家を抜け出すと、そのまま彼の下宿に飛んで行ったのだ。

「こんなところで……」

暗い、散らかった部屋で彼は寝ていた。温かいスープどころか、ろくに食べ物もない。あまりのことに涙が止まらなかった。トワネットはこのとき、どんな迫害を受けても、彼の愛を受け入れることを決めたのだ——

「愛とは決して後悔しないこと……」

ずっと前に名画座で見た映画の、そんなせりふを思い出した。

で、二人はどうなった？

二人の結婚式は真夜中の教会でこっそりと執り行なわれた。トワネットは彼の頼みでそのまま旧姓で生活する。なぜなの？　式を挙げたのに？

結婚後も母親と小さな小間物屋を続ける彼女に、夫はいい顔をしない。やきもち焼きの彼は、彼女が買いつけ客の男性に笑顔で接したり、愛想よくふるまったりするのが耐えられないのだ。

「商売をやめたら何もかも失ってしまうよ――」

あきれ顔の母親に頼みこんで、トワネットは店を閉める。それで夫が歓んでくれるのならと、自分を犠牲にして従ったのだ。

わずかばかりの貯金と家具を売りさばいたお金で、彼女は窮乏生活を耐え忍んだ。することといったら、毎日、小さな住まいを掃除し、その日必要なものを買いに市場に行くことだけ。やがて子どもが生まれる。その世話に明け暮れする妻を横目に、夫は友達や仲間と食事に出かけていく。そんな夜は、自分と子どものために品数をいっぱい並べた夕食を空想しながら過ごす――それが彼女の唯一の慰めで、楽しみだった。

当時男たちは、妻に家事に専念し、部屋を片付け、着る服をそろえ、食事を作り、ベッドを整え、子どもを一人前の人間に育てることを求めた。トワネットもそのつもりだった。それ以上に何の幸せがあるだろう？　でも夫は違った。信心深くつつましやかな彼女に、新しい思想や自由について語りあう伴侶でいることを求めたのだ。

トワネットは心から夫を愛してはいたけれど、そんな彼の求めに応えられない。というより、ついていけなかった。悲劇はここから始まったのだ――


「ルー、たまには外でお茶しない？」

妖精に誘われて、僕は庭の木陰のテーブルに座った。

「きょうはメイドじゃないんだね」

「そ。ドゥニに頼みがあるって呼ばれたのよ。ルーに見せたいものがあるから、手伝ってくれないかって」

「僕に見せたいもの？」

「きっと案内したいのよ。でもそのためにはいろいろと準備がいるわ」

「案内するってどこへ？」

「うふふ、知らなかったかしら？　妖精って口が堅いの。どこに案内されるか？　それは後のおたのしみよ。その方がきっと感動が深いもの」

「マジ？」

「そうよ。それより熱心に何を読んでたの？」

「アンジェリックって女の子のモノローグ。けっこうおもしろいんだ」

「アンジェリック？」

「ほらデッサンがある。この女の子さ」

「これ？　やだ、知らないの？」

「何が？」

「彼女はマリ＝アンジェリック・ディドロ」

「え？」

「ちゃんと説明するわ。三人のアンジェリックがいるの。前に話したと思うけど、まずドゥニの母親のアンジェリック。そして七歳年下の妹アンジェリック。彼女は修道の誓いを立てて修道院に入ったのよ。でも、かわいそうに病気になって二十八歳で亡くなったわ。そしてあなたが手にしているノートの作者は三人目のアンジェリック。ドゥニの娘よ。後に結婚してマダム・ドゥ・ヴァンデュールになる」

「アンジェリック……そうだったのか」

「彼女はドゥニが目に入れても痛くないくらいかわいがった娘なの。知的好奇心が旺盛で、パパを崇拝にも似た気持ちで見ていた。でも同時に、娘として多くを分かちあった母親への愛情と共感も忘れなかった――」

「そっか。トワネットってナネットのことなんだ」

「そのノートは少女時代の日記みたいなものだと思うわ。後の回想録のもとになった」

「回想録？」

「ドゥニの回想録を書いたのよ。彼のことがわかるのはそのおかげなの。ただ――」

アニエスはほお笑んだ。

「ちょっと身びいきがすぎるの。そこがかわいいとこだけど、パパの味方なのね。でも娘ならではの貴重な証言もあるし、ドゥニが話したがらないことも書いてるから――」

「どんなこと？」

「トワネットつまりナネットと結婚した後、勘当された父親とはどうなったか、とか」

「あ、それ、知りたいな」

「じゃノート開いたら、その部分が現れるようにしといてあげるわ」

それから僕たちはいろんな話をした。妖精が見た世界のニュースとか出来事とか。もしかすると……ドゥニもナネットとこんなふうに話したかったのかもしれない。

「楽しかったわ。また会いましょ」

エレガントなしぐさで席を立つと、妖精は手を振りながら……金色のもやの中に消えた。

ドゥニとディディエ

パパとおじい様の間にはどこかわだかまりがあったみたい。あたしが生まれる前のことなので、詳しくはわからないけど、ドゥニが故郷ラングルのことを話すとき、かすかに何かを避けようとしていることを、あたしは早くから感じていた。

パパが何年かぶりでラングルに帰ったのは、あたしが生まれた翌年だそうだ。そのころ百科全書《アンシクロペディ》は第四巻まで出ていたから、パパは多くの人に知られ、知識人としても編集者としても高く評価されていた。きっとラングルにもうわさは届いていたのだろう。だから帰ろうと思ったんじゃないかしら。このときは親戚にお祝い事があったりして、二か月もおじい様の家に滞在している――

そのページには、丘の上に城壁と尖塔が立ち並ぶ中世の町と、ディディエと思われる男のデッサンが描かれていた。太い眉、眼光が鋭く、高い鼻筋の下でくちびるが真一文字に結ばれた、いかにも職工の親方らしい顔だ。

パパは、久しぶりの故郷で親戚や旧友と再会し、
「首都で活躍しているらしいじゃないか」
「おい、そんなことより家継がないのか？　何やってるんだ」
と、言いたい放題言われたみたい。故郷ってそんなものなのかな。遠慮とかよけいな気遣いがないのね。

パパはどんな顔をしてディディエおじい様に会ったのだろう。

アンジェリックおばあ様――よくママンに手紙をよこし、困ってないか、足りないものはないかと、食べ物や衣類を送ってくれていたやさしいおばあ様――が後に聞かせてくれた話では、おじい様は内心ドゥニの成功を歓んでいたくせに、わざと苦虫をかみつぶしたような顔で現れたそうよ。パパまいっただろうな。

「言うことを聞かずに去って行った息子でしょ。笑顔を見せるわけにはいかなかったらしいわ。とにかく意地っ張りなのよ二人とも。ま、ドゥニの方が下手に出ていたみたいだけど、ろくに話もしないの。私がまん中にいて通訳するような感じよ。わかる？　そのうちにドゥニが、立派な装丁の百科全書《アンシクロペディ》第四巻を差し出したの。ちゃんと仕事をしていることを見せたかったのでしょうね。あの人ったら、こんな本だれが読むのかね、と言って受け取っていたけど、うちのお得意様の中には購読者もいたし、ラングルにも関心を持っていた人はいたのよ。だから本

心では誇らしかったのだと思うわ。その証拠に、聖母教会やジェズイット会が、一時そんな本は焼却処分にしろと騒いだことを、わざと黙っていましたもの。あれでも精いっぱいの心遣いだったのよ――」

おばあ様は言わなかったけど、あたしはディディエ・ピエール叔父がパパを嫌っているのを知っていた。首都で神学を学び、後に故郷の教会参事会員にもなった叔父は、敬虔な人だったから、神を神とも思わないような態度で教会や聖職者を批判するパパに厳しかったの。でもこの日ばかりは二人は固く抱き合ったというわ。

「いいか、抱擁してきたら、何も言わずにお前もしっかり抱擁するんだ。わかったな」

おじい様に強い口調で言われていたんですって――

ドゥニは著作に弟への献呈文を載せたりして、親愛の情を示したけれど、結局二人はわかり合えなかったみたいだ。

アンジェリックはいかにも娘らしく、母親が、結婚に反対したディディエに会うのを怖がっていたことも記していた。

頑固一徹のおじい様をだれよりも恐れていたのは、ママンだと思うわ。でもそれは取り越し苦労だったみたい。おじい様はママンを気遣い、想像もしなかったくらいやさしかったそうよ。ママンを親戚だけでなく、昔からの顔なじみにも次々に引き合わせ、この信心深い、つつましやかなトワネットがドゥニの妻だよ。せがれにはもったいないくらいの女性さ、と上機嫌で紹介したっていうもの。よかったね、ママン！——

彼女の言葉には細やかな心遣いがあふれていた。わだかまりが完全に解消されなかったにしても、ドゥニはディディエと和解したのだ。

名工だった父親からすれば、跡を継がず、期待した聖職者にもならなかったとはいえ、『百科全書《アンシクロペディ》』を編纂し、さまざまな工房や工場を回って職工の技術を記録したドゥニは、じつは自慢の息子だったのかもしれない。それを口にしたかどうかは別として。

一七五九年六月にディディエは肺水腫で亡くなった。ドゥニが父の死を知ったのは数日後だったらしい。翌月、遺産相続のためラングルに帰った彼は、残された妹や弟と家族の親密さを取り戻そうとしたけれど、心はすぐには通じ合わなかったようだ。グリム男爵にあてた手紙や、ソフィー・ヴォランに出した感傷的な手紙からも、それがうかがえるという。

〈グリムってだれだ？　それからソフィー？……〉

どこかで聞いた名前だ……いったいだれだっけ？

アンジェリックは彼女のこと知っていたのだろうか？　僕はページをめくった。

パパの愛人または知性あふれるお友達

彼女のことを書くのは気が進まない。

彼女のこと好きになれなかったし、だからたびたびシカトもした。

当然でしょ。ママンがどんなにつらい思いをしたか、間近で見て知っているのだから。書いても、読み返したあと破り捨てちゃうかも。でもそのことで神様があたしを責めることはないと思うわ。

パパが、彼女ルイーズ・アンリエット・ヴォランに会ったのは、あたしが二歳のときだって聞いている。三つ年下で、未婚で三十九歳。文学にも哲学にも明るく、因習や伝統に縛られない伸びやかな女性で、物おじせず男性と知的な会話を楽しみ、意見を言うときも洗練された物言いで、とても感じがよかったんですって。それがなんだって言うのよ！って、ついあたしは言ってしまうけど。

でもパパはそこにひかれた。新しい思想を語り合える伴侶をようやく見つけたという気持ちだったんだろうな。だって彼女に真理を求める知恵を表わす「ソフィー」という名前をつけて、終生そう呼んだというもの。

パパにとって、彼女は『危険な関係』のような快楽の対象でも、『若きウェルテルの悩み』のような陶酔の対象でもなく、心許せる、何でも打ち明けられる友達だったみたい。多くの時間をともに過ごし、劇場に伴い、一緒に並木道を歩きたい女性だったのよ。

最もつらかったのは、パパが壁にぶつかったり、悩んだり、感傷にふけったりするときでさえ、彼女を求めたこと。あたし、正直言ってなぐってやりたいと思ったことがあるの。

二人の間にいったい何通の手紙が行き交ったかしら。一〇〇通？　一五〇通？　そんなものじゃないのよ。もっともっとなの。パパはソフィーの手紙を読む先から返事を書いていたし、投函するとすぐ次のラヴレターに取りかかっていたくらいだもの。パパが郵便受けをのぞかない日はなかったし、手紙を手にしたときのうれしそうな顔ったらなかった。あたしが一番嫌いな顔よ。サイテー。

きっとベッドで体をからませているときも、次の手紙の文面を考えていたんじゃないかしら。あーいやだ。もうこれ以上書きたくない――

あたしは彼女が嫌い。大嫌い。だけど……彼女がすぐれた女性だったということは素直に認めるわ。悔しいけどほんとうのことだもの。知的で、おしゃれで、いい趣味を持ち、それでいて知識や教養を人前でひけらかしたり、出過ぎたふるまいは決してしなかった。礼儀正しく、いつも細かい心遣いを忘れない人だったの。もしいやな女だったら、心から憎むことができたのに、それをさせないところが、かえって憎らしかったくらいよ。

パパはきっと、ソフィーのような伴侶がほしかったのだろうな――

今になればわかるけど、パパはママンにずっと恋人でいてほしかった。貞淑な妻ではなく、ユーモアを解し、時に知的な会話を楽しんだり、感傷や憂いを分かち合ったりする、そんな伴侶でいてほしかったんだわ。

でも、ママンにはおよそ考えられないことだった。恋の戯れごっこを楽しむには、ママンはあまりにもまじめで、品行方正だったから。

それにあたしの前に三人も子どもを亡くしている。これ以上つらく、悲しいことってある？

ママンは何も言わずにお祈りしてたけど、ほんとうは泣き暮らしていたんだと思う。

だからあたしが生まれたとき、パパが何と言おうと、聖母マリア様にささげたのね。

そんなママンに、パパのことを理解しろと言っても無理なのよ。パパがママンのことをわかろうとしなかったように、ママンにもパパのことがわからなかった。

どんな仕事をしているのか？　何のために奔走しているのか？　何を悩んでいるのか？

ママンはパパと一緒にいられるだけで、子育てができるだけで、幸せだったんですもの。

トワネットはドゥニを愛していた。ドゥニもトワネットを愛していた。でもドゥニにはソフィーが必要だった。どれもどうしようもないくらい、ほんとうのことなの。

だからだれも責められない。あたしにはだれも――


文字がところどころ涙でにじんでいた。書きなぐったようなところもあれば、やさしい心遣いそのままに、きれいな飾り文字でつづられているところもあった。

メモによると、ソフィー・ヴォランは一七八四年、ドゥニよりも五か月早く亡くなっている。遺言してドゥニにモンテーニュの有名な『エッセー』と指輪を贈ったそうだ。

〈モンテーニュ？　マジかよ……〉

まさに知性で結ばれた愛人同士ってことだ。二人ははだかで抱き合うよりも、語らいとか往復書簡で、愛、というより、親密な友情を燃え上がらせていたんだろう。

ノートはそのあと空白のページが続いていた。破り捨てた跡もある。何が書かれていたのだろう？　数ページめくったところにこんな走り書きがあった。

「パパはファンタジーの天才よ。『修道女』読んでつくづくそう思ったわ――」

　なんなんだよ、これ？

　ドゥニとゆっくり話ができたのはディナーの後だった。彼はその日ずっと忙しそうに飛びまわっていたのだ。

「ずっと書庫にいたのかい？」

「ええ、読みたいものがいっぱいあって」

　アンジェリックのモノローグを読んでいたことは、さすがに言わなかった。

「で、何を読んだの？」

「いろいろと……そうそう『修道女』って本があって」

　とたんにドゥニの目が少年の目になった。いたずら少年。やんちゃ坊主の目だ。

「うふふ……あれはね、ほんのいたずら心から始まったんだよ」

「どういうことですか？　聞きたいな」

「いいとも。何ていうか……ファンタジーがきっかけなんだ」

「ファンタジー？」

〈アンジェリックが書いたとおりだ……〉

「うん。私の友人にドゥ・クロワマール侯爵というノルマンディーの貴族がいてね。陽気で屈託がなくて、いるだけで座がなごむ、そんな紳士だ。ところが突然パリを引き払って領地に引っ込んでしまった。みんな口をそろえて、彼がいないと寂しいと言う。で、友人フリードリヒ・メルキオールとつるんで――」

「フリードリヒ・メルキオール？」

「グリム男爵だ。文芸仲間でよくやり取りをしていた」

〈グリム男爵ってこの人だったのか……〉

「人のいい侯爵をなんとかパリに呼び戻せないかと、ひと芝居打つことにした。これを読んだら彼はすぐにも飛んで帰ってくる、そういう手紙を思いついたのさ」

「まさにファンタジーですね」

「悲しいファンタジーと言うべきかな。手紙を書いたのはシュザンヌ・シナモンという若い修道女だ。彼女は私生児だというそれだけの理由で、パリ郊外のロンシャン修道院に入れられ、修道の誓いを立てさせられた――」

その身に待っていたのはどんな仕打ちだったか。手紙には、神の召しを受けたというだけで強要される務め、奉仕、忍従――その繰り返しの中で、彼女がどれほど憎しみや嫉妬、支配欲にさらされ、精神が、肉体がさいなまれたか。そのつらさ、苦しさ、悲惨さが、切々とつづられていた。

「彼女は、自分は意思に反して修道女にされたと、何度も訴えたけれど、聞き入れられなかった。それで拷問のような日々に耐えかねて、ついに修道院を脱け出した。真夜中に塀を乗り越えてね。

そしてかくまわれた家で侯爵に手紙を書いた。手紙が届けば慈悲深い彼のことだ。必ずパリに出てくるだろう。私はそう予想して手紙を創作し、投函した」

「それで？」

「シュザンヌと侯爵の間で何回か手紙が往復する。でもここで予想もしなかったことが起こった」

「何です？」

「侯爵は自分がパリに出向く代わりに、人をやるから、ノルマンディーの屋敷に逃げてくるようにと書いてきたのだ」

「マジすか？」

「修道院に預けていた娘を屋敷に呼び戻すから、ぜひその家庭教師になってほしい。そのための部屋も用意する――とね」

「おいおい」

「仰天したよ。もし彼女がこの親切な申し出を断れば、いかにも不自然だろう？」

「ですよね」

「でも、だからといってシュザンヌという娘は実際には存在しないわけだし、まさかほかの娘をノルマンディーに送りこむわけにもいかない」

「………」

「で、進退窮まって、シュザンヌが修道院を脱出するときに塀から転落し、そのときの傷がもとで、かわいそうに死んでしまった――ということにした」

「マジで？」

「シュザンヌをかくまっていたマダム・マダンから、涙なくしては読めない悲報が侯爵に届けられる。もちろんこれも創作だけど」

「ディープだなあ」

「一件落着。でもこれじゃ終われない。そこでさらに物語の展開を考えた。シュザンヌの死後、修道院における生活がどんなものか、またそこを脱出してから起こったことを細かく記した彼女の遺稿が発見された、ということにしたのさ」

「すごすぎ。だってシュザンヌはもともと存在しなかった娘でしょう」

「そうだよ。でもせっかく現実性を持って生きはじめた一人の女性だ。このまま消えていくことに私が耐えられなかったんだよ。だって侯爵は、すべてが真実だと最後まで信じていたくらいだからね。結果として、これが小説『修道女』誕生につながったのさ」

「なんと。ファンタジーがちゃんとした小説になっちゃったんだ」

「実はね。これは妹が実際に経験したことでもあったんだ。彼女アンジェリックはユルスラ修道会に入り、奉仕と仕事に献身的に務めるあまり、心身ともに疲れ切って、二十八歳で燃え尽きてしまった――」

「そうだったんだ」

「敬虔な信仰と悲しい運命は別のものだけれど、そんなふうに天に召された妹を思い出して、心を通わせたかったんだよ、私は——」

アンジェリックは『修道女』の走り書きの下に、こんなことを書いていた。

パパはアンジェリック叔母と心を通わせたかったのよ。やりきれない思いをした者、虐げられた者の思いを、それがだれであれ、汲み取ろうとする人だもの。

でもパパは、そんなふうに人にやさしい代わりに、ひどく教会や修道院を嫌うし、お坊さんを嫌う。だからパパは神様を信じていないと、みんなが言うわ。あたしはそう思いたくはないし、ママンもそれを聞いたら悲しむと思うけど——

ドゥニは無神論者なのか？　僕はノートの最後のページを読んだ。

あたしはパパに、どうしても納得がいかないあの質問を、またぶつけた。

パパの答えは変わらなかった。

「アンジェリック、パパは哲学者だ。哲学者はね、何ごとも軽々しくは信じないんだよ。パパは、盲目的に、ろくに考えもせず、疑いもせずに何かを信じることはしない。じゃあ何を信じるのかって？　ナネットに聞くといい。パパの心をほんとうにわかっているのは、彼女だから――」

アンジェリックのモノローグは、ここで終わっていた。

娘が見た父。わがままで、身勝手で、やきもち焼き――人間としての弱さも含めて、そこにはドゥニの知られざる一面が記されていた。

〈ドゥニは神をどう捉えていたのだろう？……〉

まだどこか割り切れないままノートを棚に返したとき、何かがはらりと落ちた。

ん？

紙切れだった。しわを伸ばして読んでみる。男の筆跡だ。

「ほとんどの若者が、乙女であれ青年であれ、憂いに沈む瞬間《とき》がある。何をしていても、どこにいても、ひたひたと打ち寄せる憂いに苦しみもがき、何も見出せない。そんな瞬間《とき》、孤独を求め、声をひそめて泣くその魂を、静けさだけが慰める。やがて平安が心を捉える……彼らは神の声を聞く。賜物を開花させよ。そのために努力せよ。真の生き方に目覚めよ。それこそ神の声を感じる瞬間《とき》なのだ――」

〈だれの字だ？　何かのメッセージか？……〉

僕はもう一度ノートを手に取り、この紙切れが挟まっていたところを探した。でも……いくら調べても、これについて書かれているページはなかった。

仕方なく元の棚に戻そうとして――そのとき、

あ！

裏表紙のカヴァーの中に、目立たないようにはりつけられた小さな封筒が見えた。そっと指を入れてみる。茶色に変色した薄紙が現れ、青いペンで別の筆跡の文字が並んでいた。

「ドゥニがこれを書いてくれたのはいつだったかしら？　憂いの谷間にいるとき、何も見出せなくとも……静けさの中に人は魂の安らぎを覚え……神の声を聞く。あなたはそう言ったわ。だからあなたはどんな仕打ちを受けても、つらくても、苦しくても、悲しくても、絶望しなかったのね。私、あなたに教えられた、一番大事なそのことを。

だから私、耐えられた。何があっても絶望しなかった。祈り続けたわ、あなたのこと。愛《いと》しいアンジェリックのこと。

でもこれは私だけの秘密……だれにも言いたくない。アンジェリックにも――」

胸に心地よい風が吹き抜けた。

なぜ、これが、こんなところに隠されていたのか？

アンジェリックは知っていたのだろうか？　これを読んだのだろうか？……

何もわからない。わかったのは、だれもが神を信じていないと考えていたドゥニが、神を感じていたということだ。どんな危機に直面しても――あのジャン＝ジャックが、ダランベールが去り、出版許可が取り消され、百科全書《アンシクロペディ》の事業そのものが立ち行かなくなったとき、そこに父の死の知らせという三重苦、四重苦に襲われたあのときでさえ、彼が仕事を投げ出さなかったのは――僕の邪推かもしれないけど――神の声に支えられたからではなかったか。だから彼は絶望しなかったのだ。

愛するナネットだけが知っていた。この矛盾だらけの情熱家のほんとうの姿を。

〈それにしても、矛盾だらけの情熱家って、ドゥニにぴったしだよな……〉

翌日、アンジェリックのノートはなくなっていた。

第14章 「月明かり」〜真実の美を伝える絵

「もしもしお客様、おそれいりますが切符を拝見いたします」

突然肩をたたかれて、僕は目を覚ました。

〈け・ん・さ・つ？……〉

僕は窓際の席に座っていた。それもたぶん特急列車の。

列車はゆるやかな起伏を見せる丘や谷間を縫って走っていた。畑が、道が、橋が、牛や羊が、飛ぶように後ろに去っていく。横揺れがほとんどなく、クッションが体にぴったりきて快適そのものだ。窓は大きくて座席が広い。席は通路を挟んで二つと一つ、つまり一列に三つの席があるだけだから、チョー余裕ぅーって感じ。

丘の上に、葉祥明さんの絵本に出てくるような、赤い屋根と白い壁の家が建っている。

〈おとぎの国の風景だ……〉

「あのー、お客様」

そうだった。検札係が来てたんだ。

「エクスキューズミー、待ってください」

あわてて身ぶりでそう示して、ポケットを探すふりをする。でもどこを探したって切符なんかあるはずがない。買った覚えが全然ないのだから。

「すいません。切符がどこへいったか……わかんなくなっちゃって」

「わかりました。後からもう一人の車掌が来ますから、その者にお見せください」

いかにも国営鉄道職員って感じのきまじめな車掌が敬礼して去っていくと、僕はふーっと深呼吸をひとつして、このシチュエイションの持つ意味を改めて考えた。

問題は何ひとつ解決していない。

もう一人の車掌が来るまで若干時間の余裕ができただけで、僕が切符を持たずにこの列車に乗っている事実をどう説明すればいいのか。どう言えば納得してもらえるのか。根本命題は何ひとつ変わっていなかった。

〈なんで僕はここにいるのか?……〉

僕自身にもわからないのだ。

乗っているのは明らかに日本の列車ではなかった。東海道新幹線でもなければ、東北、秋田、山形、上越、長野新幹線でもない。日本の新幹線はこんなにゆったり席を配置していないないし、窓の大きさも違いすぎる。だいいち、こんなに席ががらがらであるはずがない。

前方の客室のドアーが静かに開いた。それも優雅に、両側に。

やって来たのはスッチーみたいに紺の制服をぴしゃりと着こなした女性車掌だった。黒褐色の髪をアップにまとめ、きちんと化粧している。瞳は黒く、鼻筋がすーっと通って、ほおはばら色だ。まっすぐに近づいてくる。

「お客様、切符をなくされたのですか？」

「あ、いや……その……あの……だから」

「往生際が悪すぎますわ……ルーったら」

「ルー？」

「やだわ、ずいぶんどぎまぎしてたじゃない」

「アニエス！　きみのいたずらだったのか。これ」

「いたずらですって？　まあ失礼ね。お勉強が続いたみたいだから、ちょっと息抜きさせてあげようと思ったのに」

「ごめん、気を悪くしたら謝るよ。おかげですっかりくつろいでる」

「うそでしょ。切符どうしようってはらはらしてたくせに。顔に書いてあったわよ」

「ばれてた？　正直に言うと、どうなることかと思ったよ。でも、それにしても、この景色……

なんてのどかなんだ。リラックスしちゃうなあ。アニェス、ありがと」

「そんならいいんだけど」

白い牛がやわらかな日差しを浴びて草を食《は》んでいた。川沿いにポプラやシラカバが並んで風に吹かれ、少しずつ紅葉がはじまっているみたいだ。季節は秋?……

「でさ、いったいどこの国の、どのあたりを走っているの」

「ブルゴーニュよ。もうすぐドゥニのふるさとだわ。本やノートばかり読んでたから、一日遠足に連れ出したってわけなの」

「そっか。ずっと百科全書《アンシクロペディ》がらみの本読んでたからね。でも、おかげでいろんなことがわかったよ。百科事典を作ることにどんな意味があったか。なぜ当局から目の敵《かたき》にされ、弾圧されたのか。そしてあの労作のおかげで人びとの目が開かれ、目指すべき社会の姿が、具体的なイメージで捉えられるようになったんだってこともね」

「うれしいわ。歴史は一握りの英雄や指導者が作りだすものではなくて、名もない人びと、つまり民衆ね、彼らの願い、望み、要求がうねりとなって進んでいくものなのよ。わかってほしかったのはそこなの」

「で、これからどこへ行くの?」

「世界にたった一つしかない美術館よ」

「美術館?」

「そ。ドゥニの個人美術館ね。言ってたでしょ。ルーに見せたいものがあるって。注文された絵を全部そろえるの大変だったけど、何とか準備ができたわ」

「アニェス、ひとつお願いがあるんだけど――」

「なあに」

「だったらその美術館に、あの絵も飾ってくれないかな。コレシュスとカリロエ。もう一度見たいんだけど」

「それって――」

アニェスが黒い瞳でまっすぐに僕を見つめた。

「ルーブルから持ち出せってことね」

「ルーブル美術館？」

〈知らなかった。それほどの名画だったのか……〉

「ほら、いつだったか、僕がベッドを抜け出して、暗い廊下をどこまでも行くと、そこに絵の飾られた部屋があって、確か四七号室とか書いてあって――」

「あれはルーブル美術館の中にある〈ディドロの画家たちの部屋〉よ。ルーブル美術館がドゥニの功績をたたえて、その名をつけた展示室。で、彼が激賞した画家の作品を集め、彼の肖像画も展示したってわけ。でも『コレシュスとカリロエ』は別の場所に展示されている絵なの。あの時はドゥニに頼まれてあそこに移動させたんだけど――」

〈そうだったのか。妖精もいろいろ大変なんだ……〉

「ところで、ルーブルがドゥニの功績をたたえたって、どういうこと？」

「ドゥニは絵を見る目があるっていうか、人一倍すぐれた感性を持っているのよ。美というものの捉え方にすごくこだわったし、これ、妖精の世界でも評判だもの」

「ふうん。美しさを捉える感性か……」

「百科全書《アンシクロペディ》の出版特許が取り消され、事業が苦境に立たされていたころ、彼は絵画の批評を頼まれたの。友達のフリードリヒ・メルキオール・フォン・グリム男爵から。パリに住んでたドイツ人で『文芸通信』という雑誌を発行していた」

「いくら友達の頼みでもよく引き受けたね。そんな大変なときに」

「そこがドゥニらしいとこなのよ」

「だよなー」

「もっとも雑誌というよりミニコミ誌と言った方がいいかもしれないわ。だって購読者はせいぜい十五人くらいだもの」

「たった十五人？」

「そ。でも読者はヨーロッパの諸侯だったの。つまり選ばれたあなただけに、そっとお届けするパリ最新事情ってわけ。だから購読料も目の玉が飛び出るほど高かったのよ」

「そっか。事業としてはうまくいってたんだ」

「中でも評判を呼んだのが、パリの王立絵画彫刻アカデミーが主催して、二年に一度開かれる美術展覧会の記事だった。この展覧会はルーブル宮殿のサロン・カレと呼ばれる長方形の間で開かれたから〈サロン〉という名前で呼ばれたの」

「サロンって、あの教養あるマダムやマドマゼルが主宰した、知的エリートの社交場、あのサロンと同じ言葉だね」

「そうなの。ちょっと紛らわしいわね。グリム男爵はこのサロン、いい、美術展覧会のことよ。そこにどんな作品が選ばれたかを紹介する文章を、『文芸通信』に載せることを考えたの。で、最初は自分で書いたのだけど、途中からドゥニに依頼したってわけ」

「そういえば、友達に頼まれて展覧会の絵の批評を書いたって言ってた」

「ドゥニは『サロン批評』を一七五九年から、六一年、六三年、六五年と、一年おきに七一年までと、あと七五年、八一年に書いているの。すごいでしょ。回を追うごとに取り上げる画家も増えて、三〇人から五〇人、作品も一〇〇点から、多いときには二五〇点くらいコメントしたっていうもの」

「すごすぎ！　その結果サロン展はヨーロッパじゅうから注目を集めた。だからその功績に報いるため、ルーブル美術館は〈ディドロの画家たちの部屋〉をわざわざ設けた――」

「そうですわ、お客様。ここから先はどうぞご本人にお聞きください。それでは列車の旅を心行くまでお楽しみくださいますように。終着駅で馬車がお待ちしております。そのまま美術館にご案内いたします。あの〈四七号室〉の画家の名作をはじめ、ムッシュー・ディドロのご希望の作品を展示しておりますから、どうぞお楽しみくださいませ」

車掌はにっこりほお笑むと、礼儀正しく一礼して、一枚の切符を差し出した。

「切符をお返しいたします。今度こそなくしたりなさいませんように――」


「……………！」

僕はふたたびその絵の前に立ち尽くした。『コレシュスとカリロエ』――魂を奪われたように、時のたつのも忘れて見入った。

「そんなに気に入ったかい」

ふり返ると、あの肖像画そっくりの笑顔を浮かべて、ドゥニが立っていた。

「きみを感激させ、その足をこんなにも長く止めさせるなんてね。人間の真実の表現ももちろんだけど、それに加えて、きっとこのドラマティックなほど強烈な、光と影の効果のせいだね」

〈そっか！……〉

言われて気がついた。今まさに真実の愛をささげようとするコレシュスと、あまりのことに気を失って倒れたカリロエに光が当てられ、ほかの人物や神殿は影の中に沈んでいる。

「だから息をのんで見とれてしまう。光と影の効果が、いっそう鮮烈に真実の愛を浮かび上がらせているのさ」

みごとだ！　この絵のすばらしさをぴたりと言い当てている。

「絵の批評を頼まれたって言ってましたけど、とても権威ある展覧会じゃないですか」

「そう言われると照れくさいよ。とにかく好きなように書いていいって言われたから、引き受けたんだから」

「ほんとうに？」

「ほんとうだよ。私はもともと絵が好きだったし、創作芸術には人並み以上に興味があったから、これはチャンスだと思ったんだ。いい絵をふんだんに見られる。だから作品は全部ていねいに見たよ。偏見を持ちこまずにね」

「偏見？　それどういうことですか？」

「何ていえばいいかな……そう、ルー君はどう思うかわからないけれど、あのころは絵は描かれたテーマによって等級づけがされていたんだ。つまりこれは価値の高い絵、これはそれほどでもない絵、というふうにね」

「描かれた内容によって価値が違う？」

「そうなんだ。もともと絵というものは、教会とか王侯貴族のお城の内部を飾るものだったから、宗教画とか神話や歴史をテーマにした絵が好んで描かれ、珍重されたんだ」

「聖母子像とか、使徒とか聖王の絵とか――」

「そのとおり。ところが私が生まれたころから、絵はカンヴァスに描かれて、貴族や裕福な市民の家に飾られるようになった。絵を売り買いする美術商が現れて、欲しい絵を探したり、画家に注文して絵を描いてもらうなんてことも、広く行なわれるようになった」

「個人の趣味、見る楽しみを満足させるものになってきたんですね」

「ダコー、そうなんだよ。描かれるテーマもさまざまになり、風景画、動物画、静物画が出てくる。そうなると、ある種の人たちは絵の等級づけが必要だと考えるようになった」

「伝統的な権威を守りたいってことですか。時代の変遷期には必ず保守派の巻き返しがありますよね。もしかすると教会の聖堂に飾られる絵と、個人の家の額縁に飾られる絵が、同じように扱われるのは困る――と、抗議の声が上がったのかな」

「ははは、そうかもね。で、アンドレ・フェリビアンという人が絵の等級づけをした。宗教画、神話画、歴史画は最も価値が高く、肖像画、風俗画がこれに次ぐ。この下に動物画がきて、風景画がきて、静物画が最下位にくる。この分類が王立絵画彫刻アカデミーの展覧会、つまり〈サロン展〉の、絵の展示の配列の基準にもなっていた」

「価値の高い絵から順番に――ですか？」

「そう。上から下へとね」

「なんか信じられないですね。絵の世界にも差別というか、等級づけがあったなんて」

「そうなんだ。この配列は絵の大小の都合で多少のずれはあるにしても、基本的には動かせないものとされていた。だから宗教画や歴史画は価値が高く、それを描く画家はすぐれた画家だと考えられたし、逆に動物画や静物画ばかり描いて、作品に神話画や歴史画が少ないと、評価が低くなって、年金を申請しても裁可が下りなかったり――」

「おかしなことですよね」

「私もそう思った。だからテーマではなく描かれた絵そのもので評価を書いたんだ。たとえ静物画でも歴史画よりすぐれたものがあればそう書く。それが基本スタンスだった」

「その感覚、今の僕らに近いですよ。ここでも闘いがあったんですね」

「私が最初にサロン批評を頼まれたのは、高等法院によって百科全書《アンシクロペディ》の発行と配布が禁止されたばかりか、国王陛下の顧問会議から出版特許そのものが取り消された年でね。しかもおやじを亡くした――信じられない年だった」

「そんな大変なときになぜ引き受けたんですか？　僕だったら、今それどころじゃないんだって、突き返しますけど」

「いや、むしろ気分転換にいいかなって思ってね」

「気分転換に？」

「百科全書《アンシクロペディ》は暗礁に乗り上げるし、弾圧や脅迫で執筆仲間も一人また一人と去っていく。前の年にはジャン＝ジャックが離れ、この年には苦労をともにしたジャン・ル・ロンが耐えかねて編集者を降りてしまった。一七五九年、ひどい年さ。でも私はやめるつもりはなかった。ここまできたら絶対完成させると、一人気張っていた。でも何を書いても冒瀆だ、不敬罪だと横やりが入る。書くそばから原稿が没収される。正直落ちこんでいたよ。そんなときに絵を鑑賞して好きなことを書いていい。何を書いてもフランスでは出回らないから文句はこない。そう言われたら、だれだって引き受けるよ。これ以上の気分転換はないもの。絵の批評に飽きたら仕事に戻ればいいわけだから」

「なるほど。そう言われると納得しちゃうなあ」

「だろう。タイミング的にも、人間の自由とか、基本的な権利とか、表現の自由とか、そういう理念をいかに書き表わすか、あれこれ悩んでいた時期だから、ちょうどよかったんだ。私は美術界の常識とか伝統的な価値観にはまるでとらわれなかったし、だから気楽に、わかりやすく書いた」

「もともと絵の批評は得意だったのですか」

「ノン。それまでまったく手がけたことはなかったよ。でもやってみたかった。だからフリードリヒに頼まれたときには小躍りしたくらいさ。正直に言うけど、私は今の今まで自分が美術評論家だと思ったことは一度もないよ。彼がこんな機会を与えてくれなかったら、一枚の絵とこれほど真剣に向かい合うことはなかったと思う。私は時間をかけて、その絵のテーマは何か。画家は何を描こうとしたのか。なぜこのような構図になったのか。色使いはどうか。光や空気をどのように表現しようとしたのか。何よりその絵が、見ている私の感情を揺さぶるか、それとも揺さぶらないか。私は絵に向かって語りかけ、絵が私に語りかける言葉を聴いたんだ」

「絵と会話してたんですね……」

「会話の生まれない作品もあったし、引きこまれてわれを忘れてしまう作品もあったよ。とにかくそんなふうにして感じたまま、思うままを『文芸通信』に書いた。だから私は、絵の見方を絵そのものから教わったし、制作者である画家からも教わった。技法や、構図や、色使い、すべてをね。あるときは取材に同行させてもらったし、アトリエに行って描きかけの段階から見せてもらったこともある。どんなふうにデッサンが〈下絵〉になり、〈絵〉になり、その絵がどんな過程を経て〈すばらしい絵〉になるのか。私は目で見て、肌で感じて、知ったんだ」

「デッサンが〈絵〉になり……絵が〈すばらしい絵〉になる?」

「そうだよ。形を与えるのはデッサンだ。全体をしっかり捕まえて、細部を描きこむ。でもそれはまだほんとうの意味で、絵ではない。その形にいのちを与えるのは色彩だ。自然にあって色彩は一つのはずなのに、表現者によって微妙に変わる。それはつまり画家が、自然の色をどんなふうに捉えたか。あふれる光を、それに染め上げられた空気を、どのように影と調和させ、融和させ、表現したか、によるからだよ」

「それはもう画家の才能ですか?」

「そうでもあるし、そうでもない。同じ画家の絵なのに、すぐれた、すばらしいできばえのものもあれば、そうでないものもあるからね。デッサンがよくて構図もいい、色彩もいい。なのに感動を呼び起こさない絵もある。一枚の絵がすばらしい絵になるためには、何かが必要なんだ——」

「何かが?……」

「話がむずかしくなってきたね。せっかく来たんだから、絵を見ながら話そうか。こんな名画が集められている美術館はそうはないからね。話ばかりではもったいないよ」

初めにその前に立ったのは『降誕』という作品だった。

画家はフランソワ・ブーシェ。絵につけられた説明によると、彼は優美の画家といわれ、ロココ絵画の第一人者で数々の賞を受けている。ヴェルサイユやフォンテーヌブロー宮殿の室内装飾にたずさわり、晩年にはルイ十五世の宮廷の首席画家になったという。

――最初に断っておくけど、僕は絵についてはまったくの素人で、知識もないし見る目もない。はっきり言って美術オンチだ。そこをわかっておいてください――

「幼子イエスと聖母マリアの聖母子の絵ですよね。幼子はキューピットみたいにあどけないし、聖母は美しい。この麦を手にしている子どもはだれですか？」

「幼い洗礼者ヨハネだよ。ヨルダン川で人びとに洗礼を授け、イエスは救い主だといち早く人びとに告げた人だ」

「その子どものときの姿ですね……」

「ルー君、この絵をどう思う？」

「すばらしい絵だと思います。マリア様がちょっとルネサンス風っていうか、フィレンツェの画家が好んで描いた、若い貴婦人みたいに見えなくもないですけど」

「なかなか鋭いじゃないか」

「え？」

「確かにすぐれた絵だ。こんな絵を部屋に飾るのも悪くない。でも、私は最初のサロン批評でかなり辛口のコメントをつけた。いいかい。よおく見てごらん。幼子の寝ているベッドが優雅すぎるとは思わないか。幼いイエスはばら色すぎるし、聖母マリアは美しすぎる。これじゃまるでギリシャ神話のヴィーナスとキューピットだよ。イエスは村外れの馬小屋で生まれたはずだよ。幼子イエスと聖母マリア、それに幼い洗礼者ヨハネの絵を描くなら、敬虔な宗教的な雰囲気がたちこめるものでなくてはならないと、私は思う」

「そう言われてみると、ベツレヘムの郊外ではないですね。静けさも、凛とした荘厳さも感じられない」

「だからあえて厳しい批評をしたんだ。テーマと登場人物にふさわしくない状況が描かれている。現実にはありえない優雅で贅沢な聖母子の姿だとね」

「この色使いもですか」

「そうだよ。自然から取った真実の色彩ではなく、あらかじめ頭の中でできあがった色彩だ。フランソワには真実かどうかなんて問題ではないのだろう。彼はたぶん、

『自分はロマンティックな、神話的な出来事を描くのだ――』

と主張するだろうけど、大切なのは見せかけじゃない。うそを描いてはいけないのさ。彼の作品がもう一枚ある。見てごらん」

隣に飾られた絵は、美しく着飾った若い恋人同士が森の中でくつろいでいる絵だった。『羊飼いたちの休息』と書かれている。

「羊飼い？　これが……ですか？　年ごろの貴族のカップルにしか見えませんけど」

「題名を知らなければそう思うかもしれないね。背景に木々や小さな流れや廃虚をあしらい、野の花を持ってきて、そこにまるでヴェルサイユ宮殿にいるかのような女の子と男の子が戯れている。これが羊飼いだというのさ。色彩も例によって華やかで、ギリシャ、ローマの神話風だ。絵は美しくまとめられているけど、明らかに作り物の世界だよ。人間の生活に裏打ちされていない。そう思わないか」

「でもこの画家は有名で、この絵も評判を呼んだのでしょう？」

「彼はヴェルサイユに集まる王侯貴族から高く評価され、もてはやされた。作品は常に依頼主が望む以上のできばえで、牧歌的なその絵は居間の装飾に最適だったんだよ」

「確かにそうかもしれませんけど――」

「画家が自分なりの制作方法と作風を持ち、だれが見てもその画家らしい作品を創り出す能力を持っていることはすばらしいことだし、実際、彼はすぐれた画家だ。それは認めよう。でもその輝かしい、なまめかしい、粉飾をほどこした絵を歓ぶのは、宮廷の取り巻きや社交界の人であって、真の芸術を愛する人ではないと、私は思うんだ」

「いつも自分のイメージで描いている」

「そう。見せかけばかり追いかけてる」

「いくら優美でも？」

「真実の優美じゃない」

ドゥニは確信に満ちていた。真実というところに、特に。


「私は決して宗教画や神話画を認めないわけじゃない。描かれた人物がその役割にふさわしい品格があり、画面全体に統一とまとまりがあること、それが大事だと思うんだよ」

少し歩いて、角を曲がった所に次の絵があった。これは結婚式？

「ルー君にぜひとも見せたかった絵の一つだよ。『村の花嫁』。農家の婚約式の様子を描いた作品だ。絵としては風俗画の部類に入るんだろうね。ジャン＝バティスト・グルーズの作品だ」

田舎家、おそらく農家の一室だろう。左側に白い衣装を身にまとった娘がいて、別れを悲しむ母親や妹に腕や肩を抱き寄せられている。娘はつつましく伏目がちだ。右側では娘の父親が花婿に持参金を手渡し、村の公証人が机に向かって結婚の成約書を作成している。

「幸せな、けれどもつらい……娘を囲む家族の表情からそれがよく伝わってきますね」

「ダコー、そうだね。これを見つめているとやさしい情感が生まれてくる――と、私はコメントしたのだけれど、婚約した娘の可憐な姿と婚約者の顔、父親の気持ち、母親や姉妹の感情が、見る者の心を打つ作品だ。そうは思わないか」

「確かに……」

「構図がとてもいいと思うんだ。一人ひとりの表情やしぐさ、複雑な心理状態がみごとに描写され、ほのぼのとしたやさしい気持ちにさせる。とても心地よい絵だと思う」

「光の当て方、影が織りなす色合いも見事ですね（なーんて受け売りですけど）」

「言うじゃないか、ルー君。このジャン＝バティストと、もう一人のジャン＝バティスト・シャルダン、この画家も私は高く評価した。二人に共通するのは、ふつうの人びとの日常生活に見られる宗教的な雰囲気を取り入れた絵を、数多く描いていることなんだ」

「宗教的な雰囲気？」

「うん。宗教画そのものではないけれどね。二人がそれぞれ描いた『子どもたちに聖書を読みきかせる家庭の父』と『聖書を読みきかせる家庭の父』なんか、われわれに道徳心を与えてくれるという理由で、私は絶賛した――」

〈え、ほんとに？……〉

ちょっと意外な気がした。ドゥニがルネサンス風の、たとえば水浴を終えて憩う月の女神のような官能的な絵とか、いかにも神話に見立てた貴婦人の絵を、作り物の絵だと批判するのはよくわかる。でも教会の教条的な教えや戒律をあれほど嫌っていた彼が、宗教的な雰囲気のある絵を褒めるなんて、思ってもみなかったからだ。

「そんなことはないよ。私の中ではちゃんと一貫している。私は、絵画という芸術は、虚飾をほどこされた神話や伝説の世界に遊ぶものではなく、ふつうの人びと、つまり市民だね、市民に真実の美を伝え、道徳を育て、幸福感や歓びを感じさせるものであってほしいと思っている」

「真実の美？……」

「そう。真実の美しさ。いいかい。美しさは純粋に心で感じるものだ。そこに偏見があってはならない。美しさはある人たちだけが決めるものでも、ある時代のある場所にのみ存在するものでもない。ある基準や物差しでしか測れないものでもない。そうだろう？」

「そうですね」

「美しさは、それにときめく心、感動する心に捉えられるものだ。だから画家は自然の中に存在する真実を見つめ、それを捉え、その形を、色を、いのちを、表現する者であってほしい——それが私の主張であり、願いなのさ」

ドゥニは僕を次の絵の前に立たせた。

それは縦三〇センチ、横四〇センチくらいの小さな絵だった。果物かごに大粒のぶどうの実が盛られ、かごの外にはくるみが二つと真っ赤なサクランボがある。

「さっき話したジャン＝バティスト・シメオン・シャルダンの『果物かごのプラムとくるみ』だよ。色合いがいいだろう。そのものの色がよく出ている」

「見れば見るほど……そうですね」

「自然の中にある美しさをよく捉えている」

「……」

「ルー君、どうした？」

「おなかが……すきました。絵を見ていたら思い出したんです、サクランボをつまんで口に入れたときのことや、子どものころ家の庭にあんずの木があって、その実を食べたことなんかを。その甘酸っぱい味が口に広がってきて——すいません。だめですね、僕」

「それだよ！」

「え？」

「それなんだ。プラムを見て食べたくなる。サクランボを見て手を伸ばしたくなる。それは自然以上に自然を表現しているからなんだ。よく批評家がわけ知り顔で、絵は視覚でのみ鑑賞するものだなんて言うけど、あれは間違っている。手を伸ばして、皮をむいて、房をつまんで食べてみたいという衝動を起こさせるもの、それが私の言う、真実の美なんだよ」

「真実の美……」

「この画家は色彩というものを理解している。彼がパレットで溶かすのは、白や赤や紫ではなく、描いている物の色そのものだ。真実をしっかりと捉え、カンバスに表現する。色彩だけじゃない。構図もまたすばらしい。その上に調和に満ちている。絵にいのちがある。このいのちを吹きこむ力こそ、私に言わせれば、魔法の力だ！」

「魔法の力ですって？」

「魔術と言ってもいいかもしれない。光の魔術、空気の魔術、色彩の魔術」

「光の魔術、空気の魔術、色彩の魔術――」

「絵というものはね、霊感みたいな魔法の力があってはじめて、すばらしい絵になる。いいかい。最後の一枚だ。どうしても見せたくて最後に飾ってもらった絵だよ」


それは、今まで見たどの絵とも違っていた。

僕は、声もなく立ち尽くした。

夜の港の風景だった。雲間からもれる月の光が、もやのたちこめている波間を揺らし、遠く近くの帆船の影を幻のように浮かび上がらせている。島影は蜃気楼のようにかすみ、手前の突堤では人影が動きまわり、たき火の火が燃えて、そこだけ炎が人の姿を淡く照らしだしている。天空の月の光と地上の炎が織りなす、光と陰影の交じり合う効果が、息をのむほどすばらしい。

〈なんという空！　なんという水！　なんという効果！……〉

「言葉もありませんよ。これが、魔法の力、なんですね」

「魔法の力そのものだよ！　見てごらん。月の光を海に落とすときは水に浸透させている。水が揺れ動き。震えているように見える。空に流れる雲はそこに軽く吊ってあるかのようだよ。風向きによってそれは動く。光の揺らめき。もやがかかると光は弱まり、港の塔はかすんで陰影の中に浮かび上がる。水と空の間の広がり。なんという真実だろう！」

何も言えなかった。同じように感じていた。心を奪われていた――

「これはクロード＝ジョゼフ・ヴェルネの『夜・月明かり』という作品だ。四枚がセットになった『一日の四場面』の一枚でね。ヴェルサイユ宮殿の王太子の図書室に掛けるために描かれた作品だよ。『朝・日の出』『昼・嵐』『夕暮れ・日没』、そしてこの絵だ」

「『夜・月明かり』……」

「夜の天体が照らし、色彩を浮かび上がらせる一方で、地上では炎が燃え、二つの光が織りなす効果がみごとに示されている。古典主義的な格調の高い風景画だけど、時代を超えて見る者の心を捉えて離さない絵だと思う。私の言う本質的なもの、真実をしっかりと捉え、調和に満ちた、いのちが感じられる作品だ――」

美術館を出てからも、僕はずっと彼の言葉をかみしめていた。

〈真実の美しさを伝えるもの。調和に満ち、いのちが感じられる作品……〉

今僕たちは何を求めて美術館に行くのだろう？　それはいい作品に出会って、心打たれたいから、感動したいから、癒されたいから、自分の中の何かを目覚めさせたいから、美しいものに触れたいから――。でも人びとが創作芸術を楽しめるようになったのは、せいぜい三〇〇年くらい前からのことなのだ。それまでは限られた空間で、限られた人にのみ許されたことだったのだ。そして彼らの好みに合うように作品は作られた。

「創作芸術は、古い価値観や等級に縛られるものではなく、だれもが楽しめて、美しいものを美しいと感じる心を育てるものなんだ——」

そのために彼は闘った。ここでも旧制度《アンシャン・レジーム》を打破するために。

ふり返ると、ドゥニの姿はどこにもなかった。

第15章 フランスは正しいのか

それからしばらく、ドゥニは僕の前に顔を見せなかった。

僕が城館《シャトー》の外に出て、森や谷間を散策していたせいもある。

森に出るには脇門の扉を開けなければならないけど、伍長に開け方を習ったのだ。彼は渓流に沿ってどこまでも行くのが好きだった。きっとふるさとの島に似た岩山の頂で、子どものころみたいに空想にふけるのだろう。

その日、森はうっすらともやに煙っていた。

ん?

木立の向こうにだれかいる。

「それで、島の長老がわが勇敢なるフランスの海軍提督に言ったんだ。お前は島の土にわれわれを奴隷にするというしるしを埋めこんだ。それは間違っていると――」

伍長の声だった。

「何だって?」

マキシームだ。

「きみも読んでみたまえ『ブーガンヴィル航海記』を。わがフランス海軍は二隻の軍艦で世界周航を成し遂げたのだ。その航海記録に海軍提督は誇らしく記している。南太平洋の島に上陸し、この島をフランスの領土とする領有宣言を行なった――と」

「それは革命の理想をあまねく世界に広めるためか? そうでなければ、いかなる国の旗の下であれ、人民を隷属状態におくことは許されない。革命が目指したのは人間すべてが平等に、不公平なく、自由に、幸福を享受することなのだ――」

マキシームはきっと、胸の前で両こぶしを振りながらしゃべっているのだろう。

「いや、そうだとは思えない」

伍長は冷静だった。

「わがフランスは、探検隊が到達した島や土地はすべてフランスの領土だとしている。イギリスもオランダも同様だ。あのクリストーフ・コロン以来」

「そこに暮らす人民はどうなる」

「わが同胞に服属させる。彼らを野蛮な風習と専制から解放するためにだ。わが軍隊が行く先々で諸国の民衆を専制政治から解放したように」

「しかし……それならばなぜ、長老は、フランスは間違っていると言うのだ」

マキシームの声はかすかにいらだっていた。

「彼は、それまでヨーロッパ諸国が当たり前のこととして行なっていたことに異議を唱えたのだ。フランスよ、お前のやり方は正しいのかと。正直に言っておれは衝撃を受けた。そこまで突きつめて考え、問いかける者はだれ一人いなかったからな」

「伍長、きみがそこまで言うのなら読んでみよう。『ブーガンヴィル航海記』か。特権を振りかざして市民階級を苦しめる貴族の著書だとしても、一読の価値はありそうだ」

「ははは、相変わらずだな。でもそういうところがきみらしくていい。ただ誤解のないように言っておくが、肝心な点を記録したのは――」

風向きが変わったのか、二人の声が急に小さくなった。

「虐げられようとする者に自らを同一化したのか……」

「だから彼は……」

「信じられない男だ……」

聞こえたのはそこまでだった。

『ブーガンヴィル航海記』――僕もその本を読んでみたいと思った。

森から戻ると、僕はまっすぐ書庫に向かった。

「ええと、ブーガンヴィル……ブーガンヴィル……と、あったぞ！」

航海記は二冊あった。『ブーガンヴィル航海記』と『ブーガンヴィル航海記補遺』だ。僕は二冊とも抜き出して、まずは『航海記』から読み始めた。

『ブーガンヴィル航海記』。正式の題名は『一七六六年、一七六七年、一七六八年、一七六九年に、国王の巡洋艦ブードゥーズ号と輸送船エトワール号によって行なわれた世界一周航海記』という。国王あての献辞にはじまり、序論、世界周航記本論と続く大作だ。

著者ルイ＝アントワーヌ・ドゥ・ブーガンヴィルは、フランス人として最初に世界一周を成し遂げた提督で――後に海軍中将に昇進しているので提督とした。周航当時は海軍大佐だった――ルイ十五世統治下の一七六六年十一月からおよそ二年と四か月をかけて世界を一周している。

コースは西回りで、ロワール川河口の港町ナントを出航して、大西洋を斜めに横切り、南米大陸を回ってマゼラン海峡を通過し、太平洋に出てタヒチ島に上陸。ここで十日ほど過ごした後オセアニアの島々を蛇行して進み、パプア・ニューギニア島、モルッカ諸島、ジャワ島を経てインド洋に達した。その後マダガスカルの東にあるモーリシャス島に立ち寄り、アフリカ大陸最南端の喜望峰を回って、一七六九年三月、フランスに帰還している。

ブーガンヴィル提督は未知の島に上陸すると、当時のヨーロッパ人探検隊のだれもがしたように、フランス国王の名前で領有を宣言した。でも『航海記』を読むかぎり、不思議に〈征服者〉のイメージは浮かんでこない。あの名誉と黄金をひたすら追い求めたコルテスやピサロのような、ぎらぎらした感じがないのだ。

提督は上陸した先々で、その土地での体験や、人びとの暮らしぶり、風習をきちんと書き留め、島の気候や気象、航行した海洋の情報、船の操作の具体的な説明、さらに天文学や地理学に関する記述も残している。この本はそもそも、彼の後に続く船乗りに読んでもらうことを目的に書かれたようだ。

「探検家としてもひとかどの人物だ」

博識だし、物事を客観的に見ている。タヒチ島についてもその位置、緯度と経度、船で回った海岸線や、歩いて探検した土地の様子が克明に記されている。内陸に高い山がそびえ、そこから川が流れて土地を潤していることや、やしの実、バナナ、カボチャ、サトウキビが取れ、豚や犬、ネズミ、めんどり、おんどり、キジバトがいること——などだ。

提督率いる探検隊が遠くにタヒチ島の島影を発見したのは、一七六八年四月二日のことだった。島民との出会いはおおよそこんなふうに記されていた。

四月四日——朝、丸木舟に乗った原住民が船に接近してきて、さかんにバナナを差し出す。丸木舟はしだいに数が増えて一〇〇艘近くになり、物々交換がはじまる。彼らはバナナと豚を差し出し、われわれは帽子、ハンカチを与えた。
四月五日――昼、停泊地を探す。島を展望すると、山から滝が流れ、下に小さな集落がある。非常に美しい景観だ。しかし海底に岩礁が多く停泊できない。島民との物々交換を継続する。島民はくぎ、耳飾りなどを欲しがる。
四月六日――停泊地を探す。丸木舟が周囲に群がって船を停泊させることができない。彼らは口々に「タイヨ（友よ）」「タイヨ」と叫んで、歓迎の意を表明する。丸木舟には大勢の女性たちが乗っており、その美しさはヨーロッパ人に劣らない。

彼らは歓迎されたのだ。タヒチの人びとは船で近づいた異国人に敵意を抱かなかった。でも……この後に信じられない記述がある。

四月六日（続き）――女性たちに付き添う男性とおばあさんが、彼女たちの腰巻きを取って全裸にする（おいおい）。男性たちはブーガンヴィルの一行に向かって、丸木舟の女性の中からそれぞれ好きな一人を選んで、あとをつけて上陸し、彼女といい仲になれと、身ぶり手ぶりで勧める。

〈マジかよ？　こんな歓迎ってありか？……〉

まるでポルノだ。女性の中には若い女の子もいただろうし、熟女もいたかもしれないけど、それにしてもいきなりすっぽんぽんじゃ仰天しちゃうよね。二十一世紀に生きる僕が驚くくらいだから、探検隊一行は——航海記によれば旅客として二人の貴族も乗っていたらしいけど——みんな腰を抜かしたんじゃないか。

でもこれはこの島ではごくふつうのことらしい。別に島全体があやしげなフーゾク産業で生計を立てているってわけではなく、男女が互いにその気になれば、だれでも快楽に導かれるまま性交をしてしまう。それはとても自然なことで、

「だよなー」

「なのよー」

それが島のルールだという。道徳に反するとか、ふしだらとかいうことはいっさいない。既婚者も、もちオーケイというから、めちゃくちゃおおらかなんだね、彼らって。

四月六日（さらに続き）——ブーガンヴィル提督は数人の士官を連れて島に上陸する。村長が一行を迎え家に案内する。家の中にいた五、六人の女性が胸に手を当て「タイヨ」と叫んであいさつする。家にはもうひとり、白髪に長いあごひげの、威厳のある、ととのった顔だちをした

村長の父親がいたが、終始きわめて冷淡な態度で、一行のあいさつにも答えず、奥へ引っ込んでしまう。

村長の家は間口が六・五メートル、奥行きは二十六メートルほど、なかなか大きな家だ。天井から柳の円柱がぶら下がり、男神と女神の像が円柱型の台座の上に置いてある。

村長は一行を屋外の草の上に座らせ、果物や焼き魚でもてなす。帰りには木の下に座っていた美女が一行を草の上に座らせ、仲間の笛に合わせて歌を歌ってくれた。

島民四人を船に招待し、食事をふるまい、フルート、チェロ、ヴァイオリンを聴かせ、花火を見せてもてなす――これは島民を怖がらせてしまったみたいだが――。

〈探検隊一行と島の人びとの交流は平和的、友好的にスタートしたんだ……〉

島はいくつかの村（地区）に分かれ、村長がいてこれを治めている。重要な決定は村の主だった人びとが話し合い、村長がひとたび物事を決定すると、みんな異議なく従うという。

提督は何回かの交渉を経て、野営地設営の許可をもらったようだ。やがて物々交換が始まり、村人は果物、めんどり、豚、魚などを持ってくる。彼らが欲しがる品物はくぎや大工道具、ボタンなどだ。探検隊員は村長の許可を得て山で木を切り、まきにして船に運んだ。村人も手伝ってくれるので、仕事量にしたがってくぎを与えたと記されている。

〈きっとくぎが珍しかったんだろう。だいいち便利だし……〉

男神と女神の像が家に置かれているように、島民は迷信的で、まじない師のような司祭が非常な権威を持っている。最高神はエリ・トゥ・エラという太陽または光の王で、その下にいろいろな神々や精霊がいる。善や悪の精霊は人びとのすることに力を振るうらしい。

「迷信の中には、彼らがヨーロッパの人間と同じ起源を持つことを示す痕跡が認められるものもある――」と、提督は記している。

〈キリスト教はともかく、精霊や祖霊信仰はどこにもあるからね。わかるわかる……〉

気になる箇所といえば、探検隊員はおおらかすぎる島の人びとから、女の子とはだかで愛し合わないかと、毎日のように誘われたみたいだ。彼らも島の生活に慣れてきて、

「そんなに言うのなら、ま、いっか」

と、ある日隊員の一人が若い女の子と小屋に入った。地面には木の葉や花が敷きつめられていて、いいムードがかもし出されている。ところが二人がはだかになっていよいよというときになると、男女がどんどん小屋に入ってきて、二人のすることを見物するという。わーお！　女の子の方は慣れているから、いいわよって感じで、全然恥ずかしがらないけど、え？…　隊員は固まっちゃったらしい。だろうな。僕だったら恥ずかしくて、とても人前で服なんか脱げないけど、島ではこれがふつうらしいのだ。

性愛は基本的には自由で、男性はもちろん、結婚した女性でも夫が同意すれば――妻が申し出

れば、ほとんどの場合すぐに同意が得られるという。ほんとかよ――だれとでも抱き合うことが許される。独身の男の子も女の子も、こだわりなく異性に身を任せるという。

こんなこと『地球の歩き方』には絶対載らないよね。載ったら観光客が殺到して収拾がつかなくなっちゃうだろうしさ。でも提督はさすがだ。冷静に観察し、記録したんだから。

「島民の間では一夫多妻が一般的であり、島の温和な風土のせいか、歌や踊り、闘技など、すべてが人びとを性愛に向かわせる。そうして快楽に身を委ねる生活のせいか、注意力とか精神を集中して取り組むことは、たとえ労働であっても苦手である――」

つまり……そういうことなのだ。

意外な記述といえば、彼らは非常に清潔好きで、絶えず水浴し、食事の前後には必ず手を洗うという。皮膚に色を塗ったり、入れ墨をする習性もあるそうだ。

着るものは、男性はほとんどふんどし一丁だけど、主だった人、つまり有力者とか女性は、大きな布を身にまとい、女性は日焼けに注意して、外に出る時には必ず籐《とう》で作った帽子をかぶる。ＵＶローションなんてない時代だもんな。

食べ物は植物と魚がほとんどで、男性のみが、まれに肉を食べる。アルコール飲料やタバコはたしなまない。人びとは健康で寿命は長く、年寄りも丈夫な歯を持っているそうだ。

やがて小さないさかいが発生する。探検隊員の持ち物が忽然と消えたことが発端だ。村人に盗み癖があるわけでも泥棒がいるわけでもない。それが証拠に、彼らの家は開けっ放しだし、錠もなければ留守番も置かない。それならなぜ？　答えは好奇心による衝動としか言いようがない。村人にすれば見るものすべてが初めてで、珍しくて仕方がないから、つい手に取ってみたくなる。それだけのことだ。でも物がなくなれば探検隊は警戒する。野営地に柵を設け、小銃を持ったパトロール隊を置くようになる。そして悲劇が起きる。

四月十二日――三人の島民が探検隊員の銃剣で殺害されたという報告が入る。全土に警報が広まり、年寄り、女性、子どもは山に逃亡する。島民の襲撃があるかもしれない。

〈『コロンブス航海誌』にも似たような記述があったよな……〉

好奇心や恐れから生まれる行為と過剰な反応、誤解が誤解を招き、言葉の壁や習慣の違いがそれを増幅させる。たいていの場合、過剰な警戒心が殺傷事件を引き起こし、やがてそれが大規模な虐殺事件を勃発させる。ヨーロッパ人探検隊の新大陸到達は、ほとんどがこうした暴力と先住民虐殺の歴史だった。しかしブーガンヴィル提督の行動は違った。

四月十二日（続き）——ブーガンヴィル提督は野営地におもむき、村長の目の前で、犯人と考えられる四人の兵士を鎖でつなぐ。島の人びとはこれを見て満足したらしい。

夜、島民の襲撃はなかった。

四月十三日——島の人びとはだれも野営地に近づかない。海では丸木舟も見当たらず、人の気配がない。

船に旅客として乗りこんでいたドイツ人貴族が奥地へ探索に出かける。野営地から約四キロの地点に、村長と多数の島民を発見する。村長はぼう然とした様子で彼に近づく。女性たちは泣きながらひざまずき、「あなたは友人だ。それなのにわれわれを殺した」と、手に接吻して何度も叫ぶ。彼らをなだめて連れ帰る。

そのあと大勢の村人が、めんどり、やしの実、バナナをたずさえて野営地にやってくる。ブーガンヴィル提督は絹の服一そろいと、いろいろな道具類を主だった人びとに贈り、また前日の事件について謝罪し、犯人の処罰を約束する。島の人びととの友好は回復された。

四月十四日——夜までかかって野営地の撤去作業をする。

ブーガンヴィル提督は野営地のそばの地中に、タヒチの領有宣言（ミズナラの板に宣言を彫りこんだもの、および二隻の船の士官の名前を添え、瓶に密閉したもの）を埋める。

四月十五日——タヒチ出発。明け方、船が帆をかけているのを見て、村長が一人、丸木舟でやって来る。船の上で一人ひとりを抱きしめて涙を流す。妻たちも船でやって来る。

村長が、アオトゥルーという島の若者を一緒に連れて行ってくれと頼む。提督は承諾する。
村長にたくさんの贈り物を渡す。
船は島の人びとの悲しみのうちにこの島を出帆した。

ブーガンヴィル提督はこの後、島から連れ帰った若者がパリの社交界の好奇心の的になったこと。いくら学ばせてもフランス語を話さない若者にパリっ子が冷笑を浴びせたこと。にもかかわらず、若者は買い物やオペラ見物などパリの生活を楽しんだこと——などを書き記し、偏見を通してしか物事を見ようとしないフランス人を厳しく批判している。

そしてその一方で、この若者から教えられたこともきちんと書き残している。たとえば、タヒチの人びとは身分的に平等であり、彼らは自由であり、この自由は万人の幸福のために設定された法だけに制約されている——と考えていたことは錯覚にすぎなかった、と。

僕は『航海記』を一気に読んでしまった。そしてブーガンヴィル提督の勇気と冷静な判断力、誠実な人柄に心底打たれた。ただどこを探しても、島の長老が「文明国フランスのやり方は間違っている」と抗議するシーンはなかった。『補遺』にあるのかもしれない。

「ルー、がんばってるじゃない。一息入れてお茶にしたら」

エプロンドレス姿のアニェスがコーヒーとタルトをテーブルに置いてくれた。

「ありがとう。ひとつ聞きたいことがあるんだけど」

「なあに」

「きみ、タヒチへ行ったことある？」

「もちろん。妖精ですもの。あそこは精霊がいっぱいいて、いたずらや悪さをするから気をつけないといけないのよ」

「タヒチって、今もフランス領だよね」

「フランス領ポリネシアの一部よ。島は昔と変わらない。人もやさしいわ、とても」

「今も変わらない？　じゃ、かわいい女の子がすぐに恋人になってくれるとかも？」

「いやあね。なに考えているのよ。ポールの時代じゃないのよ」

「ポール？」

「ポール・ゴーギャンよ」

これ以上聞くと心の中を見透かされそうだから、黙ってコーヒーを飲んだ。

「そうそう、メッセージをお預かりしてきましたわ」

アニェスは急にメイドの口調になると、ドゥニからの伝言を読み上げた。

「ルー君、伍長とマキシームに言われて、『ブーガンヴィル航海記補遺』にいま一度目を通すことになった。放っといて悪いけどもう少し時間をください。ドゥニ――」

「なんて偶然なんだ！　僕も同じ本を読み始めようと思っていたところだよ」

「そうお伝えしますわ。永久にさめないポット置いていきますから、ごゆっくり」

メイドはおじぎをすると、五、六歩下がったところで金色の粉の中に消えていった。

『ブーガンヴィル航海記補遺』は『航海記』とまるで書き方が違っていた。『航海記』の科学者のような簡潔で明快な文体が、『補遺』では打ち解けた会話形式になっている。書き落としやエピソードを寄せ集め、肩のこらない読み物にしたのだろう。

しかも明らかに物語の形式を取っている。二人の教養ある紳士、ムッシューAとムッシューB――たぶん貴族か裕福な市民だろう――二人が『航海記』を手に提督一行の航路をたどり、タヒチ島まで読み進んだところで、話が始まる。

フランスのような文明社会こそ人が暮らすのにふさわしいところだ、というムッシューAに対し、ムッシューBは、島で自由に暮らしている人びとにとって、文明社会の複雑な法律や生活慣習は、自分たちを束縛する手かせ足かせとしか考えられないのではないか、と反論する（まるでジャン＝ジャックみたいだ）。そして、きみはタヒチの夢物語に目をくらまされているのではないかというムッシューAに、ムッシューBが、

「とんでもない！　もしあなたが『ブーガンヴィル航海記補遺』をご存知なら、提督の誠実さに

疑いを持つ余地などないはずだ――」

と、テーブルに置かれている『補遺』を読むことをすすめる。物語はここからはじまるのだ。

「お前は島の土にわれわれを奴隷にするというしるしを埋めこんだ。それは間違っている――」

探していた島の長老の異議申し立ては、冒頭に出てきた。彼はブーガンヴィル一行が島をたつ日に、別れを惜しんで涙に暮れる人びとを尻目に、前に進み出てこう言ったのだ。

「みじめなタヒチ人よ。泣け。うんと泣け。だがこの野心にとりつかれた腹黒い男どもが今日、島から出て行くことを悲しんではならない。それより、彼らがここへやって来たことを悲しんで泣くがいい――」

「いまにやつらはもう一度戻ってくる。片手に十字の形をした木切れを持ち、もう一方の手に剣を握ってやってくるのだ。みんなを鎖につないだり、のど笛をかき切ったり、やつらの無法な仕打ちや悪行に、みんなを無理やり従わせようと、やって来るのだ――」

そしてブーガンヴィル提督に向かって叫ぶ。

「われわれの島の岸辺から、さっさとお前の船を遠ざけてくれ。われわれは罪を知らない。われわれは幸福に暮らしている。お前にできることといったら、われわれの幸福を台なしにすることだけではないか――」

「われわれは自由に生きている。なのにお前は、島の土に、今後われわれを奴隷にする、というしるしを埋めこんだ。お前は神でもないし、悪魔でもない。人を奴隷にしようとするお前はいったい何者なのだ――」

そしてフランス語がわかる（らしい）通訳のオルーに言う。

「やつらがあの板金に書きつけた言葉を、島のみんなに読んでやれ。『この土地はわが国の領土である』と。この土地がお前の領土だと？　それはまたどういうわけだ。お前がこの土地を踏んだからか。それならもしある時、一人のタヒチ人がお前の国の海岸に上陸し、そのあたりの石か木の皮に、『この土地はタヒチ島民の領土である』と彫りこんだら、お前はいったいどう考えるのか――」

〈だよなー……〉

僕がうなずいてしまったのは次のくだりだ。これこそマキシームが追い求め、伍長が定着させたと自慢する、フランス革命の精神ではないだろうか。

「タヒチ人はお前の兄弟じゃないか。お前とタヒチ人は自然の二人の子どもなのだ。いったいお前は、タヒチ人を支配するどんな権利を持っているのだ。われわれはお前に対して何の権利も主張していないのに、お前はこの島にやってきた。だが、われわれはお前に飛びかかったか？　お前の船を略奪したか？　お前を捕まえ、われわれの敵の矢面に立たせたか？　お前を畑に連れ出し、家畜の労役を手伝わせたか？

われわれはお前のうちにわれわれと同じ人間の姿を認め、それを尊重したのだ――」

そして、僕自身はっとさせられた文明批判が展開される。

「われわれの風習をそのままにそっとしておいてくれ。お前の風習よりずっと賢明でまともなのだから――

われわれは必要なものはすべて持っている。ほかのものを何も欲しがらないからといってばかにしないでくれ。腹がへれば食べる物は十分ある。寒くなれば着る物は十分ある。

お前は、お前が生活の潤いと呼んでいるものを好きなだけ求めればいい。だがわけのわかった人なら、いつまで骨折りを続けても、結局、手に入るのは幻の利益だけだということがはっきりわかるだろう。そうなればもうそんなものを探そうとはしないものだ――」

〈なぜ提督は『航海記』にこの部分を入れなかったのだろう……〉

長老の言葉が挿入されたからといって、彼の立場や誠実さが問題にされるとは思わない。むしろヨーロッパ諸国が競って南北アメリカ大陸や太平洋に探検隊を出し、到達した土地に次々に自国の旗を立てて領有宣言をしていた時期に、素朴な疑問と抗議の声を上げることは、フランスの良心を世界に知らせるチャンスだったのではないだろうか。

〈あの自信家の伍長が衝撃を受けたくらいだもんな……〉

おそらくこの部分は翻訳に時間がかかり、『航海記』に間に合わなかったのだろう。

後半は探検隊付き司祭と島民オルーの会話で物語が展開する。テーマは――あまりアニエスには知られたくないけど――性愛の自由と道徳律だ。正直ちょっと興奮する。

タヒチ島では性愛はとてもおおらかだったみたいだ。

『補遺』にはいろんなことが詳しく書かれていた。子どもは成人するまでは親の監督下に置かれ、男の子は成人式まではすその長い上着を着て、腰に鎖を巻きつけていなければならないとか。女の子は外出には白いヴェールをかぶらなければならないとか。でも成人式がすめば誘ったり誘われたりは自由だし、性交渉も好きな相手とし放題とか、いろいろ。

〈したい放題っていいんだけどさ……〉

成人式っていうのが、またオープンすぎるのだ。

女の子の場合だと、前の晩、小屋のまわりに若者が群がって、夜通し歌や楽器の演奏をする。当日、彼女が両親に連れられて囲いの中に入ると、そこでは若者が踊ったり、跳躍やレスリングの練習をしたりして、たくましさを見せつける。そのうち一人の若者がはだかにされ、いろんな姿勢を取らされて、体を隅から隅まで見せてやる。これがお祝いの儀式なのだ。

〈みんなの見てる前でなんて、縮んじゃうよな……〉

男の子のお祝いだと、取り囲んで引き回したり儀式を行なったりするのは娘たちだ。この場合もやっぱり彼の前で一人の娘がはだかにされ、体をどこも隠さずむき出しにされて、すべて見せてやるという。

〈きっと立っちゃうだろうな。でもまずいっすよ、それって……〉

そしてお祝いの儀式が終わると、『航海記』にも記されていたように、草や木の葉を敷きつめた寝床の上で、娘と若者がはだかで重なり合い、それを大勢が祝福して終わる。

それから後は、誘ったり誘われたりしながら、したい相手としたいことをして、結婚相手を決めていく。結婚が決まれば一緒に暮らす。

〈女の子はみんな処女じゃないんだ……〉

つまりそういうことなのだ。別にふしだらでも何でもないし、とがめられることもない。子どもができてしまったら当たり前のように産んで育てる。子どもは島全体の財産だと考えられているから、みんな納得する。

〈結婚はするんだ……〉

一緒に暮らしたい相手が現れると、子どもがいる娘は子どもを連れて若者の家に行く。彼は歓んで迎え入れる。女の子は子どもの数が多いほどもらい手が多く、若者は体がたくましく美男であるほど裕福で、多妻だという。

一夫一婦制じゃないから、

「きみは僕だけのもの」とか、

「あなただけよ愛しているのは」なんて気持ちはない（らしい）。

これってちょっとさびしい。

「あなたは終生この妻を愛し、健やかなるときも病めるときも――」

厳かな結婚の誓いもないんだろうな。指輪を交換したりするのも。

探検隊員歓待の割りふりで、キリスト教司祭の宿を引き受けることになったオルーは――彼は通訳だから、ある程度スペイン語やフランス語が理解できたらしい――司祭に妻と三人の娘を紹介し、質素だが健康的な夕食でもてなす。ところが寝る時間になるとオルーは司祭の寝室に、なんとはだかになった妻と娘を連れてやってくる。わーお。

「こっちは女房、あっちはおれの娘だ。どれでも気に入ったのを選ぶがいい。だが、どうだろう。もしまだ子どものいない末娘ティアを選んでくれたらうれしいんだけど」

おいおい。司祭様は飛び上がるほどびっくりしただろう。カトリック司祭といえば生涯独身、それも性欲という根源的な欲望を捨てて神に仕える人間だ。ノン。ありえないよ。だめ。おやすみなさい。

「私の宗教、身分、正しい風習、慎みが、お心遣いを受け取ることを許しません」

当然の返答だ（僕だったらここまできっぱり言えるかどうか……）。結局、堅物の司祭の心をとろかしたのは、彼の膝を抱きしめて（ここまでですごいことだけど……）懇願する十九歳の末娘の言葉だった。

「外人さん、お父さんやお母さんを悲しませないで。私のことも悲しませないで。この小屋で、身内のみんなが見ている前で、どうかあたしに名誉を与えてちょうだい――

外人さん、あんたはとてもいい人です。どうかあたしに冷たくしないで、あたしを母親にしてくださいな。あたしに子どもを産ませてちょうだい――」

いじらしいまなざしで彼の目をのぞきこむ娘と二人で残されて、司祭は彼女を抱いた。それどころかオルーの家に滞在した司祭は、順番に四人と寝てしまったのだった。

いったいどちらが正しいのか。

したくなったらだれとでも性交をしてしまうのが自然なのか、それともそれは夫婦や恋人にのみ許されるものなのか。二人は延々と論じあう。でも司祭は末娘としてしまったせいか、もうひとつ迫力がない。一方オルーは自信満々だ。

「自然がすすめている罪のない楽しみを、なぜ悪いことだと言うのかね。楽しみだからこそ陰に隠れてこそこそしなくてもいいのだし、みんなの見ている前で性交したって、ちっとも恥ずかしいことじゃない――」

司祭は反論する。神は許しません。二人が結婚式をしてからでなければ、と。

「この儀式で男は一人の女のものになり、女は一人の男のものになるのです。一生涯」

「一生涯だって？」

オルーはあきれる。

「それはまた奇妙なおきてだ。自然に背いているよ。本来自由な人間がほかの人間のものになる、あるいはそうなれると、勝手に決めてかかっているんだからね」

タヒチでは、男も女もたとえ結婚していても、決して相手の所有物ではなく、一人ひとりは自由だ。だから妻がほかの男と性の楽しみを味わっても、嫉妬したり、裏切られたという感情はわかないのだという。

「それにそのおきては、物事を支配している法則にも合っていない。人間だれもが持っている移り気というものを禁止し、持ちえない節操というものを命じているんだから」

オルーは、肉体の楽しみは決まった相手とのみと縛りつけるのは、互いの本性と自由をふみにじるものだという。

「そんな束縛はね、かえって自分を苦しめる罪の意識を増やすだけだよ」

そう言われると司祭は返す言葉がない。フランスでも若者が娘と寝ることはあるし、既婚女性がほかの男性と性愛にふけることがないとは言えないからだ。

「それじゃ、あなたがたは結婚はしないのですか?」

「するよ。お互い同士都合がいいと思う間だけ、同じ小屋に住み、同じ寝床で寝る」

「じゃ、都合が悪くなれば?」

「別れるね」

「二人の間でできた子どもはどうなるのですか?」

「子どもは大事な財産だ。島の未来を支えるのだから。だからみんなで大切に育てる」

女性が両親の家に戻るときには、嫁入りの財産として持参した子どもは連れ戻すし、二人が同居している間に生まれた子どもは互いで分けあう。その場合は、どちらにもほぼ同じ数の娘と息子が残るように配慮する——というのだ。

「おれたちは、島の全生産物の六分の一を子どもの養育費と年寄りの扶養手当に当てている。この手当ては彼らがどこに住もうと付いてまわる。だからタヒチでは家族が増えれば増えるほど豊かになるわけだ」

これがオルーの答えだった。

性愛はそんなに自由なものなのか? 司祭は後の方でこう記している。

「男が娘に取り囲まれたりして、彼の体が明らかにある変化を起こしたとしても、別に赤い顔をしたりはしない。一方、女たちもそれを見て、時に興奮することはあっても、決してどぎまぎしたりはしない。性愛に人の目を恥じる気持ちや後ろめたさが生まれたのは、女性が男性の所有物になってからのことだ。そして慎みや行儀という言葉が生まれ、現実的に根拠のない美徳と悪徳が生まれたのだ――」と。

〈でも、道徳《モラル》とかルールってほんとに要らないのだろうか……〉

女の子を好きになったら独占したくなるのが自然じゃないのか？　たとえばトモエとか亜美ちゃんが僕の恋人で、時にはだかで抱き合ったりする仲だとする。僕はこっそりほかの女の子とつきあったりもするんだけど、それでもトモエに、

「あたし、きょう翔太に誘われてんの。しちゃってもいいかなって思ってる」

なんて言われたらすっごく頭にくる（と思う）。亜実ちゃんなんてかわいいから、

「昨日は裕樹に誘われたし、隆夫は隆夫でずっとあたしに目をつけてるのよ」

なんて言うかもしれない。自分のことは棚に上げて、相手にはだめ出しなんて、勝手すぎるかもしれない。でも聞くたびに僕は不機嫌になるだろうし、だいいち許せない。

僕は彼女を所有してるわけではないし、道徳律に縛られているわけでもないけど、好きになる、だから独占したくなるっていうのは、素朴で自然な感情ではないだろうか。

「性愛は自然な感情だ。だからそこに美徳とか悪徳の道徳律を無理やり持ちこんで、それをコントロールしようというのは、土台、無理で意味のないことなのだ――」

と、タヒチ人は言うけど、それなら感情のおもむくままにしたい放題がいいのか？　一瞬ひかれるよ。マジで。でもさ、ある一線というか、これを越えたらおしまいよっていうのがある方が、まっとうなんじゃないかって気がする。いい子ぶるわけじゃないんだけどさ。

〈提督はなぜこの部分を『補遺』として書き残したのだろう……〉

生粋の軍人で、だれに対しても思いやりのある、私欲のない、高潔な人柄の彼だからこそ、タヒチの人びとの異議申し立てを記録し、発表しなければならないと考えたのだろうか。

「フランスは正しいのか……」

それは、当然のように未知の島に領有宣言のしるしを埋めこむことに対してだけではなく、人間がほかの人間を所有物として扱うこと――にも向けられている。

「人間は自由であり、どんな者にも隷属してはならない。国家もまた同じなのだ」

彼は、それをあえて島の長老やオルーの言葉を借りて表現しようとした。そして性愛に関してこんな自由な考え方もあると（フランスの貴族なんてめちゃめちゃだからね）、一石を投じるつもりで記してみたのではないだろうか。

そんなことを考えながら僕は本を閉じ、本棚に返した。その時点で重大な思い違いをしていたことにも気づかずに。

「島民の立場になってここまで書くなんて……おれは彼を誤解していたようだ」

木立の中から伍長の声がした。

「実に深い。弱い立場の人びとにこれほど共感を示していたなんて、彼を知らなすぎた」

マキシームのつぶやきを聞いたとき、僕ははっと気がついた。

〈あれを書いたのはブーガンヴィル提督ではなく、〈彼〉だったのか!……〉

――『ブーガンヴィル航海記』および『ブーガンヴィル航海記補遺』の内容については、岩波書店刊『啓蒙の世紀の光のもとで』と、中央公論社刊『世界の名著35〜ヴォルテール ディドロ ダランベール』の、中川久定訳を参考にしました。

第16章　哲学者の使命だから

「実は私が書いたんだよ」

ドゥニはうれしそうに切り出した。

「完全にだまされました。僕はてっきりブーガンヴィル提督が書いたのだと信じて読んでましたよ。それもずいぶん手のこんだ書き方をしたんだなあって」

「あははは」

とたんにいたずらっ子の顔になる。煉獄での時間の流れ方はよくわからないけれど、長くいればいるほど年を取るってわけではなく（当たり前だ）、自分のやってきたことに夢中になれる人は、そのぶんエネルギッシュで若返っていくみたいだ。

「『ブーガンヴィル航海記』を読んだとき、私はわが提督の誠実さ、公平さに感激したよ。未知の島を発見し、そこに暮らす人びとと出会い、言語も風習も違う彼らとの交流を、主観的にではなく、科学者のように客観的に描写するその人柄にね」

「それ、僕もですよ」

「それで、ぜひとも書評を書こうと思った。例の『文芸通信』にさ。あの雑誌には絵画批評だけでなく、評論や小説なんかも書いていたからね。ところが読んでいるうちに、心が騒ぎはじめて、考えが変わってしまったんだ」

「心が騒ぎ始めた？……」

「そうなんだ。自然の中でそのままの姿で暮らす人間がいたことに、正直言ってびっくりしたんだよ。われわれつまり『百科全書《アンシクロペディ》』を書いた仲間が想定した太古の自然人が、実際にタヒチ島にいた――」

「太古の自然人……」

「ほら、前にも話したように、人間はもともと自然の中で、普遍的な規律やマナー、つまり自然法にのっとって暮らしていた。ところが自らが築いた文明によって、本来持っていたものを失った。われわれはそんなふうに想定していたから」

「太古の昔、人間は自然状態にあり、そこから社会状態に移行したんでしたね」

「自然法にのっとっているかぎり、人間は自由で、支配＝従属関係はなく平等だった」

「つまり……身分差別も、抑圧も、搾取も、最初はなかった」

「そこであらためて聞きたいのだけど、ルー君、〈文明〉って何だと思う?」

「文明ですか?　うーん、むずかしいな。えーと、文明とは……人間が科学の発達や技術の力によって自然に働きかけ……発展し……進んだ社会の状態、でしょうか」

「私はこうも言えると思う。文明とは基本的に人間に秩序を課すことだ——と」

「秩序を課す?」

「ウイ。文明社会ではだれかがほかの人の主人となるだろう。上に立って力をふるう者と、それに従う者がつくりだされる。人間本来の自由、平等はいやおうなしに制限される」

「確かに。文明が進めば進むほど、身分の上下が生まれ、役割が課せられる。そしてやっていいことといけないこととか、いろんな規則が増えてくる」

「ダコー、そうなんだ。もし文明社会の人間が自然人を見たら奇異に感じるだろうし、自然状態の人間から見れば、文明人のやることは奇妙で不思議だってことになるだろう」

「どちらの側も、ですね」

「ところが『航海記』をいくら読んでみても、フランス人がタヒチの人間のやることをどう思ったかは書かれていても、彼らがわが同胞をどう思ったかは、ひと言も記されていない。きっと彼らには、フランス人のやることは奇妙で、理解できなかったはずだよ」

「書かれているのは、文明社会の物差しで描かれた彼らの姿でしかないですね」

「私はだから、島の人びとの言い分、彼らから見たフランス人の姿を、航海記の記述に沿って書いてみたいと思った。彼らの言葉を書き加えることで、『航海記』にさらに深い意味を持たせたいと思ったんだ」

「さらに深い意味……」

「わが提督の人格のすばらしさはともかく、島の人間としては、これまで文明圏の外にあったからというそれだけの理由で、フランスの支配を受けなければならないなんて、とうてい受け入れられないことだったに違いない。なのにヨーロッパ各国は未知の大陸や島々に探検隊を出し、競いあって土地の領有宣言をしてきた。われわれはだれもこのやり方に疑いを持たない。でもこれは正しいことなのだろうか？」

「文明国の植民地拡張政策そのものが問われる」

「私は友人レナル神父の『両インド史』の執筆を手伝って、ヨーロッパのカトリック教徒が、見知らぬ土地でどれほどひどい残虐行為と悲劇を繰り返してきたかを知り、それを糾弾しようと思った。悲劇というより、率直に言ってこれは〈悪〉だと思う」

「土地を領有し、住民を奴隷扱いし、黄金と香辛料を奪い取ってきたこと、ですね」

「人間すべてが平等で、不公平がなく、自由に、幸福を享受する。これはありとあらゆる人間社会に普遍的なものでなくてはならない。違うかい？」

「違いません。おっしゃるとおりです」

「だとすれば、われわれの知らない土地で行なわれているこの悪に、目をつぶってはならない。

悪は断じて糾弾されなければならない。人間の良心の名においてね。ではだれがその役割を果たすのか？　それこそ真理を愛する者の使命ではないだろうか。そう思った瞬間、私は『航海記』を別の視点から書こうと思った」

「タヒチの人びとの立場に立ってですか」

「自然の中に生きる彼らの感性、その生活原理に立ってさ。で、もう一度『航海記』を読んだ。そして提督が村長の家を表敬訪問したとき、きわめて冷淡な態度をとった父親 —— 威厳があり、ととのった顔だちをした白髪の長老 —— の姿を思い浮かべ、彼こそフランスのやり方を糾弾するのにふさわしい人物だとひらめいた」

「じゃ、あの島の長老の言葉はあなたの創作なのですか。さも提督があとから聞き書きを書き加えたように読めますけど」

「私の作り話だよ。どうせなら、読者がみごとにだまされる構成と展開を考えたのさ。だってそれくらいの茶目っ気がなくちゃあ、読む方もわくわくしないだろう」

「ドゥニ、あなたって人は……」

「あははは、いたずら心が騒いだのさ」

「私が思いをこめて書いたのは、きみが忘れられないと言ってくれたこのくだりだ。

『タヒチ人はお前の兄弟じゃないか。お前とタヒチ人は自然の二人の子どもなのだ ——』

ここには彼らの生活原理がある。彼らはわれわれに同じ人間の姿を認め、それを尊重しようとした。わが同胞はなぜ同じ感性で物事を見ようとしなかったのか？　フランスは正しいのかと、あえて問いかけたのは、それを考えてほしかったからだ」

「それはそのまま、植民地拡張政策への批判でもある」

「ルー君も知ってのとおり、わがフランスはルイ十四世陛下のころから、アフリカ西海岸のセネガル、東インドのポンディシェリー、シャンデルナゴール、北アメリカではヌーヴェル・フランス、ルイジアナ、そして西インドのサン・ドマング、グアドループ、マルチニックといった島々に植民地を獲得し、とりわけ西インドでは大きな利益を上げた」

「西インドの島々ってカリブ海ですね。砂糖の生産が大々的に始まったからでしょう」

「よく知っているじゃないか」

「西洋史学科の学生ですから、それぐらいは」

「あはは、そうだったね」

「僕、調べたことがあるんですよ。西インド諸島では初めのうちはタバコや綿花が栽培されていたけど、一六五〇年くらいからサトウキビに変わり、一七〇〇年ごろには砂糖の一大生産地になった。フランスをはじめヨーロッパ各国では、このころから砂糖やコーヒーが好まれ、消費が大いに伸びたから、フランス商人は大儲けしたはずです」

「ルー君、私よりよっぽど詳しいよ。あのころ砂糖を中心とした西インド貿易は、全貿易高のほぼ三分の一を占めていた。ナント、ボルドー、ラ・ロシェル、ル・アーブルといった大西洋岸の港は大にぎわいで、大きな帆船が倉庫の並ぶ波止場に停泊し、着飾った人びとが語らいながら、その前を行き来したというくらいだから」

「西インドからの砂糖やコーヒーは、国内で消費されただけでなく、ヨーロッパ各国にも輸出された。植民地はまさに富をもたらす宝庫だったんですね」

「ただ、そこには見落としてはならない問題があった」

「それは？」

「奴隷貿易さ。砂糖の生産には多くの労働者が必要だった。商人たちがフランスの港から布や鉄砲やブランデーを積んで西アフリカに向かう。ここで品物と黒人を交換する。彼らを積んで大西洋を渡り西インドで売りさばく。そのお金で、砂糖や綿花を買い入れて戻ってくる。つまり植民地からの富の吸い上げを支えていたのは、黒人奴隷貿易だった」

「植民地では強制労働が欠かせない。しかしそういう労働は同胞にはやらせられない」

「ダコー、そのとおり。初めのうちは先住民に過酷な労働を強制した。彼らが虐殺やヨーロッパ人が持ちこんだ病気のせいでばたばた倒れると、今度はアフリカ大陸の黒人に目をつけた。人間を人間とも思わない奴隷商人が出現し、奴隷狩りがはじまった」

「フランス人はそのことに何の痛みも疑問も感じなかったのですか」

「人間がほかの人間を売り買いする。そんなことが許されるわけがない。でも目先の利益がちらつくと人は盲目になる。まして中世の長い間、身分差別は当たり前だった。最下層の人間は野卑な、劣った、家畜のようなものだと見なされた。つまり彼らは人間であって人間でないのだから、いくら働かせてもいい、と──」

「だから黒人奴隷を売り買いし、強制的に働かせても平気だった」

「でもそれは間違っている。そうだろう。人間は自由なものであり、権利の上で平等だ。理性がそれを消滅することのない自然権として認めている。もはや中世ではない。われわれが自然権に無知であることは許されないし、奴隷労働から産み出された富を収奪することも許されない。私はそれを言いたかったし、言わなければならないと思った」

「それでブーガンヴィル提督が、カシの木に島の領有宣言を彫りこんで埋めたことを、『お前はこの島の土に、今後われわれを奴隷にするというしるしを埋めこんだ──』と、糾弾させたのですね」

「ブーガンヴィル提督には罪の意識はまったくなかった。あの誠実な人間にしても、なお」

「だから、それは同じフランス人によって弾劾されなければならないと思った」

「ルー君、きみには私の心が見えるんだね」

「あなたは自分の使命を果たそうとした。ソクラテスのように。僕にはわかるんです」

ランチのあと、僕は書庫に行ってフランスの植民地の歴史をおさらいした。

植民地から吸い上げた富は本国の経済を発展させ、もの作りの機械化、つまり産業革命を促し、工業製品の生産、輸出で本国をさらに豊かにする。経済競争は先に工業化した方が勝ちだから、多くの植民地を獲得し、ライバルを蹴落とすことが重要になる。

この点でイギリスはじつに賢かった。フランスがヨーロッパで戦争に明け暮れしている間に、そちらの方はオランダとかプロイセンといった同盟国に任せ、もっぱら北アメリカやインドで植民地争奪に力を入れたのだ。

一六〇〇年代半ばから、太陽王ルイ十四世は、ヨーロッパにおける戦争ではわずかながら領土を拡大したものの、カナダのヌーヴェル・フランスのほとんどを失った。

ルイ十五世の時代になると、相次ぐ戦争、特に七年戦争――植民地戦争としてはフレンチ&インディアン戦争――で、フランスは西インド諸島を残して、北アメリカとインドの植民地をすべて失った。植民地戦争に敗れたことは、イギリスとの経済競争に負けることを意味する。工業化は遅れ、経済は下降し、国の財政は大きく傾くことになった。

だから、一七七〇年の時点で新たな領土はのどから手が出るほど欲しかっただろうし、ブーガンヴィル提督のタヒチ島領有宣言は、フランス政府の意にかなったものだったのだ。

午後は島の人びとの自由奔放な性愛の話をした。

「『補遺』にあったタヒチ人の性道徳ですけど、あれってほんとうのことですか?」

「あははは、若いルー君には刺激が強すぎたかな」

「だって、突然目の前で、女の子が着ているものを脱いでしまうわけでしょう」

「決して作り話ではないよ。ちゃんと『航海記』の記述に沿って書いたのだから。さっきも言ったように、私は島の人びとから見たフランス人を書くことで、『航海記』にさらに深い意味を持たせたいと思った。そのもう一つのテーマが性道徳と結婚制度なんだ」

「性道徳と結婚制度？　それってつまり性愛のルールってことですか」

「私が提起したかったのは、性愛に教会の坊さんが言うような、あれはいけない、これは慎みなさい、といったがんじがらめの戒律が必要なのか、ということだった」

「だから敬虔な司祭を登場させたのですね」

「きみも知ってのとおり、私はカトリック司祭の頑迷さが大嫌いだった。儀式ばって、暮らしの隅ずみにまで細かい戒律を持ちこみたがるからさ。特に結婚は秘跡の一つとされ、教会が認めなければ成立しないものだった。神の前で誓う以上、二人は生涯離婚することも、ほかのだれかと愛し合うことも許されない」

「未婚の若者と女の子がこっそり愛を交わすなんて、だめなんでしょうね、絶対」

「あはは、だめだね。さらに結婚の目的は子どもを残すことだから、性愛は妊娠を期待しながらするもので、肉体の歓びを求めてする性交渉は罪だとされていた」

「うーむ」

「なのに王侯貴族はしたい放題だったし、坊さんも陰ではこっそり楽しんでいた」

「一般の信者には、何かというと、だめ！　禁止！　許されない！　なのに」

「『航海記』を読んで、私は性愛をおおらかに楽しむ島の風習に魅せられた。自然の原理の上に生活するとはこういうことなのかとね。それで島の長老にこう言わせたのさ。

『ほんのついこの間まで、タヒチの若い娘は若者の抱擁に夢中になって身を任せていた。母親は、娘が結婚してもよい年ごろになったと認めると、娘のヴェールを脱がせ胸もとをあらわにしてやる。娘はその時をじりじりしながら待っていた――』

『娘は恐れもしなければ恥ずかしがりもせず、みんなの見ている前で、罪を知らぬタヒチ人の取り巻く中で、笛の音に合わせて、踊りと踊りとの合間に、男の愛撫に身を任せていた。娘の若々しい心と官能のひそかなささやきが相手を選び出したのだ――』

『罪という観念と病気の危険がお前と一緒にわれわれの間に入りこんできた。昔あれほど甘美なものだった愛の楽しみに、今では後悔と恐怖がつきまとっている――』

この病気というのは性病のことだよ。ヨーロッパ人が島に病気を持ちこんだんだ」

「でも、とにかくおおらかっていうか、したい放題ですよね。だいいち成人式っていうのが何もかもフルオープンでしょう。南海の楽園っていうのがぴったりだよな。僕あそこ読んでて、最初は興奮してたんですけど、あけすけすぎて、なんだか疲れちゃって」

「あははは、興奮しすぎて疲れちゃうっていうのがいいな。読者がそれほど夢中になってくれるなんて、作家冥利に尽きるね」

「え？　じゃあ、あのシーンは」

「いたずら心のなせる業《わざ》、さ」

「なあんだ。興奮して損しちゃったな。じゃ、もしかしてオルーという通訳も？」

「彼も私の創作だよ」

「探検隊員を各家庭に割りふって歓待することになった——というのは？」

「じっさいに探検隊員はそれぞれ家に招かれているから、あながちうそではないね」

「ティアっていう若い女の子が司祭に抱いてくださいって迫るでしょう。あれは？」

「具体的なことは作り話だけれど、提督自身も隣村の村長の家を訪問したとき、彼の妻の一人で、非常に若く美しい女性を提供されているからね。決していい加減な空想物語を書いたわけじゃないよ」

「そっか。でも提督はどぎまぎしなかったんでしょうか。だって大勢の村人が周囲に集まり、歌い手が歌まで歌ったんですよ」

「いや、ものおじせず、立派にふるまっただろうよ。あの提督のことだから」

「島には、実際に妻や娘を差し出して客をもてなすという風習があったわけですね。歌い手に踊り手つきという、パッケージになっているところがなんですけど」

「ルー君は、恥ずかしがり屋さんなのかい」

「いや、でもやっぱりかわいい女の子とだったら、二人きりになりたいです」

「だけど『航海記』によると、年老いた妻を差し出された隊員もいるからね」

「あちゃー、超熟女ですか」

「二人だけで向かいあうより、楽団が盛り上げてくれた方が楽しいかもしれないよ」

「それもちょっとつらいですけど。ただ僕なんか、そんな風習がない世界に生きているから、突然そういう歓迎をされたら、やっぱり戸惑っちゃいますよ」

「いずれにせよ、タヒチでは男女がはだかになって愛を交わすことは、神が与えてくれた楽しみだから、人目を忍んでこっそりとではなく、たとえ人前でも恥じらうことなく楽しむものだった。そこには罪の誘惑もなければ、ふしだらという観念も存在しない」

「僕にはまだ信じられませんが」

「それは文明社会の視点から見ているからさ。だから私は、そういう行為を最もふしだらだと忌み嫌い、もしそれをすればきっと罪悪感にさいなまれるであろう司祭を、オルーの家に泊まらせ、可憐な美しい娘ティアに抱いてほしいと迫らせたんだ」

「すごいひらめきです！　創作力抜群なんだ、ドゥニは」

「でも想像してごらんよ。ルー君だったらどうする？　若くて美しい女の子がきみのそばにやって来る。女の子は何も身に着けていない。そして長い髪の毛をふるわせながらきみの肩に体を預け、目を閉じてそっとくちびるを近づけ、

『いいのよ。あなたが好きよ。だから愛し合いましょ……』なんて体を寄せてきたら、ジャポネの道徳観が許さないからって、断れるだろうか」

「僕、恋人がいるからマズイっすよ。なんて言ってもだめでしょうね」

「あははは、恋人がいるから……そうくるか」

ドゥニはおかしそうに笑った。ほんとにおかしそうに。

「さっきも言ったように、私が問いかけたのは、自然状態にあって甘美なものとされていた性愛に、なぜ恥じらいや罪の意識を植えつけ、美徳、悪徳という名前を押しつけるのか、ということだった。愛し合うことは人間本来の楽しみではないのだろうか？」

「それでオルーに、文明社会の結婚制度は正しいのか、それは自然法則とかけ離れたものになってはいないかと、異議を唱えさせたんですね」

「それは、われわれの社会で、女性があまりにも結婚制度によって縛られていると感じていたからさ。男性の不倫は大目に見られるのに、女性はそうはいかない。妻は夫に従属するものだ。夫の所有物とまではいかなくとも、という風潮に一石を投じたかった」

「でも、タヒチでも結婚した女性は夫に絶対服従でしょう。一夫多妻だし」

「しかし妻となった女性でもその意思は尊重され、夫に申し出ればすぐに同意が得られ、だれとはだかで抱きあおうとも許される。そこに嫉妬心は存在しない――と提督は記している。少なくとも性愛に関して、女性は夫の所有物ではない」

「確かに、島の人びとはとても情熱的だと書かれていましたね」

〈男も女もみんな好きで絶倫なんだね、きっと……〉

敬虔な司祭は島で過ごすうちに人びとのおおらかさにひかれ、このまま彼らと暮らしたいと心を残しながら船に乗る。彼はタヒチの風習について記した後、こんな言葉を残した。

「女性が男性の所有物となり、人目を忍ぶ愛の楽しみが盗みと見なされるようになったとたんに、後ろめたさや恥じる気持ち、慎み、行儀、という言葉が生まれた。そして、現実的には根拠のない美徳と悪徳が生まれたのだ――」

「つまり人びとは、性愛に道徳律の柵を設け、男女が互いに誘いあい、人目を忍ぶ性愛に走るのを防ごうとした。しかしこの柵はかえって想像や欲望を刺激して、逆効果を生み出す場合が多かった――」

「タヒチ人なら、われわれにこう言うだろう。

『なぜお前は体を隠すのかね』

『お前は何をいったい恥ずかしがっているのかね』

『お前は自然の最も厳かな衝動に従っているのに、なぜ悪いことでもしている気がするのか』と
――」

「わかるだろう、ルー君。さっきも言ったように、私は司祭とオルーのやり取りを通して、性愛に根拠のない美徳と悪徳を押しつけることは正しいのかと、読者に問いかけたかったんだ」

「ひとつ聞いてもいいですか」

「もちろん、何なりと」

「独占欲についてドゥニはどう思いますか?」

「独占欲?」

「僕はがちがちのモラリストじゃありません。でもある女の子を好きになったら、きっと彼女を独占したいって思う。ほかの男に触らせたくないって。だからもし彼女が、『あの男の子、ちょっとよさそうだから、してくるわね』なんて言ったら絶対に許せない」

「わかるよ」

「僕の心が狭いからかもしれないけれど、こんなふうに恋人を独占したい気持ちって、自然なものなんじゃないのかな。あ、だからと言って、彼女を所有物だと思っているわけではありませんよ。恋人同士って、あくまで互いの自由な感情を尊重するものですから」

「わかるよ、ルー君、それはそのままで、きみの気持ちのままでいいんじゃないか。女の子だってその気持ちはうれしいだろうし、二人がそう思えるなら、自然な成り行きとして二人だけで愛し合う。それはイノセントな感性だし、その愛情は美しいと思うよ」

「ならいいんですけど、僕タヒチの記事読んで、自由にだれとでもできるなんていいなあと思う反面、でもなあ……ってどこか納得できない思いもしていたので」

「納得できない場合はそれでいいのさ。大事なことは、美徳とか悪徳とかを神の名を持ち出して無理強いしたり、戒律を一方的に押しつけたりしないことだ。私がこれを書いたのは、不当な差別、押しつけに抗議の声を上げげたかったからで、だれもがタヒチの風習にならうべきだと決めつけているわけじゃない。だから最後に、ムッシューAにこんなことを言わせたんだ。

『行った先々ではその土地の服を着るようにして、いま住んでいる土地では地元の服を着とおすことですね――』とね」


ドゥニの言葉には深い意味と味わいがあった。ドゥニは、したかったら好き放題すればいいと、浮ついたことを言っているのではなかった。強制、差別、不平等に異議を唱え、人間の自由と平等をあらためて訴えたのだ。その姿勢はまさに現代に通じるものだった。

「われわれヨーロッパ人の価値観というのは、まず何よりヨーロッパ人であること、これが一番なんだ。自分たちだけが文明社会に生きているという思いこみだね。そして男性であること。正当な結婚から生まれた子どもであること。大人であること。これはつまり子どもはまだ一人前ではないということさ。そして健全な肉体を持つ者であること。では目が不自由とか、耳が聞こえないとか、手足が不自由だとか、そうした人びとはどうなるのか。そう考えると、われわれの価値観はほんとうに正しいのだろうか?」

「……………」

「ヨーロッパ人だけが正しい価値判断の物差しを持っている、という思いこみについては『補遺』に書いたとおりだけど、男性がすぐれている、についても、私は異議申し立てをした。『女性について』というエッセーの中で、ヨーロッパ社会と南アメリカのオリノコ河畔の民族社会に共通する、男性による一方的な女性支配と虐待を取り上げてね」

「二〇〇年早いです。僕の国よりも」

「正当でない結婚から生まれた子どもの悲劇だって数知れないよ。私は『私生児』という演目の中で、主人公にこんなことを言わせている。

『なんて私は不幸なのでしょう。それも昔からです。生まれ落ちたほとんどその時から、社会の狭間に打ち捨てられたこの私。三十年もの間、私は人びとの間をさまよい歩いてきたのです。ひとりぼっちで、だれにも知られず、だれからも相手にされずに――』

同じ人間なのに、なぜ正当な結婚で生まれていないからというだけで、不当に扱われなければならないのか。これも見過ごしてはならない問題だよ」

「おっしゃるとおりです。それ、二十一世紀の今、世界中で取り組みが進んでいます」

「いずれにしても、われわれの社会に存在する、だれもが気づいていない差別、不平等、誤った正統性――そういったものに人びとの目を向けさせることが、私に与えられた使命であり役割だと思った。さまざまな問題に、あえて異議を唱えたのはそのためだし、『補遺』の中で、オルーに文明社会の結婚制度を批判させたのも、同じ理由からなんだ」

夕食後、書庫に『航海記』と『補遺』を返しに行った僕は、あらためてドゥニの著作が並んでいる棚の前に立った。話に出てきた本がすべてそこにあった。

『盲人に関する手紙』『哲学瞑想』『懐疑論者の散歩道』。

話を聴いたばかりの『女性について』『私生児』『私生児に関する対話』。

『数学論文集』『自然の解釈に関する思索』や『生理学要綱』といった、自然科学や医学に関する本もあれば、『一家の父』という戯曲や『劇作論』『絵画論』もある。

あの『修道女』の隣には、享楽的な生活を愛し、道徳や礼儀作法にはまるで頓着しない〈彼〉と、哲学者〈私〉との対話で物語が展開する『ラモーの甥』や、

「この身に起こる、いいことも悪いこともすべてあの世で決まってるんだ――」

という召使いと主人のやり取りがおかしい『運命論者ジャック』が置かれている。

その横の棚には、ソクラテスやセネカなど古代の哲学者を論じた本があった。

でも、どの本にもドゥニ・ディドロの名前はなかった。すべて著者名は伏せられていた。

〈生涯、自分の名前で本を出せなかったんだ……さぞ無念だっただろうな……〉

切なさがこみあげた。しかしだからといってやめることなく、真理を愛する者、つまり哲学者として、その使命だからと、彼は書き続けたのだ。なんて男だ！

ん？

そのとき一冊の本が目にとまった。『エカテリーナ二世のための覚書』

〈エカテリーナ？　ロシア皇帝で、たしか啓蒙専制君主だったよな……〉

哲学者と女帝に、いったいどんな関わりがあったのだろう？

僕の心がまた騒ぎはじめた。

第17章　かみ合わなかった対話

「え？　六〇歳になって、ロシアに出かけたんですか？」

「そうだよ。健康だったし好奇心も旺盛だったからね。ちょうど『百科全書《アンシクロペディ》』の刊行が完結し、『航海記補遺』を書き上げたところで、エカテリーナ陛下がどんなふうにロシアを統治しているのか、大いに興味があった」

「意欲的だったんだ」

「あのころ私は、専制国家に敵愾心《てきがいしん》を燃やしていた。人びとを圧政の下に置いてはならない。専制君主と対決してでもそれを阻止しなければならない、とね」

「対決してでも？」

「そうなんだ。実際、いかにも人びとの自由と幸福を願うように装いながら、実は彼らを奴隷扱いして、自分の威信を高めることしか考えない暴君を、間近で見ていたから」

「それ、だれですか?」

「プロイセン王フリードリヒ二世陛下だよ。哲学者や芸術家を呼び寄せて、さも彼らの言葉に耳を傾けるふりをしながら、そのじつ支配体制を強化して、ひたすら強権国家を追い求める。耳に心地よい言葉とは裏腹に、市民階級を育てず、農民を自立させず、すべての権力を自分に集中し、それこそ国家の目標であると言い切る。とんでもないだろう。私は友人のドルバック男爵とともに痛烈に彼を批判した。彼は啓蒙君主などではなく猜疑心の強い独裁者にすぎない、とね」

顔は笑っていたけれど、言葉には怒りがこめられていた。ドゥニがこんな言い方をするなんて、珍しいことだ。

「私が一貫して主張したのは、ルー君も知ってのとおり、支配者つまり君主は治めている人びとの同意なしに権力を自由に行使できない――だった。正当な主権者とは、必要な権力を人びとの意思(意志)によって授けられた人であって、強権を行使して己の地位を保とうとする君主は、正当な主権者ではないのさ」

「そうでしたね。あなたの望みは、君主を正当な主権者に導くことだった」

「それを実践することが自分の役割だと思っていた。理論家ではなく実践家として」

「それでロシアに出かけることになったんだ」

「エカテリーナ陛下からは再々お招きをいただいていたからね。いい機会だと思ったんだよ。陛下のおそばにいてその目を開き、寛容な、治める人びとのことに思いをめぐらす君主に導く。私は古代ローマの賢者の役割を果たそうと、胸はずませて出かけたのさ――」

メモを置き、お気に入りのコーヒーカップを手に、ドゥニは話し続けた。

「エカテリーナ陛下には恩義があってね。ナネットと私には子どもが四人授かったのだけれど、成人したのは末っ子のマリ゠アンジェリックだけだった。最愛の娘だよ」

知ってます……と言いかけてあわてて言葉を飲み込んだ。ノートの件はないしょだった。

「で、この娘がふさわしい男性と結婚できるよう、持参金を用意してやりたいと考えたのさ。自分が結婚するとき、ずいぶんお金で苦労したから」

「そのころ、暮らしはまだ大変だったのですか?」

「百科全書《アンシクロペディ》のおかげで人並みの暮らしはしていた。でも持参金となると話は別だよ。それで蔵書を売りに出そうと考えていたら、グリム男爵が――」

「あの『文芸通信』を主宰していたドイツ人の?」

「ウイ。彼がね、ロシア宮廷の侍従ベッコーイ将軍に頼んで、エカテリーナ陛下にお買い上げを打診してくれたらしい。フランスの啓蒙思想に大層ご興味を持たれていると聞いてね。で、結局、陛下が私の本をすべて買い上げてくださることになったんだよ」

「やった!」

「即刻一万五〇〇〇リーブル――ほぼ一万五〇〇〇フラン。一フラン＝三〇〇〇円前後で計算すると、およそ四五〇〇万円になる。すごい！ですね――を送ってくださったばかりか、陛下のお求めがあるまでは、私の手元にそのまま置いといていいという。この上ない条件だろう？」

「ブラヴォー！」

「私は、百科全書図版《アンシクロペディ》の第六巻だったかな、その冒頭に陛下をたたえる文章を、早速書いたよ」

「調子いいなあ」

「で、アンジェリックも無事嫁いだところで、直接お礼を申し上げたいと、一七七三年、サンクト・ペテルブルクに出かけたんだ」

「あの時代だから馬車で、ですか？」

「アプソリュモン、もちろんさ。馬車でヨーロッパ大陸をほぼ横断した」

「どれくらいかかった？」

「パリを出発したのが六月の初めで、二か月くらいハーグに滞在したから――」

「ハーグに二か月も？」

「ここは自由な空気が支配する街でね。私自身、本をフランスで出せなくて、こっそりここで出版したりしていたから、一度ゆっくり訪れてみたかったのさ。で、この街でロシア語の勉強をして、その後ロシアに向かい、もう冬の気配が感じられる十月八日にサンクト・ペテルブルクに到着した。皇太子パーヴェル殿下の結婚式の、前の日だったと思う」

「疲れたでしょう」

「あははは、さすがの私も、ほとんど死んでいたね」

「で、女帝は早速あなたを引見なさった？」

「遠いところをよく来てくれたと、とても歓んでくださった。きらびやかな衣装を身にまとい、髪の毛にはばらの花飾り、首から胸にかけてはまばゆいばかりの真珠の首飾りをつけられ、まるで昔々の東方世界の女王のようなお姿だったよ。

『ヴェルサイユやパリの王女や姫君を見慣れたあなたには、さぞかし野暮《やぼ》ったい田舎者に見えるでしょうね――』

と、おっしゃられるから、

『いいえ、陛下は古代ローマの高貴な女性の魂と、クレオパトラの魅力とを兼ね備えていらっしゃいます。フランスに帰ったら必ずや人びとにそのように伝えましょう――』

と、お答えしたんだ。ペテルブルクの宮廷はいまだ中世のような雰囲気が漂い、女帝陛下のお出ましひとつとっても、目の前で演劇が上演されているようだった」

「それで、女帝との対話はどんなふうに行なわれたのですか？」

「対話というより勉強会だね。おそれ多くも陛下のお部屋で、テーブルを挟んで行なわれた。十月十五日が最初で、それから三日に一度の間隔でおおよそ四か月間続いたんだ」

「差し向かいで？」

「光栄にもね。陛下はご多忙にもかかわらず、勉強会を午後三時からと決めて、お茶を用意して待っていてくださった。毎回テーマを決めて、いろいろなことを話し合ったよ。ただ私が熱中すると、あまりにも激しい身ぶり手ぶりをするので、腿《もも》をたたかれてあざができないようにと、陛下がテーブルごと後ろに下がられることもあったね」

「あははは……様子が見えるようですよ。で、どんなテーマで話されたんです？」

「寛容について、学校制度や教育について、第三身分について、それから君主のモラルについて――」

「寛容については、わかります。教育については？」

「広く学校を作って人を育てるべきだ。教育は国の基本だと私は力説した。併せて宮廷にも学校教育の場にも、ロシア正教の教義や儀式を持ち込みすぎるのはよくない。思想は自由であるべきだから、ともね」

「らしいなあ。でもそのとおりですよ。ロシアというと総主教が出てきますからね。それから第三身分ってありましたけど、ロシアにもそのような言い方があるんですか？」

「いや、フランス流の言い方さ。でも陛下はちゃんとわかってくれたよ。高貴な家柄の貴族でも、僧侶でもない人たちのことですね、とおっしゃられたから」

「いちおうは、わかってるんだ」

「ロシアではいまだ市民階級が育っていないし、土地を持つ自由農民も少ない。でもフランスでは、貴族や僧侶からではなく、彼らの中から科学者や専門家が出ました。その創意工夫から新たな技術が生まれ、産業が発達しました。だから彼ら第三身分を育てなさい。ロシアの明日を担うのは彼らなのですから――と、私は進言した」

「君主のモラルについては？」

「いかなる理由があろうと、女帝陛下だけが絶対的な権力を持つと思ってはなりません。君主は国民の同意があってはじめて権力を自由に行使できるし、人びとを意のままに動かすこともできるのです――。これは私の年来の主張でもあるから、繰り返し強調したよ」

「女帝は、そんなあなたの話をじっと聴いてらしたのですか」

「陛下は、ご機嫌をうかがうことしか考えない廷臣に囲まれていたから、時に私の話を不快に思われたかもしれない。でも決してそれを口にはされなかった。ただ、

『あなたの大胆さ、素直さ、才知には驚かされますわ』

と、おっしゃられたっけ。とにかく賢いお方だったよ――」

ロシアの冬はとても厳しかったという。

たとえ暖炉の火が赤々と燃えていたとしても、想像を絶する寒さだと。

ん？

外を見てびっくりした。吹雪《ふぶ》いている。雪が激しく吹きつけている。

ひゅうー、ぅー、ぅー。風がうなり、窓ががたがた鳴っている。雪嵐だ。

〈なんなんだ、これって……〉

寒い。ものすごく寒い。歯が合わない。寒い。なんて寒さだ……

ばたん！

突然ドアが開いて、帽子もマントも雪だらけの女の子が転がるように入ってきた。

「助けて……さ、寒いの……凍えてしまうわ……」

体が震えていた。ぶるぶるぶる……けいれんを起こしたように震えが止まらない。

「さ、さっきまで……痛かった指先が……なんにも……か、感じないの……」

女の子はそのまま気を失って倒れた。僕は彼女のところに駆けより、抱き起した。

〈大変だ。このままでは死んでしまうよ――〉

ハグした。思い切り。温めてやらなくちゃ……女の子がかすかに目を開けた。

「ありがと……やさしいのね、ルーは」

「アニエス！」

起き上がって、マフラーと帽子を取り、にっこり笑う。

「どう？　ちょっと迫真の演技だったでしょ」

「まったく、もう……本気になって心配したよ。なんてことするんだ、きみは」

「ごめんね。でもちょっぴり味わったでしょ、ロシアの冬を。寒いなんてものじゃないのよ。凍るような風と吹雪、これがマローズなの」

「マローズ？」

「そ。ロシア語で吹雪よ。でも言い当てていると思わない？　吹き荒れるんだもの。こんな日にマツユキソウを摘んでこいって外に出された娘はかわいそう。死んじゃうよ」

「そういえば、そんな物語があったっけ。あれは確か……」

「十二の月の精のお話よ。日本では『森は生きている』って訳されたわ」

「それ、小学校のときやったよ。学芸会で」

「知っているわ。あなたは四月の精よ。若者で、親切で、いい役だったわ」

「かわいそうな娘のピンチを救うんだよね。彼女それでマツユキソウを持って帰る」

「森で十二の月の精に会ったことを言わない、と約束してね」

「そうそう。それをわがままな女王の宮廷に持っていくんだ」

「そう。だからあたしも摘んできてあげたよ。ルーにマツユキソウを」

かごの中に真紅の花束が入っていた。ばらよりもずっと可憐でかわいらしい。

「これ、どこで摘んだの？」

顔を上げたとき、もう妖精の姿はどこにもなかった。

〈くー、もう、すぐ消えちゃうんだから……聞きたいことがあったのに……〉

せっかく摘んできてくれたのだから、花瓶に生けようと、僕はかごから花束を取り上げた。

ん？

ぱらりと巻物が床に落ちた。赤いリボンが巻きつけられ、蜜蝋《みつろう》で封印がされていて、まるで女王の宮廷のお触れ書きみたいだ。

〈何が書いてあるんだろ？……〉

開くと、そこに僕が知りたかったことがすべて記されていた。

「エカテリーナ二世（エカチェリーナ二世ともいうわ）

一七二九年生まれ。ロシア人の血は一滴も流れていないプロイセンの将軍の娘。本名はゾフィー・アウグスタ・フレデリーケ。早熟で知的好奇心が旺盛な娘だったそうよ。

十五歳のときに帝位継承者だったピョートル（後の三世ね）に嫁ぐためサンクト・ペテルブルクに来て、ロシア正教に改宗、名前をエカテリーナに改める。翌年彼と結婚します。

でもピョートルは天然痘にかかったせいで顔にあばたが残っていたのね。そのせいか、彼女は夫を愛せなかったみたいなの。ピョートルは、ちょっと複雑なんだけど、プロイセンの貴族とロシアの有名な皇帝ピョートル一世の娘アンナとの間に生まれた子で、もともとプロイセンびいきだった。で、一七六一年にピョートル三世として即位すると、早速戦争に負けそうになっていたプロイセン王を助けたり――これ七年戦争のことよ。プロイセン王はドゥニの嫌いなフリードリヒ二世――、父親の領地を広げようとデンマークに無謀な戦争を仕掛けようとしたりして、軍隊、特に近衛部隊の信頼を失ってしまったのね。

半年後、近衛部隊のクーデターでピョートルは退位させられ、皇妃のエカテリーナが即位する。翌月、彼は急病の発作で死んでしまうの。でもだれも病気だとは信じなかったわ。

エカテリーナが、クーデターや夫の病死に関わっていたかどうかは不明だけど、あれこれ憶測はされたみたい。だからなのか、秘密調査局を設置して（秘密警察みたいなものね）批判勢力を一掃してしまったというから、怖い女性でもあるのよ。

自分の正統性と評判を高めるためにも、彼女は凝りに凝った儀式で、華麗な宮廷生活を演出したわ。啓蒙思想を取り入れ、ロシアを開かれた大国に見せようとしたみたい。

彼女はイケメン好みで、近衛士官とか政府の高官とか、十二人もの愛人がいたらしい。でもこれはあくまで、う・わ・さ！　だから説明は省略します。

肖像画をつけておきます。美人かどうかは自分で判断してください。（ダイエットの必要があると思うわ。ドゥニの言葉はお世辞よ。絶対にね――）

権力基盤を固めた彼女は、いよいよ念願の啓蒙的な改革に乗り出します。一七六七年、新しい法典を編纂するための委員会を招集するんだけど、委員の顔ぶれがちょっとすごいのよ。というのも貴族や商人、都市住民の代表が参加したばかりか、国有地の農民や、ロシア以外の民族からも、それぞれ代表が選ばれたっていうんですもの。

どう？　ばりばりの啓蒙専制君主でしょ。もっとも人口の九〇％を占める農奴は除外されたから、その辺りは、見せかけだけの――と言えなくもないわね。

彼女はそこで自ら起草した「大訓令《ボリショイナカーズィ》」を読み上げるの。ロシア全体の改革案ね。でも中身は彼女が読みふけった啓蒙思想家からの借り物だったとか。モンテスキューの『法の精神』とか、イタリア人ベッカーリアの『犯罪と刑罰』からのね。

彼女の読み上げた草案は、結局ロシアで公布されることはなかったわ。委員会は翌年解散されてしまうんですもの。何の成果も上げずにね。

ドゥニがやって来たのは、委員会招集から六年後の一七七三年のことよ。女帝はどこまで彼のアドヴァイスを受け入れたかしら。その辺は直接聴いてみてください。

あたしの仕事はここまで。お役に立ったらうれしいけど。

愛をこめて　アニェス」

「正直言って、途中から私は熱意を失い始めた――」

「それは、いくらアドヴァイスしても聞き入れられなかったから、ですか？」

「いや、そうじゃない。私は言いにくいことも率直に言ったし、改革の必要性も説いた。古代ローマの賢者のようにね。でも聴くことと、実行することは別だ。違うかい？」

「……………」

「陛下が全ロシアの支配者である以上、いくら私のアドヴァイスを尊重したとしても、すぐに実行に移すことは不可能だろう。そのくらいのことは私も十分理解していたよ」

「だとしたら何が……」

「失望を感じたのは、陛下が肝心な点で私の話に向き合おうとなさらなかったことさ」

「え、たとえば？」

「陛下は国家の目的をはき違えておられた。国家の目的は、たとえその国家がいかなるものであろうと、そこに生きる人びとの幸福を図ることでなくてはならない。

ところが陛下はこう繰り返された。

『私も臣民の幸福を願っています。でもだからこそ彼らは従わなければなりません。国家には秩序が必要です。統治する者と服従する者がいるのは当たり前のことですもの』

「答えになっていませんね。問題のすり替えだ」

「もうひとつの大きな問題は農奴制だった。当時フランスの農民の生活は悲惨だったけれど、ロシアの農奴の生活はそれと比べられないほど、もっと悲惨だった」

「待ってください。〈農民〉と〈農奴〉はどこが違うのですか？」

「フランスの農民は、領主に地代を納め、さまざまな税金を取られるけど、何を作るかは自分で決められる。自分で食べる穀物のほか、市場に出す商品作物を作ったり、ぶどうを栽培してぶどう酒を造って売ってもいい。農閑期には綿を紡いだり、紡いだ綿を織る内職に精を出す。そうしたお金で暮らしを賄い、余ればわずかでも土地を買う。自分の土地が持てれば、貧しさから抜け出す希望が持てる。これが農民の姿だ――」

「わかります。とてもよく」

「一方ロシアの農奴は、土地に縛りつけられ、自分で作物を選べない。彼らは領主の労働力にすぎず、命じられるままひたすら穀物を作る。ほかの作物は作れないし、売ることもできない。移動の自由はない。逃げ出せば殺される。しかも領主の都合で家畜のように売り買いされるのだ。人間としての権利をいっさい認められない存在。それが農奴だ――」

「いったいどうして、そんなことになってしまったのですか？」

「広大なロシアの畑が、西ヨーロッパ各国の穀物供給地になってしまったからさ」

「穀物供給地に？」

「前に、フランスが変わり始めた、と言ったのを覚えているかい？」

「覚えていますよ。技術の進歩で人びとが作り出す製品が格段に増え、品質も上がった。貿易が盛んになり、国境を越えていろんな品物が売り買いされるようになった――」

「そう。十五世紀ごろから始まった技術の進歩は商品を増加させ、貿易を盛んにした。蓄積された資金は投資に向けられ、さらなる技術の進歩、すぐれた商品の増加につながる。この循環の、ほんのわずかな地域差が、その後の国々の発展方向を決めてしまったんだ」

「発展方向を？　どういう意味ですか？……」

「海洋貿易に活路を求めたポルトガル、スペイン、オランダ。さらに後を追って産業を発達させたイギリスやフランスは、すぐれた製品を輸出して、国を富ませる道を選んだ。これに対してロシア、ポーランド、プロイセンは穀物生産を増加させて売る道を選んだ。つまり穀物の輸出代金ですぐれた商品を輸入する。そうすれば自分たちの豊かさを維持できると、地主貴族は考えたんだね。で、国全体としてその道を歩み出した」

「………」

「その傾向は十六世紀、十七世紀と後になるほど著しくなる。結果としてロシアの地主貴族は、農民を土地に縛りつけていっさいの自由を奪い、穀物の生産量を増やすことしか考えなくなった。その地主貴族支配体制の頂点に立つのがエカテリーナ陛下だった」

「だから農奴制を改めようとは全く思わなかったのですね」

「私は陛下に言った。

『農民から自由を奪ってしまうことは、耕作する意欲に影響を及ぼさないでしょうか。彼らに土地の所有権がないことが、悪い結果を及ぼさないでしょうか』

私は言葉を選んで控えめに尋ねたつもりだった。でも陛下のお答えはこうだった。

『ロシアほど、農地を耕す者が土地と家族を愛している国があるでしょうか。これ以上の国を私は知りません――』」

「全然答えになっていませんね。はぐらかしておられるだけだ」

「陛下ご自身は農奴制を改めなくてはと考えられたかもしれない。でも実際は何もされなかった。

むしろ農奴制を強化した。するとどうなるか。人間はどんな状態に置かれようとも自由と権利に目覚めるものだ。そして弾圧や搾取が過酷であればあるほど、復讐の刃《やいば》を研ぎ澄ますようになる。実際私がペテルブルクにいる間に、プガーチョフという者が率いる農奴の大規模な反乱が起きた」

「え？」

「反乱には農奴や工場労働者、差別されていた民族なども加わり、一時はかなりの勢いだったというよ。陛下はこのことを私の耳に入れないように、徹底して情報を統制した。私は友人からこっそり耳打ちされて知ったんだ。その時になって、私はようやく陛下に幻想を抱きすぎていた自分に気がついた」

「啓蒙専制君主の正体を見た……」

「何の罪もない農民が耕作を強要され、かせをつけられて家畜のように売り買いされる。そんな状態に追い込まれたらだれだって抵抗する。それは人間として当然のことだ。あとで聞いたところでは、プガーチョフは残酷なやり方で処刑され、反乱は暴力で押さえ込まれたという。そして農奴制は何事もなかったように維持されたんだ――」

翌一七七四年の春、ドゥニはエカテリーナ女帝の温かい見送りを受けて、サンクト・ペテルブルクをあとにした。途中ラトヴィアでは河の氷が割れて馬車が転覆したり、渡し船で足を滑らせ、もう少しで溺れるところだったりと、何度か危ない目にも遭ったらしい。

当時のメモ書きを見せてもらった。女帝とのやり取りを記したものや――後に『エカテリーナ二世のための覚書』にまとめられる――帰りに再び立ち寄ったハーグで熟読した「大訓令《ボリショイ・ナカーズィ》」に彼なりの意見を書き込んだもの、などだ。

聞けばドゥニはこれらをきちんと文章にまとめて、エカテリーナ二世に送り、送れなかった分は後で送るようにと、娘のアンジェリックに言い残したという。

なんという義理堅さ！　だろうか。僕は思わず口にせずにはいられなかった。

「女帝に愛想をつかしたのではなかったのですか」

「失望しなかったと言えばうそになるけど――」

ランチを挟んで話は続いた。（僕がせがんだからだ）

「でも陛下をよりよい方向へ導けなかったのは、私の力不足のせいでもあるからね。たとえお聞き入れくださるにせよ、くださらないにせよ、陛下のやり方に率直な意見を述べることは、私の務めだと思ったんだよ。そのことを通して、陛下がほんのわずかでも専制的な政策を見直してくださったなら、それはそれで身にあまる光栄だしね」

「誠実すぎますよ……」

「褒めすぎだよ、それは。そうじゃなくて、私には危機感があったんだ。陛下がこのまま君主としての栄光だけを求め、農奴制を放っておいたら、将来必ずカタストロフィが起こる――と。だから書き続けたんだよ」

「大破局が、ですか？」

「そうだよ。ペテルブルクに行って、私は人間の持つ当然の権利について、深く考えさせられた。圧政の下で苦しめられている人びとには、人間の本性において抵抗する権利がある。ジャン＝ジャックがよく言っていたけれど、彼に近づいたというより、私の中で人間の本性、権利の捉え方が変わったんだ。それが私にカタストロフィを予感させた」

「………」

「農奴は土地に縛られた農民であると同時に、強制的に兵隊に取られる人間でもある。兵士が足りなくなると専制政府は一方的に兵士を徴集するからね。奴隷には意思はない。畑を耕していた者が家畜のように連れて行かれ、二度と帰ってこない」

「ひどい……」

「彼らは兵士として外国人と戦い、時に反乱を起こした農奴の鎮圧を命じられる。わかるだろう。反抗し暴動を起こすのも農奴なら、鎮圧に駆り出されるのも同じ農奴なんだ。

もしも、もしもだよ、どうにも持って行き場のない絶望感や憤りを、彼らが共有し、互いに共感し合うようになったらどうなるか？　国は内部から崩壊し、悲惨な瓦解の道をたどることにならないだろうか。これが私の心配するカタストロフィだった」

「………」

「直ちに暴動や革命が起きることはないだろう。しかし農奴制に手をつけず、過酷な支配をそのまま続ければ、五〇年先、一〇〇年先にロシアの専制体制は崩壊する。しかも極めて悲劇的で、悲惨なカタストロフィの中で」

「それを予感していた――」

「だから言わなければならない。伝えなければならない、と思ったのさ」

ドゥニが言ったように、女帝には農奴解放の意思があったかもしれない。「訓令」の中に、農奴の反乱を引き起こした原因を調べ、それを防ぐよう努めなければならない、とあるからだ。でも治世の間、農奴制は全く変わらなかった。締めつけはむしろ強化された。

自由なるロシアはしょせん蜃気楼《ミラージュ》にすぎなかったのだ。

「ひとつ聞いてもいいですか？」

「何なりと」

「祖国フランスについては、どう思っていましたか？」

「ロシアに出発する前はまだ楽観していた。フランスはロシアとは違う。第三身分が力を蓄えつつあるし――と。でも帰国してからは考えが変わった」

「それ聴かせてください。メモを取ってもいいですか」

「ビヤンシュール、もちろんだよ。私がパリに帰ったころ、フランスは新しい陛下の御代になっていた。ルイ十六世陛下だ。若い国王に改革の期待が集まる。翌年にはアメリカ大陸で独立戦争が始まり、フランスはイギリスに対抗して独立派に肩入れした。これは正しいことだ。自由と人権を旗印に掲げる国を誕生させる戦いだからね。しかし――」

「しかし？」

「その一方でフランスの国家財政は危機的状況に陥っていた。国民、特に第三身分は税の重さに悲鳴を上げていた。わが友人のテュルゴーが登用されて、税負担の公平化や、穀物の販売の自由化など、経済活性化政策を取ったけれど、天候不順で穀物が不作だったため、あちこちで暴動が起き、加えて特権階級の猛反発にあって、彼はやめさせられた」

「そこに独立戦争支援ですか」

「一説にはこの支援で十億リーブル（およそ三兆円）の負債が発生したと言われる。もはやにっちもさっちも行かない。なのに貴族や坊さんは税金を払わない。封建的特権を盾にね。政府は徴税請負人に、取り立てる税金を担保にさらに前借りを重ねる――」

僕は必死にメモを取った。

「フランス社会は崩壊の一歩手前に来ていた。国王政府が封建制度と身分制社会の行き詰まりに気づかないと、やがて大変なことになる。それはもしかすると、ロシアより早いかもしれないと、私は危惧した――」

〈ドゥニ、実はそのとおりです……〉

「国王陛下は貴族の横暴を抑えたいと思いつつ、特権の廃止には踏み切れない。第三身分は権利の拡大と特権の撤廃、社会体制の変革を要求する。何も変わらなければそのエネルギーは体制の解体に向かうだろう。失うものがない人びとだけでなく、本来なら破壊行動に心を動かされない中間層、つまり市民階級が一緒に立ち上がる日が来るかもしれない。そうなったら暴動では済まなくなる——私の危惧はそういうものだった」

ドゥニはわかっていたのだ。フランス社会が革命前夜の状態にあったことを。

「親愛なる友へ——

ペテルブルクから戻ってこの手紙をしたためている。

私のロシアでの仕事は、女帝陛下に助言することだった。浅学非才の身には担いきれない役目だったけれど、機会あるごとに、譲歩できない人間の権利について述べたつもりだ。

これから女帝陛下にあてて『訓令《ナカーズィ》に関する考察』の執筆に取りかかる。これはわが祖国への警鐘でもある。書き出しはこうだ。

『国民以外に真の主権者は存在しない。人民以外に真の立法者はありえない——』

きみは笑うだろうか。僕が言いだしたことじゃないか、と。

テレーズによろしく。

第18章　後の世代の記憶の中に

石畳の大通りに興奮した群衆があふれていた。プラカードが林立している。抗議デモか何からしい。歩きながらだれもが拳《こぶし》を振り上げてシュプレヒコールを叫んでいた。

「♧▽#☆♡▲！」

「☆♤#※▲！」

あちこちで止められた車がクラクションを鳴らし続けている。汗とすえた果物のような、魚のような匂い。得体の知れない刺激臭。怒号のような叫び声とクラクションで、ほとんど何も聞こえない。

いきなり花火のような音が鳴り、あたりは煙に包まれた。催涙弾が発射されたらしい。

〈ここはいったいどこだ？……〉

僕は書庫の扉を開けただけなのに、一歩踏み出したそこは、石造りの建物とコンクリートのビルがひしめきあう都会の大通りだった。

〈前にもこんなことがあった……〉

あの時はパリの街角に出てしまったんだ――

〈バスチーユ襲撃？　まさか……〉

一瞬そう思った。でも街の様子も人びとの顔つきも服装も違う。だいいちあの時代にビルや車があるわけがない。

「♧▽＃☆♡▲！」

白い肌にブロンドの人もいるけれど、大半は小麦色の肌に黒い髪だ。労働者だけでなくホワイトカラーもいるし、主婦も学生もいるみたいだ。年金暮らしって感じの高齢者がプラカードを掲げ、大きな声でどなっている。

「♧▽＃※▲！」

デモに巻きこまれないように歩道の端を歩きながら、僕は妖精を探した。彼女のしわざに違いないのだ。とすれば、そろそろ現れていいころだ。

建物の入り口の脇に階段が見えたので、思い切って駆け上がった。二階、三階、一気にそのまま屋上に出る。ここなら街全体が見渡せそうだ。

ん？

重なりあうビルのはるか向こう、丘の上に教科書で見慣れた世界遺産が見えた。

〈パルテノン！　ギリシャのアテネに来ていたのか……〉

でも群衆の中にも、デモを遠巻きに見つめる人の中にも、アニェスの姿はなかった。

〈どうしてくれるんだよ……〉

僕は途方に暮れながら階段を下りて、建物の外に出た。

あ！

街の姿が一変していた。群衆もデモ隊も、車も信号も、コンクリートのビルも消えて、人影のない、素朴な石造りの建物がまばらに並ぶ廃虚のような街に、僕は立っていた。

話し声が聞こえてくる。静まりかえった街のどこかに人がいるのだ。

歩いていくと広場が見えた。人がいる！　集まっている！　右上半身むき出しのサリーのような一枚布をまとった男たちが、何やら論じあっていた。

〈何してるんだろ？……〉

そっと後ろからのぞく。熱っぽくしゃべっているのは白のサリーをまとった若い男だ。聴いているのは、レオナルド・ダ・ヴィンチみたいな、白髪の柔和な顔つきをした老人、いや高齢者だ。大きなぎょろりとした目をしてさかんにうなずいている。肩幅が広く、元スポーツ選手なのか、がっしりした体つきで、それでいて知的な雰囲気が漂っている。

「あなたも先生のお話を聴きに来られたのですか？」

すらりとした、目元の涼しげな若者に声をかけられた。

〈言葉がわかる！　もうだいじょうぶだ……〉

「あ、ええ、何やら熱心に論争されているようなので」

「先生は、いつもああして相手にしゃべりたいだけしゃべらせる。相手は学問を積んで知者だとうぬぼれていますから、得意げに熱弁をふるう。でも先生がいくつか質問するとどぎまぎして矛盾だらけになり、最後は悔し紛れに捨てぜりふを言って、そそくさと退散します。なぜだれもが言い負かされるのか？　それは、私はものを知らない、知恵がない、と言われる先生の謙虚さと、教えの深さに、結局、だれもが心打たれてしまうからです」

「その……あの方は、哲学者ですか？」

「哲学者？　ああ、真理を愛する者という意味ですね。ならばそのとおりです」

「あの方は何について論じられているのですか？」

「あくまで私の意見ですが、人間の〈徳〉とは何か？　を論じていると思います」

「〈徳〉ですって？」

「ええ、具体的に言えば、正義とか、勇気とか、節制とか、心の中で培われ、それによって行動を律するものです。徳を求めてよく生きるようにと、先生はおっしゃるのです」

「よく生きる？」

「よい人生を送るようにということです。よく生きるとは、美しく、正しく生きることです。ではよいとは？　美しさとは？　正しさとは？　それを知るのが知恵だと。ですから富でも出世でもなく、真理と知恵を求めて、魂を清らかにして生きるように――と」

〈へえー、あのじいさん大した人物なんだ……〉

「でも、最近先生は論争に敗れた者から妬まれ、また権力者からもにらまれています。若者を腐敗させ、国家の認める神々ではなく、よからぬ精霊の信仰を広めていると。それで、告発が近いと聞いています。だから私どもはとても心配しているのです」

僕は人ごみをかき分けて、あらためてアテネのダ・ヴィンチを見た。いま話を聞かせてくれた若者以上に、柔和で知的な目をしていた。ただ者ではないんだ、このじいさん。

「ルー君、どこかへ行っていたのかい」

「あ、い、いえ、ちょっとその、書庫で本を探していたら……迷いこんじゃって」

「あはは、あそこは迷路みたいな場所だからね」

ドゥニは、見たことのない紅の縁取りのついた白い長衣を身にまとっていた。

「何だか古代ローマの貴族みたいですね。似合いますよ」

「ありがとう。実はセネカのまねをしてみたんだ」

「セネカ？」

「皇帝ネロに仕えたストア派の哲学者だよ。暴君の教師また補佐役として、いのちを失うか、それとも犯罪を是認するか、常に過酷な立場に立たされながら、決して良心を曲げず、勇気を持って誇り高く生きた人物さ。なのに彼はあらぬ非難中傷にさらされ、最後には皇帝から死を賜り、毅然とした態度で死に臨んだ。あのソクラテスのようにね」

〈ソクラテス！　そっか、あのじいさん、ソクラテスだったんだ……〉

「セネカはその使命と役割を忘れず、凛《りん》と哲学者としての生涯を全《まっと》うした。その生き方は、私の長い間のあこがれであり、また理想だった」

「………」

「ペテルブルクから帰って、女帝陛下にあてた『訓令《ナカーズィ》に関する考察』を書きながら、私は古代ローマの歴史家タキトゥスの『年代記』を読みふけった。君主の政治はどうあるべきかをまとめたかったせいもあるけれど、もう一つ、どうしてもやらずにはいられない仕事があったから」

「それがセネカ？」

「そうなんだよ。生きている間に『セネカ論』を書くこと。あこがれはあこがれとして、彼の生涯をさまざまな資料にもとづいて客観的に記してみたい。それで、いよいよその仕事に取りかかることになったんだ」

「それっておいくつのときですか」

「六十四歳になる年の春だった。神が……扉を開けてくれたんだよ」

「え？」

「当時『セネカ著作集』をフランス語に訳したラ・グランジュという若者がいた。ところが翻訳が終わったところで亡くなってしまったんだ。それで、著作集の別冊として、セネカの伝記と作品解説を書いてもらえないかという依頼が、私のところに来た」

「マジですか」

「話を持ってきたのは、前にも話した友人のドルバック男爵と、秘書で後に私の協力者になるジャック＝アンドレ・ネジョン。もちろん快諾したよ。その日からもう夢中さ」

「朝からセネカ」

「アブソリュモン、もちろんさ。朝、コーヒーカップを手に書斎にこもるだろう。そうするともうお茶も食事の時間も忘れて、資料を読んではメモを取り、別の資料と照合し、さらに歴史書で裏を取る。ラテン語は何度も辞書を引かなくてはならない。机の上は本の山、小机も引き出しもね。とうとう床の上にまで古文書や巻物を広げるありさまさ。

『ドゥニ、何がどうなっているの』

コーヒーとタルトを持ってきてくれたナネットがあきれたくらいだもの。彼女がドアの所に現れると、私が本の山から顔を出し、ひょいひょいと、右に左に資料の山をよけながら取りにいく。年の割にはフットワークは軽かったよ」

「あははは、目に浮かぶようですよ」

「とにかく夢中だったね。毎日十時間くらいは平気で没頭していたんだから」

ルキウス・アンネウス・セネカは、紀元前四年ごろスペインのコルドバで生まれた。父は元老院議員で、幼いころローマに移り住み、修辞学、哲学、歴史学を学んだ。頭の回転が速く、弁論にすぐれていたから、たちまち人びとの注目の的となり、若くして元老院議員に選ばれる。しかしあまりの人気に妬まれたのか、四代皇帝クラウディウスの妃となったメッサリーナににらまれ、コルシカ島に追放されてしまう。

やがてローマに復帰後、新しく皇妃となったアグリッピーナに、十二歳の息子ネロの家庭教師を頼まれる。セネカは少年ネロに、君主のあるべき姿や、手にした権力をいかに正しく使うか――を説いた。利発な弟子は十六歳で皇帝となり、寛容の精神と元老院との協調を掲げて帝国の統治に乗り出す。

奔放なネロ帝が暴走しはじめたのは、母親が自分の前に立ちはだかるようになったころからだ。母と息子の確執。野心と陰謀が渦巻くなか、皇帝はついに部下に母親を殺害させる。なぜそれを止めなかったのか。セネカに批判が集中する。これ以後、ネロ帝の暴走は止まらない。辞任を申し出ても皇帝はセネカを放さない。

セネカはさらに中傷にさらされる。政治の最高責任者で大貴族なみの土地所有者だったからだ。哲学者として富を批判しているくせに、自分は蓄財に励んでいるではないか、と。

三年後、セネカは隠退を申し出て宮廷を去る。以後、屋敷にこもって文筆生活に専念したものの、三年後、皇帝への反逆を企てる陰謀に加担したと、ネロ帝から自殺を命じられる。

寛容の精神にあふれた徳の高い皇帝を育てようとしたけれど、その努力は報われず、心ならずも死に追いやられた孤高の哲学者——頭に浮かんだのはそんなイメージだった。

「執筆に当たって私が心を砕いたのは、できるかぎり資料を駆使してその生涯を客観的に描きたい。そして浴びせられた誤った非難中傷は、これを正したいということだった」

「そのいわれのない非難とか中傷って、それぞれ根拠はあるのですか?」

「告発者は告発者なりに根拠を主張している。私が見過ごせなかったのは、そうした非難中傷は誤って伝えられるうちに、いつのまにか真実になってしまうということなんだ」

「でもそれを証明するって大変な仕事でしょう」

「でも私は彼が無罪だと確信していたからね。笑うかもしれないけれど、熱い思いがあふれていたんだよ。だから中傷の根拠とされている事実はどんなことだったのか。告発者はどんな人物か。同時代の証言はどうか。研究者は何と言っているか。さらに信頼に足りる記録にはそのことがどう記されているか。資料を駆使して徹底的に検証したんだ」

「すごすぎ……」

「え?」

「あ、いえ、まずコルシカ島に追放された件から聞かせてください」

「当時、皇帝クラウディウスの宮廷では、皇妃メッサリーナと、皇帝の姪で三代皇帝カリグラの妹アグリッピーナとが、女の争いを展開していた。どちらも奔放な性格だったけど、メッサリーナ妃は権力欲が強く、浮気性で、嫉妬深かった。それでセネカが自分に反対する人びとの集まりに顔を出しているらしいと聞くと、アグリッピーナの妹ユリアと親しすぎる関係にあった、という罪をかぶせてコルシカ島に追放した。でもこれについては、多くの研究者がセネカは冤罪《えんざい》だったと結論づけている」

メッサリーナ妃が目に余る乱行の末に死に追いやられると、アグリッピーナが代わって年老いた皇帝のお妃になる。ところが同じ奔放タイプでも、こちらはわが子を皇帝の位に就け、ローマ帝国をわが手で動かしたいと望む野心家だった。（皇帝も大変だよね）

セネカが家庭教師に抜てきされたのは、帝王教育だけでなく、息子が皇帝の位を継いだ後も補佐役が務められる人物だと見込まれたからだ。近衛軍団長官に責任感の強い軍人セクストゥス・アフラニウス・ブルスが選ばれたのも、同じ理由からだった。

アグリッピーナ妃は紀元五一年、息子が十四歳になるのを待って成人式を挙げさせた。十六歳になると、自分が選んだ初代皇帝アウグストゥスの血筋であるオクタヴィアと結婚させる。周到な準備がととのったところで、皇帝クラウディウスが、夕食で食べたきのこにあたってあえなく亡くなった。（毒殺？　限りなく怪しいのはアグリッピーナ妃だ。怖《こ》わ〜）

五四年、ネロは十六歳で皇帝になり、帝国統治を開始する。セネカは補佐役、事実上の最高責任者として政策を立案し、決定し、演説草稿を書いて皇帝ネロを支えた。後の時代、五賢帝の一人トラヤヌス帝は、ネロの初めの五年間はきわめて善政だったと評価している。

「セネカがネロの家庭教師になったとき、まず説いたのは寛容の精神だった。〈寛容〉と〈同情〉の違いをきちんと教えたというんだよ」

「寛容と同情?」

「セネカに言わせれば、〈同情〉とは目の前にある結果に対する心の動き、だけれど、〈寛容〉とはその原因にまでさかのぼって心を動かすことである ―― と。きっと才気にあふれ、奔放で、やりたいことだらけだった弟子に、自己を抑制し、与えられた崇高な義務を成し遂げなさい、と説き続けたのだろう」

「だから、後世たたえられるほどの善政を行なえたのですね」

初めの五年間、皇帝の母アグリッピーナは得意の絶頂にあっただろう。

しかしそれも長くは続かなかった。ティーネイジャー皇帝は母親譲りの野心家で、いつまでもママの言いなりにはならなかったからだ。

「だれのおかげで皇帝になれたと思っているのよ」

きっと、あれをやりなさい、これはだめ、とママは何かと口を挟んだのだろう。ネロ帝の反抗がはじまる。母親がうとましくなったのだ。しかし息子の反抗はかえって母親の怒りを招く。逆上したアグリッピーナは、ならばと皇帝直属の近衛軍団に渡りをつけ、先帝クラウディウスの息子を皇帝にしようと、不穏な動きを見せたりする。

母と息子の仲は険悪になり、取り返しのつかないところまできてしまった。決定的だったのは、ネロ帝が新しい恋人と結婚したがったことだ。母親は離婚を絶対に許さない。

キレた皇帝は五九年、ついに母親を解放奴隷に殺させてしまう。


「一番の問題は母親アグリッピーナ殺害です。もしセネカがこれを知っていて止めなかったのだったら、やっぱりマズイっすよ」

「たしかにね。セネカは最終的に国家反逆罪による死として、事件を公表したのだから」

「事件はどんなふうにはじまり、終わったのですか」

「ネロ帝は母親を船に乗せ、解放奴隷に沈没させて溺死させようとした。でもアグリッピーナは水泳の達人だった。すぐに私は無事だ。心配しないように、という使いが来た」

「ばれてーら」

「皇帝は震えあがった。あの母親のことだ。このまま黙っているはずはない。すぐセネカとブルスが呼ばれた。二人にすべてを白状して、どうしたらいいかと泣きついたのだ。セネカは母と子の確執を知っていた。しかし母親殺しは理由が何であれ人道に反する大罪だ。止めなければならない。ところが母親だってこのままでは済まさないだろう――」

「近衛軍団に渡りをつけていたくらいですからね」

「セネカは悩みぬいた。このままでは軍が二分され内乱が起きる。それだけは何としても避けなければならない……苦渋の決断だった。皇帝の母を反逆者として抹殺するのは」

「セネカの身になって考えれば、国家の安寧を第一に考えなければならなかった」

「人を裁く場合に大事なことは、裁かれる人間がどんな状況のもとにあったか、それを考慮した上でその行為が判断されるべきだ――と、私は考える。結局アグリッピーナは、皇帝の密命を受けた解放奴隷によって殺された。セネカは元老院に書簡を送り、国家反逆罪による死として事件を公表し、元老院はたぶんうそだと知りながらこれを受け入れた」

「なるほど、そういうことなのですね。でも、セネカにすれば犯罪を是認してしまった」

「彼はこのとき自分の力の限界に気づいたと思う。ネロ帝はもうかつての教え子ではない。恩師はむしろ目ざわりな存在だ。辞職を願い出る。しかし許されず宮廷にとどまった。周囲から批判を受けながらも、あえて皇帝の助言者、政治の責任者であり続けた」

ネロ帝に仕えたセネカに対する批判はまだある。大貴族並みに多くの土地を所有して、贅沢三昧《ざんまい》の暮らしをしている、というものだ。これについてもドゥニは克明に調べた。

まず土地はネロ帝からの賜り物だった。報酬の意味もあっただろうし、自分から離反しないように恩に着せる意味もあっただろう。皇帝の申し出で、しかも感情の起伏が激しいネロ帝が下さるとなれば、これを断ることはできなかった。

「セネカは決して蓄財に励んだわけでも、贅沢を楽しんだわけでもない。それは彼が生涯信奉したストア哲学と、まるで一致しないからね」

「ストア哲学?」

「ストア派の教えは、真の幸福は、富や地位や名声にではなく徳の上にのみ存在する、というものだ。正しいことを行ない、堕落した生活は魂までも堕落させるから避け、常に心を平静に保ち、正義に殉じ、崇高な義務を成し遂げ、高潔な生き方を全《まっと》うするように——」

「待ってください。それって古代ギリシャのソクラテスにつながりませんか」

「エクセロン! そのとおり。ソクラテスの教えそのものだよ」

〈そうだったのか!……〉

「そしてセネカは日々それを実践した。『セネカの言葉』というのが書庫にあるから、ぜひ一度目を通してごらん。セネカがどういう人で、どんな生き方を理想とし、またそれに近づこうとしていたかが、きっとわかるはずだよ」

「ぜひ、読んでみます」

「セネカが蓄財に励んでいると最も激しく言いふらした告発者は、シリウスという人物だった。ところが資料を調べたら、彼は金銭で動く、密告と汚職の常習者だったのさ」

「マジですか」

「さらにセネカを告発したディオンという歴史家も、信頼のおけない中傷家だった」

「なあんだ」

「でもこんなふうに並べると、セネカに都合のいい事実だけを集めたのではないかと批判されるよね。だから私は信頼に値する記録を調べ、裏を取ることも忘れなかった」

「信頼できる記録？」

「タキトゥスの『年代記』だ。彼は帝政ローマ最高の歴史家とだれもが認める人物だ。執筆は五賢帝の時代だから、ネロ帝の治世の半世紀後。当時の記憶はまだ風化していない。彼のすぐれているところは、史実を可能な限り忠実に紹介するその態度にあるから、セネカに関する記述は信頼できると私は思う――」


セネカは三年後、ともに皇帝を支えたブルスが病死すると隠退を申し出る。『年代記』には、自分の役割は終わったから一私人に戻ると告げるセネカに、皇帝は教えに感謝し、恩師の安らかな余生を願ったと記されている。演劇の一シーンみたいな別れ方だ。

ネロ帝にすれば、寛容と徳を説き続けるセネカの存在は、もはやうっとうしいものだったのだろう。セネカはいのちがけで皇帝をいさめ、責任を全《まっと》うしたのだ。

三年後の六五年、皇帝を除こうとしたピソの陰謀と呼ばれる事件が起き、セネカも加担したとの疑いをかけられた。

「取り調べを受けた者が、ピソの使いでセネカの屋敷に行ったことがあると証言した。それだけなんだ。真実のほどはわからない。いずれにしてもセネカは死を命じられた。ところがすぐには死ななかったじゃないかと、ここでも非難された」

「え？」

「この件はタキトゥスが『年代記』に詳しく書き残してくれたおかげで、セネカが動揺せず毅然と死んでいったことが明らかにされている。彼はネロの命令を伝えた百人隊長に遺言を書く板を要求し、拒否されると、友人たちに向かってこう述べたという。

『このとおり、きみたちの功績に報いることを禁じられたので、私はいま、私が持っている唯一のもの、最も美しいものをきみたちに残そうと思う。すなわち私の生きている姿だ。きみたちがこれを記憶に留めておくならば、きみたちのゆるがぬ友情に対する報酬として、高貴なる徳の名声を勝ち取るだろう――』」

「死に臨んでも凛《りん》とした姿ですね。武士道みたいだ」

「ブシドウ？」

「日本の武士が心に秘めたといわれる精神です。人間というものはいつか死ぬものだ。常に死を思い、死を恐れず、今あるいのちを大切に、恥ずかしくない生き方を心がけよ。僕も幼いころ祖父に言われました」

「すばらしい！　ジャポンにはそのような崇高な教えがあるのか。ブシドウ。まさにセネカの精神だよ。彼は死に臨んで嘆き悲しむ友人たちにこう問いかけたという。

『あの哲学の教え、不慮の災いに備えて、あのように長年訓練してきた心の備えは、どこへいってしまったのだ。ネロの残虐を知らない者があったとでもいうのか。自分の母と弟を殺害した後、彼にかつての教育者、教師を殺す以外に何があるというのだ――』

タキトゥスはこの後、当時の習慣にしたがってセネカが手首を切ったこと。手首を切ってもなかなか死ねず、毒薬を飲んだり、ありとあらゆる手だてを尽くして死んでいくさまを詳しく記している。いずれにしてもセネカが毅然として死んだことは確かだね」

ドゥニは確信に満ちていた。無罪を勝ち取った弁護士のように晴れやかな顔だった。

「とにかく、あの熱意、あの迫力には頭が下がったよ」

「だって、ソクラテスとセネカは、生涯彼を支え続けた人ですもの」

僕はようやく現れた妖精と庭に出て、木陰のベンチでしゃべっていた。

「さっきはごめんなさい。手違いがあったのよ。扉は古代アテナイに通じていたはずなのに。あたしはプラトンにあなたのことを頼んでおかなくちゃ、とあわてていて――」

「プラトン？　あの有名な哲学者の？」

「そうよ。ソクラテスの言葉を聴いて、後世に残したのはあのイケメンなの。で、そっちに気をとられていたら、ルーがとんでもない所に行っちゃったの」

「ノープロブレムだよ。ちょっと焦ったけど、ソクラテスとプラトンに会えたんだもの。確か、ドゥニはヴァンセンヌで『ソクラテスの弁明』を訳して、彼に打たれたんだよね」

「そ。あれから変わったのよ。自分の使命のためなら……死をも恐れなくなったの」

「わかった！　それで困難な状況のもとでも逃げなかったセネカに心ひかれたんだ」

「それがね、うふふ、彼も若いころはセネカを批判してたのよ。死の危険を冒してもネロをいさめる義務があったのに、むしろ放蕩に手を貸している――ってね」

「ほんと？」

「そうよ。でもおかしいの。反省したのね。あとになって若いころの自分と対話する本を書いているの。あのころのきみは人生を知らなかったねって」

「あははは、ドゥニらしいや」

「きみは若すぎて、運命がわれわれを巻きこむ恐ろしい経験も、善と悪を隔てる一本の線の上を歩く困難さも知らなかった。セネカがいかに生き、いかに死んだか、理解できるようになった今、きみは恥ずかしく、心からすまないことをしたと思わないか、って」

「それってドゥニが自分をセネカに重ね合わせたってこと?」

「そ。セネカはソクラテスとともに彼の理想像になったのだと思うわ。でも『セネカ論』は批判も呼んだの。特に激しかったのはスタニスラフ＝ルイ＝マリー・フレロン。百科全書《アンシクロペディ》にも攻撃を加えた人よ。ひどい言い方をしてるわ。

『つぎはぎ仕事を膨らます名人であるこの百科全書の建築士の作品には――これドゥニのことよ――思慮ある歴史家の簡潔さも、哲学論文の著者の厳格さも、公平な批判者の慎みも期待できない。ソクラテスのように真理を説く哲学の理念を一方で主張しながら、他方で権力者と妥協したセネカを賛美するのはおかしい。表現は熱狂的すぎるし、判断は誤っている。誤訳が多いし、文体は詩のようでなっていない――』

「ひどいや。活気と熱気に満ちあふれた文章こそドゥニの魅力だよ。それでこそセネカの生涯が生き生きと伝わると思うけどな。で、ドゥニはどうしたの?」

「『セネカ論第二版』を書いたわ。最後の力をふり絞り、全身全霊をこめてね。ただ、この作品はもしかすると――」

「もしかすると?」

「セネカを書いたのではない……そんな気がするの。深いの……とても深いの……」

そう言い残して、妖精は……消えた。

僕は今度こそ慎重に書庫の扉を開け、『セネカの言葉』と『セネカ論』を手に取った。

「人が生涯をかけて学ばなければならないことは、いかに生きるかであり、もう一つはいかに死ぬかである――」

人生は短い。だれもがまたたく間に過ぎ去ってしまうと嘆く。でもセネカは違うと言う。

「人生は短いわけではない。われわれは十分な時間を持っているのだ。ただそれを多くの人はむなしく浪費している。彼らに共通するのは、真に自分に属しているものに頼らず、外なるものをあてにし、それに依存していることだ。今を生きないで、未来のよい生活を夢みて今を犠牲にしていることだ。そういう人間は生きているのではない、ただ生存しているだけだ――」

富、出世、いい成績、いい暮らし――あくせく時間を浪費してる。僕だってそうだ。

「世の中の出来事に心を奪われず、おのれ自身と向きあう閑暇の時がいかに尊いかに目覚めよ――」

自分自身と向きあう時間。その大切さに最も多忙だった彼は気づき、それを願っていた。

「人間は他人のために役立つことを求められている。なぜなら、人は自分が他の人のために役立つ人間であることを示すとき、公共の利益のために行動しているからだ――」

古代ローマの人びとは凜と崇高な志を持って生きていた。勝ち組がすべてという現代に生きる僕が恥ずかしくなるくらいに。でも思うのだ。がれきの片付け、雪下ろし、お年寄りの話し相手、子どもと遊ぶ、どれも小さなことかもしれないけれど、呼びかけに応えるやつはけっこういる。日本の若者だってそんなに捨てたものじゃないと思う。

僕はアニェスがものすごく深いの……と感嘆した『セネカ論』を読みはじめた。

「そうか、読んでくれたのか」

ドゥニは、照れくさそうな、でもとてもうれしそうな顔をした。

「ならわかるだろう。もし哲学者が政治の場から離れ、沈黙していたら、われわれはいつまでも圧政の下にいただろうし、宗教に沈黙していたら、今も野蛮な迷信の中にいただろう。でもね、思うんだよ。哲学者にはさらに大切な使命があるはずだと」

「それは?……」

「どうすれば真実を愛し、美に感動する、よい生き方ができるか ―― つまり人の生きる正しい道を示すことだ。人間にはただ一つの義務しかない。それは幸福になることだ。ではどうすれば幸福になれるか。それは徳にかなった行ないをすることだ。その道、人間にふさわしい生き方をする道を指し示すこと。それがいちばん大切な使命だと思う」

「………」

「私はセネカの中に、正しく生きることを志し、正しく生きるとは何かを、生涯にわたって探求し続けた人間のモデルを発見した。彼はこんな言葉を残しているんだよ。

『幸福な人生は、心が健全であること、いつも健全を保ち続けること、勇気と行動力があること、困難に毅然として堪えうること、時勢に適応できること、心配ばかりしないこと、人生を豊かにすることに心は向けてもそれを過大評価しないこと、運命の贈り物を利用してもその奴隷とはならないこと、それらができて初めて与えられるものだ』」

「うーん……」

「でも、私はセネカにあこがれてはいるけれど、きちんと批判もしたよ」

「え？　ほんとですか？」

「たとえばさっききみが挙げた、世の中の出来事に心を奪われず、おのれ自身と向きあう閑暇の時がいかに尊いかに目覚めよ——というのがあっただろう」

「大切なものは賢者の安息だという」

「まるで修道院的だと私は批判した」

「なるほど」

「哲学者は天上で安息をむさぼったりしてはならない。雲の上から舞い降りて、地上の現実の中に立たねばならないとね。観念と瞑想に浸り、祈り、禁欲し、生産的な仕事はしない——これじゃカトリックの坊さんと変わらないじゃないか。哲学者は実践者でなければならない。セネカよ、あなたが軽蔑する職業こそ、まさに私が敬う職業なのです。それは疲労と細心の注意と誠実さを必要とする——とね」

「でもドゥニ、それはあなたが十八世紀に生きる哲学者だからではありませんか」

「え？」

「同じ哲学者でも、よって立つ時代状況が違いますよ。社会を変革しようとする啓蒙哲学者に求められるのは、静かに瞑想することではなく闘うことだ。違いますか？」

「うーん……そうか。まいった。ルー君に一本取られたね」

「あは、そう言われると、照れちゃいますけど」

「私に言わせれば、哲学者はその使命のために闘う者でなければならない。だから再びペンを取った『セネカ論第二版』では、彼の高潔な人格だけでなく、責任についても記した。批評家は、なぜさっさと職を辞しネロ帝のもとを離れなかったのかと言う。富を放したくなかったのではないか。ネロ帝におべっかを使って生き延びようとしたのではないか、とね。でも私は声を大にして言いたい。彼は、皇帝は元老院とローマ市民という主権者から統治を委託された者なのだと最後までネロ帝に説き続けた。それが政治の最高責任者だったセネカの責任でもあった。それを放り出すことは、困難に背を向け、自分の安寧のみを考えるもので、哲学者の取る道ではなかった――と」

「ネロの目の上のコブであり続けたんですね」

「さんざん悪口を浴びせる批評家だって、もし自分がその立場になったらきっと逃げ出すと思うよ。でもセネカは逃げなかった。いのちを失うか、犯罪に加担するか、ぎりぎりのところで責務を果たしていたんだ」

「責任から逃げない。闘いから逃げない」

「荒波が押し寄せてこない高い所にいてあれこれ言うだけなら、だれにだってできる。圧政のまっただ中で、煙たがられても、毅然と暴君をいさめ、批判する者がいなければ、人間の尊厳の基礎である精神の自由と独立は守れない――」

「おっしゃるとおりです。でも専制君主の圧政のまっただ中にいて闘い続ける。それってドゥニ、あなたのことでもあるんじゃないでしょうか」

「え?」

「だってそうじゃありませんか。あなたはヴァンセンヌの牢獄から出た後、ひたすら百科全書《アンシクロペディ》に打ちこんだ。どんなに激しい弾圧にさらされても、発禁処分を受けても、仲間が離れていっても、あなたはくじけなかった。無節操とか体制側とか、聞くに堪えない言葉をさんざん浴びせられたに違いないのに、あなたは逃げず、捨てず、あきらめずに闘い続けた――」

「………」

「セネカはなぜ辞職しなかったのか。あなたは、自分の使命と役割から逃げなかったからだと言いました。たしかに現実から離れて孤高を貫き、自分の思想に殉じるというのも一つの生き方かもしれません。ジャン=ジャック・ルソーはそうした。でもあなたは踏みとどまった。何と言われようと抑圧された人びとに心を通わせ、彼らの身になって発言し続けた。専制君主と圧政への怒りを表わし、すべての人に自由の価値を教える必要性を訴えた。ペテルブルクの宮廷にまで出かけて、ロシア人民の解放を訴えた――違いますか?」

「それはそうだけど……」

「孤高に生きたジャン＝ジャックの思想は後にフランス革命の支柱となった。でもあなたが生涯をささげた百科全書《アンシクロペディ》がまず知的な人びとに光明を与えた。自由と平等へのあこがれを呼び覚まし、多くの人びとに解放される望みを持たせた。それがあったからこそ、圧政への抵抗に目覚めたとき、人びとは立ち上がったのです」

僕はここで初めて、なぜこの霧に包まれた古城にやって来たのかを説明した。

「僕はいま『フランス革命』を勉強しています。正直に言うと、卒論のテーマにしようと思っています。それは、あなたが地上での生涯を終えてわずか五年後に起こりました。民衆が殺到し、当時は監獄だったバスチーユ要塞を攻め落としたことから、革命の火ぶたが切って落とされたのです。それからおよそ十年、流血と騒乱が続き、絶対王政は倒され、民衆の代表による政府が樹立されては倒され、マキシームの政府も倒され、最後にあの伍長が皇帝の位に即いて、革命は終わりました」

「………」

「フランス革命は、自由と平等に目覚めた人びとがその実現を目指し、多くの犠牲を伴いながらそれを勝ち取った闘いでした。革命は、国は国王のものではなく国民のものであり、人間は生まれながらにして自由であり、権利の上で平等である――という原則を打ち立てたのです」

「つまり身分による差別がなくなったんだね」

「そうです。あなたが唱え、百科全書《アンシクロペディ》に記された反絶対王政、反身分制度の思想は、いまやほとんどすべての国や地域が当たり前のこととして取り入れています。フランス革命は僕が生きている二十一世紀の社会のいわば出発点となったのです」

「私は役に立てたのか……」

「僕はどのようにして革命の機運が芽生え、旧体制《アンシャン・レジーム》を覆し、市民社会といわれる、国民が法律の制定や政策決定に参加する社会を構築できたのか、その理想とエネルギーはどこから来たのか、それを知りたいと大学で勉強してきました」

「きみの熱心さから、それはわかっていたよ」

「フランス革命というと、いつもジャン＝ジャックの名前が出てくるんです。

『人間は自由なものとして生まれた。しかも至るところで鎖につながれている――』

でも革命を推し進めるには、それを支える広範な人びとの後押しがなくてはなりません。確かに急進的な指導者が民衆をリードし、変革が一気に進められたことは事実です。でも手にした果実を広く行き渡らせ、定着させるには、それを支持し、社会の根本原則として根づかせるように力を合わせた、多くの人びとの存在が欠かせなかったはずです」

「確かに……そのとおりだ」

「彼らこそ、百科全書《アンシクロペディ》の影響で、心に光を与えられた人びとではないでしょうか。彼らがいたから体制変革運動は広がったのだし、皇帝になった伍長が退場して、とんでもない反動がフランス全体を覆ったとき、それと闘って革命の成果を守り通すことができたのは、彼らの力があったからではないかと、僕は思います」

「それは……開明派の貴族とか、上層市民階級《ブルジョワ》の人びとってことかい？」

「よくそのように言われますが、僕はそうは思いません。もっと広範な、たとえ所得は低くても自由を愛し、平等の実現を願った人びとです。男の子が奴隷のように働かされたり、女の子が身売りされたり、子どもが教育も受けられないで放置されたりする、そんな悲惨な状態は根絶されなくてはならないという〈理性〉に目覚めた人びとです」

「理性の力で地上の幸福は実現できる。人間はそれをめざす者なのだ——と、私たちは力説した」

「そのとおりです。あなたがその意味を教えてくれた理性が革命を導き、革命を支えた。ずっとお話を聴いていてつくづく納得しました。ジャン＝ジャックもその一人かもしれないけど、ドゥニ、あなたこそ、間違いなくフランス革命の扉を開いた人だ！　と」

「ルー君、買いかぶりすぎだよ、それは。私はそんな大したことをしたわけではないんだ。でもたとえほんのわずかでも、私たちがしたことが自由と平等の社会の実現に役立ったとすれば、これ以上の歓びはないけど……」

立ち上がって窓辺に行ったドゥニの背中がかすかに小刻みに震えるのを僕は見た。

その晩は妖精がとびきりのメニューを用意してくれた。

ドゥニのふるさとシャンパーニュ地方の生粋のシャンパンで乾杯する。

前菜は脂ののった濃いピンクのフォアグラ、山盛りのホタテガイにエスカルゴ、それに小エビのサラダが添えられている。ボルドーの甘い貴腐ワインとブルゴーニュのさっぱりしたシャルドネが用意される。主菜が運ばれた。ブルゴーニュ風牛肉の煮込み。ワインはやさしい味わいのブルゴーニュの赤、ボジョレー・ヴィラージュの逸品だ。肩肉はとろけるまで煮込まれ、つけ合わせの小タマネギもマッシュルームも褐色に仕上げられたみごとな出来栄えで、コクのある格別の味わいだった。

「第二版を書いたとき私の心にあったのは、セネカの正しさ、清廉潔白さを後の世代に伝え、彼らに評価してもらいたいという望みだった」

「後の世代に、ですか？」

「ソクラテスは法廷に引き出されたが言い逃れをしなかったし、死刑を宣告されたあと、逃げ出そうと思えばできたのにそれもしなかった。死を恐れず、真理を語り続けた彼の正しさは、後の世代の心の中に生き続けている。最後まで自分の持ち場に踏みとどまり、いっさいの危険を身に引き受け、最後には毅然と死んでいったセネカの正しさもまた、後世の人びとの中に生き続けてほしい。私はそう願ったんだ――」

「ドゥニ、お言葉ですが、ソクラテスやセネカだけじゃない。あなたも、です」

「ルー君……」

「あなたは言いました。われわれは後の時代の人びとの記憶の中で、永遠に価値ある存在として生き続けられるように行動しなければならない。そのとき初めてわれわれは、人間的幸福を獲得し、未来の世代の記憶の中で〈不死〉を手に入れることができるのだ、と」

「それは……」

「ドゥニは二十一世紀に生きる僕の心の中で生きています。僕は卒論であなたのことを書くつもりです。哲学者としての使命感に生き、自分の名前で本が出せないとわかっていても執筆を続け、最後まで闘うことをやめなかった。偉大な魂は決して死滅せず、後の世代の心の中に生き続ける――とすれば、それはドゥニ、間違いなくあなたのことです」

「ルー君……」

ドゥニの目に涙が光っていた。じっと僕を見つめる。いすから立ち上がると、僕の手をしっかりと握り、両腕でハグしてくれた。

そしてひざまずくと、あんなに教会嫌いだったのに、胸の前で手を組んで、静かに祈りはじめた。

「わが神、主よ……あなたは私がずっと求め続けた……願ってやまなかった望みを……聞き入れてくださいました。主よ、私は――」

次の瞬間、信じられないことが起こった。

空が、霧に覆われていた空が、真っ二つに裂けたのだ。

そのとたん、金色の、虹色の、まばゆいばかりの光が広間にふり注いだ。風が起こり、みるみる霧が吹き飛ばされ、石造りの建物を激しく揺らしたかと思うと、窓が消え、天井が消え、尖塔が消え、城壁が消えた。

ウインドチャイムとたて琴が響きあうような心地よい音色がふって来て、あたりを包んだ。

「いったい何がどうしたの?……」

妖精がぼう然と立っていた。

ドゥニの姿はどこにもなかった。


——セネカの言葉は岩波書店『ローマの哲人セネカの言葉』中野孝次訳を参考にしました。

エピローグ

あぜ道に立つと、忘れていた土のにおいがした。

〈ふぅー、ほぼ一年ぶりか……〉

今年の冬は雪が多かったから、土が顔を出すのも、例年より十日ほど遅いみたいだ。まずは枯れ土色の田んぼや畑を掘り起こして、種まきや田植えに備える。農業は土づくりからなのだ。

「ルー、タネモネのショウジョクでしゅよ」

カエデちゃんが呼びに来る。そうだ。種もみの消毒を手伝ってくれって言われてたっけ。

「今いくよお」

去年は泣いてばかりいたのに元気に遊んでいる。結局、佐々木さんが引き取って育てることになったらしい。

「春休み、よかったら来ませんか。うちは大歓迎ですよ」

無農薬栽培農家の佐々木さんに誘われたのは、そろそろ大学が休みに入るころだった。雪がとけ、いろんな作業がはじまるので、仕事はいっぱいあるという。

卒論は出したし、後期の試験が済むとやることがなかったから、うれしい誘いだった。

卒論は、締め切りぎりぎりまでかかったけど、無事提出した。

フランス革命を二〇世紀の視点から捉え直す。テーマは「虐げられた者たちへのまなざし――ドゥニ・ディドロを通して見るフランス革命の現代性」。

フランス革命の理想は、フランスだけでなく世界中の人びとを圧政から解放し、だれもが自由に、人間らしく生きる社会を実現することだった。その根底には人間を縛るあらゆる秩序や差別――人を使う身分か使われる身分か、男か女か、正当な結婚から生まれたか否か、心身にハンデがあるか否か、など――からの解放と、それに対する闘いまでもが想起されていた。人間すべてが公平に、平等に、自由に、幸福を享受する。掲げられた理想からは、フランス人（ヨーロッパ人）だけが正しいのか、という根源的な問いかけさえ生まれた。

それが対ヨーロッパ戦争の始まりとともに、いかに祖国と革命を守るかが急務となり、崇高な理想は後退し、やがてフランスの正しさだけが声高に語られるようになる。革命のただ中にいた人びとはもちろん、その後の研究者でさえ、革命の進展と事象の変化を追うことに心を奪われて、そこに心を留める人は少なかった。

「人間にはただ一つの義務しかない。それは幸福になることだ――」

この言葉を受け継ぐのは現代に生きるわれわれだ。すべてのいのちが大切にされる社会を作っていくには、どこから、何からはじめればいいのか。どうすればそれを自分の問題として受け止め、そこに至る道筋を提起し、世界に発信していくことができるか――

現代に持ち越された課題の克服に、僕なりの提案を書いて、論文の結びとした。

正直に言って、ドゥニの描写に力が入りすぎているし、全編、彼の言葉におんぶに抱っこという感じがしなくもないな、と自分でも思う。

「よく調べたな。当時のフランス社会の雰囲気と実感みたいなものが伝わってくるよ。文章にも迫力がある。まるでディドロ本人にインタビューしてきたみたいじゃないか」

風敷木教授に言われたとき、ドキッとしたけれど、まさか、じつは霧の古城で……なんて言えるわけがないし。

教授は、百科全書《アンシクロペディ》のフランス革命への影響については、昨今過大評価を避ける傾向にあると言いながらも、かなりいい点をつけてくれた。

〈ありがと……〉

妖精に直接この気持ちを伝えたかった。点数がよかったってことじゃなく、不思議な力で僕を導き、支え、何よりこの目を開いてくれたことに、ありがとう……と。

でも霧が晴れ、城館《シャトー》が消えて、ドゥニの姿が見えなくなったあの瞬間、彼女は僕の前から消えた。呼んでも、叫んでも、二度とふたたび現れなかった。まるでもともと存在していなかったかのように。

僕は元カノを探すみたいに、彼女が現れそうな場所に行ったり、似ている女の子に声をかけたり、時にはストーカーまがいのこともやったりした。

でも、何をやってもだめだった。妖精は姿を消してしまったのだ。

どうしようもないくらい切なく、つらく、悲しかった。


卒論はできたけど、就活はことごとく失敗した。

一社からも内定がもらえず、ひどく落ちこんだ。ウツになりそうなくらいに。

友達はみんなそこそこうまくやっていた。

トモエみたいなアパレル業界（どういう神経してるんだあいつは）とか、真弓《まゆ》の結婚（インドの実業家それも宝石商からのプロポーズだぜ）を別にすれば、教職とか、出版関係とか、マスコミとか、けっこういいトコに受かっていたのだ。

卒論は終わったし、必要な単位も取っていたから、何もすることがないのだけれど、教授のすすめもあり、おやじに頼みこんで、研究生として留年させてもらうことにした。

インに進もうかという気持ちもなくはない。一年かけてじっくり考えてみるつもりだ。

「ああ、できましたね」

「これで、いいですか？」

「上々です。助かりましたよ。な、カエデちゃん」

「うん」

種もみの消毒は、六〇度のお湯の入った浴槽に七分間つけて病原菌を殺し、煮えてしまう前に取り出して冷水につける。これが佐々木さんのやり方だ。農薬はいっさい使わない。

あくまでお湯にこだわって消毒する。今では地区の人すべてが共同でこれをやっている。

「メダカも池で無事冬を越しましたからね。これで田んぼに水が入るとやって来て産卵します。ニホンアカガエルも産卵しに来ますから、田んぼはまたいのちであふれますよ」

たくさんのいのちが生きる田んぼや畑で、それらに支えられながら農作物を育てていく。それが佐々木さんの農業だ。

〈どのいのちも等しく大切だって書いてほしい……忘れているのは人間だから……〉

妖精に言われたっけ……

ここに来てから何度も丘のお社《やしろ》に行ったけれど、彼女は現れなかった。

〈会えないのか、もう……〉

切なさがこみあげて、涙が出てきた。

「ルー、どしたの？　泣いたりしちゃだめでしゅよ」

あわてて鼻をかんでごまかす。

妖精を忘れるためにも、僕は一所懸命働いた。あぜの修復とか、水路の掃除とかいろいろ。もちろんカエデちゃんの相手もした。ほんとになついてくれたんだ。


「ルー、どこー」

いよいよ明日帰るっていう日、カエデちゃんがあぜ道を駆けてきた。

「おテマミでしゅよー」

「手紙？　だれから？」

「わかんない」

小さくたたまれた紙を開くと、金色の粉で書かれた文字が並んでいた。

「ルー
久しぶりにおしゃべりしましょ。
鳥居の前で待ってるわ。
アベヨウコ」

僕はあぜ道を駆けた。丘の石段を目指してこれ以上ないくらい、思い切り。

あとがき

あれは高校三年生の時でした。
世界史の授業で「十八世紀フランスの啓蒙思想」というのを習ったのですね。配られたプリントに、モンテスキュー、ヴォルテール、ルソーなどの有名な思想家にまじって、ディドロの名前があった。でも説明はたった一行、
ディドロ —— 百科全書派。『百科全書』を執筆、編纂した。それだけでした。
ところが授業の終わりに、先生が脱線して
「そうそう、このディドロってやつは、なかなか痛快なやつなんだ ——」
と、彼のプロフィールをおもしろおかしく語り聞かせてくれたのです。この脱線がなかったら、おそらく彼と出遭うことはなかったはずです。というのも、
〈父親に勘当されても好きなお針子との恋を貫き、弾圧され、投獄されてもその志を捨てずに百科事典を完成させたなんて、痛快！　男の中の男じゃないか！……〉
話を聴いた瞬間に、とりこになっていたのですから。

人間とは何か？　人は何のために生きているのか？　発禁処分を受け、編集、発刊が不可能になってもひるまず、二十五年以上かけてフランス革命の出発点になった〈百科全書〉を完成させた。楽天的で、仲間思いで、機知に富み、決してへこたれず、敵までも味方にしてしまう快男児。彼はやることなすこと桁外《けたはず》れの人物として、心を捉えて放さなかった。なのにいくら探しても、高校生の読めるような伝記はありませんでした。

「そんなに興味があるのか。そういえば、こいつどこか似てるよ、お前さんに……」

先生のこのひと言が心を動かします。読める伝記がないのなら、いつか自分が書いてやる！　いま思えば、高校三年生の自分自身への誓いのようなものですね。

しかしながら、思いはあっても、実社会に出るとなかなか時間がありません。いつか、いつかは、延び延びになり、年月だけが過ぎました。そして二〇〇七年、初めて訪れた彼の故郷ラングルの街で、今年二〇一三年が生誕三〇〇年に当たることを知りました。

〈もしこのタイミングを逃したら、高校生の自分との約束は永久に果たせないだろう。だいいち自分が書かなければ、ディドロがこの国で忘れられてしまう！……〉

衝動に突き動かされるように、私は机に向かいました。

この作品は、彼の年譜および歴史的事実を踏まえた物語《フィクション》です。これまであまり知られていないディドロのエピソードをふんだんに盛り込み、彼の小説の作法にならって、対話形式で、本人がその生涯を二十一世紀の日本の若者に話して聴かせる、という形で紡がれています。舞台を死後の煉獄《れんごく》におき、脇役として若きロベスピエールやナポレオンを登場させたのは、英雄でも豪傑でもない、思想家の波乱に満ちた軌跡を、どきどきわくわくするような〈読み物〉として提供したかったからです。

作品を出版するにあたって、まず、長くディドロ研究に当たってこられた先達の研究者の方々に、心から感謝を申し上げます。

また、いち早く目をとめて、出版を勧めてくれた翻訳家の谷口由美子さん。原稿の段階から適切なアドヴァイスをくださり、一冊の本に仕上げてくださった悠書館の長岡正博さんに、心からお礼と感謝を申し上げます。

そしてこれを書くために仕事をやめる決心をしたとき、背中を押してくれたハウスメイトにも、感謝の気持ちを伝えたいと思います。ありがとう、と。

二〇一三年秋　ディドロ生誕三〇〇年を前に　南会津町針生風が丘にて

風真木　剣

ドゥニ・ディドロ年譜

一七一三年　十月五日、シャンパーニュ州（現在はオート・マルヌ県）ラングルに生まれる。

一七二三年　十歳　ラングルにあるジェズイット会（イエズス会）のコレージュに入学する。成績優秀な生徒だった。

一七二六年　十三歳　八月、剃《てい》髪を受ける。聖職者になるつもりだった。

一七二八年　十五歳　パリに出てダルクール学院に入学する。資料によってはルイ・ル・グラン学院に入学し、後に移ったという説もある。

一七三二年　十九歳　パリ大学から教授資格を与えられる。

一七三三年～四一年　二〇歳～二八歳　聖職者になることをやめ、法律事務所で見習い生活を送るものの長続きしない。父親が定職に就かない息子に腹を立てて仕送りを止めたため、放浪生活を送る。借金を重ねながら、あぶないバイトも含め転々と職業を変える。このころ演劇に夢中になる。カフェに入り浸って作家、音楽家、画家をめざす若者と議論を闘わせ、女の子たちと遊ぶ。またこの時期に多くの本を読んだことが、後の著作、創作活

一七四一年　二八歳　動につながっている。
貧しいお針子アンヌ＝アントワネット・シャンピオンと出会う。熱烈な恋のはじまり。
一七四二年　二九歳　ジャン＝ジャック・ルソーと知りあう。父親にアントワネットとの結婚の許可を得るため、ラングルに帰る。
一七四三年　三〇歳　スタニヤンの『ギリシャの歴史』の翻訳を出版。十一月、父親に許されないまま、教会でアントワネットと結婚式を挙げる。
一七四五年　三二歳　シャフツベリーの『美徳と道徳についての試論（道徳哲学の原理）』の自由訳をひそかにアムステルダムで出版する。
一七四六年　三三歳　『哲学瞑想』をハーグで匿名で出版。一か月後、高等法院から発禁処分を受ける。ロバート・ジェイムズの『医学事典』の翻訳にとりかかる。
ダランベールと知り合う。おそらくこのころから『百科全書』の編纂に関わりはじめる。
一七四七年　三四歳　『懐疑論者の散歩道』を執筆。ダランベールとともに『百科全書』の編集者を引き受ける。
一七四八年　三五歳　『おしゃべりな宝石』を匿名で出版。『数学論文集』を出版。
一七四九年　三六歳　六月、『盲人に関する手紙』を匿名で出版する。七月、逮捕され、ヴァンセンヌの牢獄におよそ三か月収監される。
この間ルソーが訪ねてきて、彼の懸賞論文について助言する。

一七五〇年　三七歳　獄中で『ソクラテスの弁明』を翻訳。『百科全書』第一巻の執筆と編集に没頭。趣意書を書いて配布する。グリム男爵と懇意になるのもこのころだ。

一七五一年　三八歳　『聾唖《ろうあ》者に関する手紙』を匿名で出版。七月『百科全書』第一巻が出版される。

一七五二年　三九歳　一月『百科全書』第二巻が出版される。二月、国王顧問会議が第一巻、第二巻とも発行禁止処分にする。

一七五三年　四〇歳　九月、娘マリ＝アンジェリック生まれる。十一月『百科全書』第三巻が出版される。『自然の解釈に関する思索』を出版。

一七五四年　四一歳　十月『百科全書』第四巻が出版される。十〜十二月、故郷ラングルに帰る。

一七五五年　四二歳　ソフィー・ヴォランと知り合う。九月『百科全書』第五巻が出版される。

一七五六年　四三歳　五月『百科全書』第六巻が出版される。

一七五七年　四四歳　『私生児』と『私生児に関する対話』を出版する。十一月『百科全書』第七巻が出版される。執筆者、編集者、出版元に対する攻撃や弾圧が激しくなる。

一七五八年　四五歳　十月、ルソーが『ダランベールへの手紙』を発表、百科全書と決別する。戯曲『一家の父』と『劇作論』を出版する。

一七五九年　四六歳　まさに危機が頂点に達した年だった。一月、パリ高等法院が『百科全書』を発禁処分に。三月、国王顧問会議が出版特許状を取り消す。嫌気がさしたダランベールが編集から手を引く。六月、父親が死去。七〜八月、遺産相続のため故郷ラングルに帰る。九月、『文芸通信』に最初の絵画批評「サロン」

を発表する。

一七六〇年　四七歳　『修道女』を執筆。『一家の父』がマルセイユで上演される。

一七六一年　四八歳　『一家の父』がパリで上演される。八月『百科全書』の本文すべてを完成させる。『文芸通信』に二回目の「サロン」を発表。

一七六二年　四九歳　このころ『ラモーの甥』を執筆。『百科全書』図版第一巻が出版される。

一七六三年　五〇歳　『文芸通信』に三回目の「サロン」を発表。

一七六五年　五二歳　娘アンジェリックの結婚持参金をつくるために蔵書をロシアのエカテリーナ二世に売却する。『文芸通信』に四回目の「サロン」を発表。この年の暮れから翌年にかけて『百科全書』の残りの第八〜第十七巻が出版される。

一七六六年　五三歳　『文芸通信』に「絵画論」を発表。

一七六七年　五四歳　『文芸通信』に五回目の「サロン」を発表。

一七六九年　五六歳　『ダランベールとディドロの対話』『ダランベールの夢』を執筆する。『文芸通信』に六回目の「サロン」を発表。

一七七〇年　五七歳　ラングルとブルボンヌに旅行する。弟とは和解できなかった。

一七七一年　五八歳　『運命論者ジャック』の執筆を始める。『文芸通信』に七回目の「サロン」を発表。

一七七二年　五九歳　娘マリ＝アンジェリックが結婚する。『ブーガンヴィル航海記補遺』を執筆する。『百科全書』図版の出版が、最終第十一巻をもって完結した。

一七七三年　六〇歳　六月、パリを出発してハーグに滞在した後、十月にロシアの首都ペテルブルクへ。宮廷でエカテリーナ二世と対話。『エカテリーナ二世のための覚書』

を執筆する。
一七七四年　六一歳　三月、ペテルブルクを出発して再びハーグ経由でパリに帰る。
一七七五年　六二歳　エカテリーナ二世に『ロシアにおける学問研究に関する試論』を送る。『文芸通信』に八回目の「サロン」を発表。
一七七七年　六四歳　最後の大作となる『セネカ論』の執筆を開始する。
一七七八年　六五歳　『哲学者セネカの生涯と著作に関する試論』を匿名で出版する。七八〜八〇年にかけて『文芸通信』に「運命論者ジャック」を発表。
一七八〇年　六七歳　『セネカ論第二版』の執筆に取りかかる。
一七八一年　六八歳　「グリム男爵あて、レナル神父弁護の手紙」を書く。レナル神父は友人で、その著書『両インド史』で、植民地におけるヨーロッパ人の残虐行為と悲劇を告発し、ディドロも協力した。
『文芸通信』に九回目の「サロン」を発表。
一七八二年　六九歳　ディドロ自身の告白録とも言われる『セネカ論』の第二版『クラウディウスとネロの治世に関する試論』が匿名で出版される。
一七八四年　七一歳　七月三十一日、冠状動脈血栓症で永眠。
その最期について、ディドロ研究の第一人者・中川久定博士はこのように書いている。
「七月三一日、いつもと変わりなく起床したディドロは、午前中に、娘婿のカロワイヨン・ドゥ・ヴァンデュールと話したり、毎日の医師の診察を受けたりしたあと、昼食の席に着いた。スープのあと、ゆでた羊肉とキクヂシャのサラダを食べた。それから食べ過ぎを心配する妻の反対を押し切ってデザートのアンズを食べた。それでもまだなにかもの足りない気がして、サクランボの砂糖漬けの方に手を伸ばした。そのとき、軽くせきこんだ。妻が声をかけたが、返事はなかった。うつぶせになってすでに死んでいた。遺言によって行われた遺体解剖によれば、直接の死因は、冠状動脈血栓症だった——」

（中公バックス『世界の名著35』「ディドロ」の項目から抜粋）

なお、ディドロの書いた小説は死後にしか出版されなかった。『修道女』「運命論者ジャック」『ブーガンヴィル航海記補遺』は一七九六年に、『ラモーの甥』は一八二三年に出版されている。『文芸通信』に発表した美術展批評「サロン」も、ディドロの作品であることが知られるようになったのは、死後のことである。

年譜は、一九八二年にSeuil社から出版された、Charly Guyot著『ディドロ』と、一九九八年にEllipses社から出版された、Delphine Gleizes著『運命論者ジャック』のディドロの年譜を参考にしました。

なお一部足りないところを、一九八〇年中央公論社から出版された中公バックス『世界の名著35』（責任編集串田孫一）の「ディドロ年譜」（中川久定執筆）から補いました。

参考文献

DIDEROT (Pierre Lepape), Grandes Biographies Flammarion.

Diderot (Eliane Martin-Haag), Ellipses.

Jacques le Fataliste (Delphine Gleizes), Ellipses.

DIDEROT (Charly Guyot), Seuil Ecrivains de Toujours13.

啓蒙の世紀の光のもとで ―ディドロと百科全書― (中川久定著) 岩波書店

ディドロ、ダランベール編『百科全書』(桑原武夫訳編) 岩波文庫

ヴォルテール　ディドロ　ダランベール (責任編集串田孫一　中川久定訳) 中央公論社
世界の名著35

十八世紀フランス思想 (ダニエル・モルネ著　市川慎一&遠藤真人訳) 大修館書店

啓蒙思想の三態　ヴォルテール、ディドロ、ルソー(市川慎一著) 新評論

社会契約論 (ジャン=ジャック・ルソー著　桑原武夫&前川貞次郎訳) 岩波文庫

孤独な散歩者の夢想 (ジャン=ジャック・ルソー著　今野一雄訳) 岩波文庫

ルソー(中里良二著) 清水書院センチュリーブック　人と思想14

ナポレオンの生涯（ロジェ・デュフレス著　安達正勝訳）白水社
ナポレオンの生涯（ティエリー・レンツ著　福井憲彦監修）創元社
ビジュアル選書　ナポレオン（安達正勝ほか著）新人物往来社
ディドロと美の真実―美術展覧会「サロン」の批評―（野口榮子著）昭和堂
絵画について（ディドロ著　佐々木健一訳）岩波文庫
ディドロのセネカ論（中川久定著）岩波書店
ローマの哲人セネカの言葉（中野孝次訳）岩波書店
ローマ人の物語Ⅶ　悪名高き皇帝たち（塩野七生著）新潮社
哲学入門（山崎正一著）河出書房
ソクラテスはなぜ裁かれたか（保坂幸博著）講談社現代新書
絶対君主と人民（大野真弓責任編集）中央公論社　世界の歴史8
フランス革命とナポレオン（桑原武夫責任編集）中央公論社　世界の歴史10
ブルジョワの世紀（井上幸治責任編集）中央公論社　世界の歴史12
西ヨーロッパ世界の形成（佐藤彰一＆池上俊一）中央公論社　新版世界の歴史10
ヨーロッパ近世の開花（長谷川輝夫＆大久保桂子＆土肥恒之）中央公論社　新版世界の歴史17
アメリカとフランスの革命（五十嵐武士＆福井憲彦）中央公論社　新版世界の歴史21
フランス史（福井憲彦編）山川出版社
フランス革命―歴史における劇薬―（遅塚忠躬著）岩波ジュニア新書

物語フランス革命―バスチーユ陥落からナポレオン戴冠まで―（安達正勝著）中公新書
フランス革命はなぜ起こったか―革命史再考―（柴田三千雄著）山川出版社
革命と近代ヨーロッパ（河野健二著）岩波書店
近代ヨーロッパへの道（成瀬治著）講談社学術文庫
近代ヨーロッパの覇権（福井憲彦著）講談社　興亡の世界史13
近代ヨーロッパ文明の成立（J・M・ロバーツ著　鈴木薫監修）創元社　図説世界の歴史6
革命の時代（J・M・ロバーツ著　見市雅俊監修）創元社　図説世界の歴史7
フランス革命の肖像（佐藤賢一著）集英社新書ヴィジュアル版
ロシア皇帝歴代誌（デヴィッド・ウォーンズ著　月森左知&栗生田猛夫）創元社
フーシェ革命暦Ⅰ&Ⅱ（辻邦生著）文藝春秋
パパラギ（岡崎輝男訳）立風書房
聖書（日本聖書協会刊の一九五五年改訳版）
聖書（日本聖書刊行会刊の新改約版）

風真木 剣（かざまき つるぎ）

フリージャーナリスト、物語作家。

1947年東京生まれ。2011年までＮＨＫのラジオセンターや国際放送局で、ニュースや番組制作を担当した。

その間、シリーズ番組「日本環境紀行」「いま平和を人に愛を」「まあるい地球はだれのもの」を企画制作したほか、ラジオドラマを書き下ろし、「新・不思議の国のアリス」「ねぼすけヤマネの冒険」「水のファンタジー～泉」などの作品が、ラジオ第一放送や第二放送、国際放送で放送された。

著書にオーストラリアでの体験記「ワライカワセミは聴こえない」（1996）がある。

物語
ドゥニ・ディドロの回想
――『百科全書《アンシクロペディ》』をつくった男――

Denis DIDEROT
ENCYCLOPEDIE

2013年10月5日　初版発行

著　者　風真木 剣
装　丁　尾崎 美千子
発行者　長岡 正博
発行所　悠書館
〒113-0033　東京都文京区本郷2-35-21-302
TEL. 03-3812-6504
FAX. 03-3812-7504
http://www.yushokan.co.jp/

印刷・製本　シナノ印刷（株）

ISBN 978-4-903487-80-9
定価はカバーに表示してあります